Bernhard Hecht

# Eine Lesestunde über Rosen und Dornen

Bernhard Hecht

# Eine Lesestunde über Rosen und Dornen

Sangerhäuser Verse, Miniaturen und Elegien

Zur freundlichen
Erinnerung
B. Hecht
2.11.2007

Projekte-Verlag

Impressum

1. Auflage

Satz und Druck: Buchfabrik JUCO • www.jucogmbh.de

ISBN 978-3-86634-332-0
Preis: 12,50 EURO

*Die größten Ereignisse,*
*das sind nicht unsere lautesten,*
*sondern unsere stillsten Stunden.*

Friedrich Nietzsche

**Wohin führen die Gedanken?**

Der Mensch liebt oder fürchtet die Grenzen, die seinem Leben von der Natur gesetzt werden. Nun bin ich wahrhaft einer der Alten, der ganz Alten, die sich noch in der Sonne wärmen dürfen!
Da ich lieber an meinem Schreibtisch sitze, schicke ich meine Gedanken vor die Tür. Was für ein wunderbares Gefühl!
Ihr solltet ihnen sagen, sobald ihr sie trefft, dass ich da und dort irre oder auch – unter Umständen – Recht habe.

Aber, können meine Gedanken euch da draußen nicht erreichen – wem schadet es?

Bernhard Hecht

## LESESTUNDE

Mein Schreibtisch ist aus Buchenholz gearbeitet, schöne helle Buche, finde ich, und er bietet herrlich viel Platz ... „Viel zu groß“, meint meine Frau und weiß, dass ich sofort widerspreche, denn mein Schreibtisch am großen Fenster, mit dem Fliederbaum aus meines Vaters Garten davor, ist meine Festung. Nur Freund Hein kann sie eines Tages einnehmen. Übrigens – wer „Freund Hein“ nicht kennt, sollte warten auf die Begegnung mit ihm oder bei Matthias Claudius um Aufklärung suchen.
Sicher ist, die Errichtung dieser Festung hat ein ganzes Menschenleben gedauert.
Da kapituliert man nicht, und gedankliche Mauern sind uneinnehmbar.
Gäste aber, denen der Sinn zum Tausch und vermitteln von Gedanken steht, die sind mir willkommen, vielleicht stehen wir dann Hand in Hand und Seit' an Seite.

Dies ist eine Lesestunde. Und wie lange wird diese Stunde dauern? Ich weiß es nicht. Sie wird dann beendet sein, wenn ich mein letztes Zeichen setze, und um Minuten, Stunden oder Tage will ich nicht streiten. Zeit ist eine Dimension, wenn ich Albert Einstein verstanden habe. Ich denke, wir rechnen die Zeit von der Nanosekunde bis zum Lichtjahr, und für deren Grenzen fehlt mir leider der Fühler.
Dieser Schleier ist Balsam für meinen Verstand, und mir bleibt nur mein höchster Respekt vor dem letzten Genie meines Jahrhunderts.

Was will ich sagen? Auf den (hoffentlich) folgenden Blättern will ich spiegeln. Ich will meine Gedanken in einem jeweiligen Augenblick irgendwie zu Papier bringen, ja, und mehr kann ich dazu jetzt nicht sagen. Oft wünsche ich mir vor dem

Einschlafen, meine Gedanken in ein Mikrofon denken zu können. Denken ist nun mal etwas Wunderschönes, und ich weiß, die Freude wächst in dem Maße, in dem man das eigene Wissen vermehrt. Niemals will ich darauf verzichten, zu lernen, wie auch immer.

Hier werde ich an ein Zitat erinnert, das ich gestern bei Joachim Fernau in seinem Buch „Die Genies der Deutschen" fand. Fernau zitiert Einstein, der wenige Zeit vor seinem Tode schrieb: *„Heute lebe ich in jener Einsamkeit, die in der Jugend so schmerzlich, aber in den Jahren der Reife so köstlich ist."* Schreibend, über seinen Formeln grübelnd, nahm ihm der Tod die Feder aus seiner Hand. Ja, und was denke ich? Jeder lebt in seinen Vorbildern.

Ich möchte mir selbst nicht einreden, dass Einstein für mich *das* Vorbild ist. Dazu stecke ich noch zu sehr in mathematisch-physikalischen Kinderschuhen, auch wenn ich mein letztgekauftes Buch „Physik für Poeten" von Ulf Danielsson mit großem Genuss und hohen Wissenshürden gelesen habe. Bald muss ich es wieder in die Hand nehmen. Not ist am Manne. Sagen wollte ich eigentlich, dass ich das benannte Einstein-Zitat zustimmend nachempfinden kann.

Wenn ich über Vorbilder spreche, die ich für mein Denken und Schreiben erkenne, dann trifft das für einen Schriftsteller zu, dessen Werke ich gelesen und – so hoffe ich – verstanden habe. Ich spreche über den Schriftsteller Joachim Fernau, der im September 1909 geboren wurde und im November 1988 verstarb. Von ihm gibt es über zwanzig Bücher, so las ich, und dreiundzwanzig Werke von ihm stehen in meiner Bücherwand.

Es ist eigenartig, da habe ich Geschichte studiert, sie hat mich in meinem langen Lehrerleben nie losgelassen, und immer habe

ich Neuland gesucht, aber, dem Schriftsteller Joachim Fernau, der mit Hingabe und Herzblut Geschichte und Geschichten geschrieben hat, bin ich nirgendwo begegnet, in keiner Vorlesung, in keiner Zeitung und in keinem Buche. Ich glaube und ich weiß, für die Oberen der DDR und der Bundesrepublik sagte er unbequeme und unliebsame Wahrheiten.
Hier war er unmöglich und dort unbequem Silentium!

Als ich gestern mal wieder Fernau zur Hand nahm – heute ist der 25. Februar 2007 – war es das Buch „Herztöne", es erschien nach seinem Tode, und seine Witwe Gabriele Fernau brachte es mit dem Untertitel „Ein Lesebuch für Freunde" heraus, drängte es mich anschließend, einen kleinen Zettel in das Buch zu legen.
Ich schrieb darauf: „Ich fühle mich von Joachim Fernau als Freund angesprochen.
Besseres als im Lebenswerk Fernaus habe ich nirgendwo gefunden. Ich empfinde Glück beim Suchen der Wahrheit."

Ich glaube, dass es mein 72. Geburtstag war, der mir, per Zufall, den Zugang zu Fernau bescherte. Gerda hatte mir einen Gutschein für Bücher geschenkt, und ich griff auf ein Angebot des Verlages zurück. Mein erstes Fernau-Buch schon drang über den Verstand hinaus in meine Seele. Es packte mich, und ich schrieb einige Zitate in meinen Lebenslauf, den ich am 18. März 1993 mit meiner alten Schreibmaschine begonnen hatte. Fernau schrieb eine preußische Geschichte voll menschlicher Güte, voll Lächeln, heiterem Spott, Sarkasmus, Rührung und Trauer.
Das Buch trägt den Titel „Sprechen wir über Preußen".

Fernau sagt auf Seite 84: *„Preußen war nie kriegerisch. Preußen war militärisch. Das ist nicht das gleiche. Der amerikanische Soziologe Quiency Wright hat die europäischen Kriege von 1480 bis*

*1940 untersucht, um festzustellen, wie oft Preußen an ihnen beteiligt war. Es steht hinter England, Frankreich, Spanien und fünf anderen Staaten an neunter Stelle.“*
Gegen Ende seines Buches sagt Fernau auf Seite 302:
*„Preußen war durch Bismarck ein Pass geworden, während 'Preußen' in Wahrheit kein Land, sondern ein Stil ist.“*
Das ist meines Erachtens eine grundsätzliche und entscheidende Aussage, die von den Politikern und Mächtigen der Welt bis heute nie in ihrer Tragweite begriffen wurde. Und haben die Deutschen das verstanden?

Vor einigen Tagen hörte ich eine Rundfunkreportage zum 60. Jahrestag des Gesetzes über die Auflösung Preußens. Ich musste an Fernaus „Sprechen wir über Preußen“ denken oder „Die Geschichte der armen Leute“, wie er sein Buch auch umschreibt. Auf der letzten Seite sagt Fernau: *„Preußen ist mit Würde untergegangen. 1871 hat es sein kleines Licht gelöscht, als das größere entzündet wurde. 1945 ist es einen Soldatentod gestorben; es wurde von Konquistadoren erschossen.“*
Ich glaube, man muss mit Fernau arbeiten, um seine Worte voll zu begreifen.

Ich bin sicher, dass mich mein „Spiegel“ sehr bald wieder auf Sichtungen Fernaus zurückführen wird. Für den Augenblick bringt sich der neue Tag auf seine eigene Art in mein Bewusstsein. Man kann es nicht vor sich her schieben – und übersehen? Das geht wahrhaftig nicht. Ja, ja, ich spreche von dem, was alle erreichen wollen, was aber keiner am Ende nur noch ertragen möchte. Es ist das Zwicken und Zwacken des Alters, das uns die enger werdenden Grenzen der Lebensqualität zeigt. Ich habe begriffen, dass es nur eines gibt: man muss es tragen, genauer, man muss es mit Würde tragen und sich die möglichen Voraussetzungen dafür schaffen. Goethe nannte das „tätig sein“.

Ich schreibe, um beim Denken zu bleiben, und wenn ich nichts vorhabe, beschränke ich mich aufs Denken, und das ist meistens besser als das Fernsehen, das Berieseln der Seele mit ideologischem Unkrautsamen.

Um auf die Probleme des Altwerdens zurückzukommen: Es vergeht seit Wochen kaum ein Tag für mich, der meine Gedanken nicht auf jene fünf Gedichtzeilen lenkt, die aus der Feder von Sappho stammen, der größten Lyrikerin des Altertums. Und das sind Sapphos Worte, die so schön und wahr sind:

*„Das Alter ist nur noch ein Traum.*
*Fern ist die Kraft.*
*Auf Augen und Sinne hat Müdigkeit sich gesenkt.*
*Komm, Traum, komm*
*mit leisen Schritten."*

Oft habe ich diese Worte in letzter Zeit zitiert, das muss ich sagen. Und immer wieder höre ich dann von den Menschen, die mir nahe stehen: „Sprich doch nicht vom Sterben, bitte!"

Nein, ich spreche doch nicht darüber – oder vielleicht doch? Wie auch immer. In Zukunft, das habe ich mir vorgenommen, werde ich dann sagen: Dann darf ich doch wohl Goethe zitieren, der im Faust, 1. Teil, sagt:

*„Der Jugend, guter Freund, bedarfst du allenfalls,*
*wenn dich in Schlachten Feinde drängen,*
*wenn mit Gewalt an deinen Hals*
*sich allerliebste Mädchen hängen,*
*wenn fern des schnellen Laufes Kranz*
*vom schwer erreichten Ziele winket,*
*wenn nach dem heft'gen Wirbeltanz*

*die Nächte schmausend man vertrinket.*
*Doch ins bekannte Saitenspiel*
*mit Mut und Anmut einzugreifen,*
*nach einem selbstgesteckten Ziel*
*mit holdem Irren hinzuschweifen,*
*das, alte Herrn, ist eure Pflicht,*
*und wir verehren euch darum nicht minder.*
*Das Alter macht nicht kindisch, wie man spricht,*
*es findet uns nur noch als wahre Kinder.*"

Ich erinnere mich, dass ich oft, damals im Unterricht und zum Vergnügen meiner Schüler, diese Zeilen zitiert habe.

Mein Gott, so muss ich mich jetzt äußern, – kein halber Tag ist verstrichen, seit meiner kleinen Faustverehrung, und ich sitze hier wieder vor meiner „Lesestunde“. Doch wie verändert empfinde ich jetzt meine Situation. Meine ruhig-nachdenkliche Stimmung ist jäh verschwunden. Ich bin erregt, aufgewühlt, durcheinander; kann meine Gedanken nur langsam sammeln und mich fassen. Und warum? Ja, es war wie ein Schock, und es packte mich ein Begreifen. Ein Bekannter war hier, ein Mann, der mir immer mal wieder hilft, irgendwelche Tücken am Computer zu meistern. Meine Verständnisfäden waren gerissen, und kopflos irrten meine Gedanken zwischen suchend und abwesend. Fängt so die Demenz an? Ich wusste nur eines: Ruhe, Ruhe, jetzt musst du deine Ruhe finden, – Abstand, ja, Abstand musst du erhalten, so und nur so bist du wieder der, der du auch im Alter noch sein willst. Ich atme tief ein und hörbar wieder aus. – In diesem Augenblick, jetzt, kann ich zurücklehnen und erkennen, was alles so möglich ist. Ich muss eben immer mehr und stärker versuchen, die Tücken und Geheimnisse des Alters zu verstehen und – wenn es geht– über ihnen zu stehen. Irgendwann wird einer dann vielleicht sagen: Er hat es geschafft. Ja, ja und ja, – so will ich's!

Ein neuer Tag ist eingezogen, trübe, düster, kühl und regnerisch. So, wie ihn Langschläfer sich wünschen. Ich gehöre nicht zu dieser Zunft, und dennoch – der Schlaf ist ein Phänomen. Das liest sich nicht nur gut, das stimmt auch. Etwas Geheimnisvolles umgibt ihn. Er gleicht einer Brücke. Was überqueren wir? Der Blick weitet sich, blicken wir um uns. Sind das nun unsere Träume? Sind es Abgründe und Ängste? Erfüllen sich unsere Wünsche im Traum? Hat diese Brücke uns an neue Ufer geführt, und hat sie uns neuen Mut und frische Kraft gebracht?
Über den Schlaf habe ich zwei Gedichte geschrieben. Und da ich mal lesen möchte, was ich vor einem Dutzend Jahren darüber gedacht habe, suche ich mein Gedicht vom 17. Oktober 1995 heraus:

## MEIN SCHLAF

Warum fliehst du vor meinen Gedanken?
Und wie soll ich leben ohne deine wohlige Wärme?
Ohne dein Vergessen?
Habe ich das stille Atmen deiner Nähe missachtet,
mit dem du deine Freunde segnest?
Lass es mich wissen, du beständiger Weggefährte
meiner Tage,
        du, mein Schlaf.

Ich bin nicht so vermessen, deine Allgegenwart zu
leugnen. Unwissend die, die glauben, deinen Anspruch
schmälern zu können. Dich bezwingen zu wollen, das
wäre, als lege man Hand an sich selbst, und weder

Verstand noch Dummheit können dich überwinden.
Nicht Sklave bist du, dem man befehlen darf.
Begleiter bist du und Freund,
du, mein Schlaf.

Zu ungezählten Malen hast du mich erfrischt und erquickt und meine Tage beflügelt. Du hast mir Kraft geschenkt und in der Verworrenheit deiner Träume meinen Verstand geschärft.
Und wie könnte ich vergessen, dass es dir gelang, die Hitze des Blutes zu besiegen. Ich weiß wohl, dass du dort, wo ich verzweifeln wollte, mir das Vergessen und den Beginn geschenkt hast,
du, mein Schlaf.

Mir, dem Suchenden, bist du mehr noch.
Du bist im Leben mir der Lehrer und Meister.
Wissend, dass meine Tage endlich sind, lerne ich mit dir, dass die Endlichkeit des Lebens wie die Geborgenheit in deinen Armen vollbracht wird.
Und deine Güte ist es, diese Wendung in die Unendlichkeit als leisen Übergang vollziehen zu dürfen,
erlebbar und unerlebbar zugleich, mit dir,
mein Schlaf.

Wenn ich das heute lese, dann sage ich etwas verschämt: Es ist schön, dass es mir schon damals eingefallen ist. Dabei möchte ich es belassen. –
Da hat der Mentor der deutschen Literatur, der große Sohn unserer Nachbarstadt Quedlinburg im Harz, ein Genie der Deutschen, Friedrich Gottlieb Klopstock vor zweihundert Jahren mit knappen zwölf Worten die Empfindungen meines Alters so ausgedrückt: *„Oft bin ich schon im Traume dort, wo wir länger nicht träumen.“*

So ist es nun mal: Wenn ich in meinem kleinen Kreise hin und wieder mal auf die Begriffe „langer Schlaf“ oder „ewiger Schlaf“ zu sprechen komme, dann werde ich ermahnt, nicht immer vom Sterben zu reden. Das tue ich natürlich nicht, aber bedenken sollte man das doch. Dabei habe ich die Meinen nicht mit der Fußnote des bekannten Philosophen Schopenhauer konfrontiert, die da lautet: *„Le sommeil est un emprunt fait à la mort.“* (Der Schlaf ist ein geborgtes Stück Tod.)
Ein starkes Stück, oder?

Jedenfalls bin ich nunmehr ermutigt, doch noch mein zweites Gedicht über den Schlaf vorzulegen. Es ist gemäßigt, aber vor allem: Es drückt meine Stimmung am 13. November 2006 aus:

**Mein Schlaf**

Nun wird die Sonne untergehen,
und schwarze Wolken künden die Nacht.
Aus dem Dunkel stößt Gewölk hervor,
und langsam verstummt der Vogelchor.
Hat Zeit mir auch das Dunkel gebracht?
Wie soll ich meine Ruhe sehen?

Mein Schlaf ist heilend, ist mein Hafen.
Ich bin geborgen, so soll es sein.
Es gibt kein Gestern und kein Morgen,
verloren ungezählte Sorgen.
In der Erinnerung nur allein
darf ich nun ewig ruhig schlafen.

So, nun habe ich ausgeschlafen, vorläufig jedenfalls, und meine Gedanken wandern weiter.

Ich denke an eine kleine Kuriosität der Literatur, die indirekt auch etwas mit dem Schlafe, der Ruhe, zu tun hat. Ich fand sie in einer hübschen Broschüre, die den ungewöhnlichen Titel „Handbuch des nutzlosen Wissens" trägt. Darin ist Folgendes zu erfahren: Im Jahre 1902 übertrug ein Goethe-Verehrer die bekannten und unvergänglichen Zeilen Goethes:

*„Über allen Gipfeln ist Ruh.*
*In allen Wipfeln spürest du*
*kaum einen Hauch.*
*Die Vöglein schweigen im Walde.*
*Warte nur, balde*
*ruhest du auch."*

ins Japanische. Wohlgemerkt ins Japanische, und das war 1902. Einige Jahre später, und zwar 1911, übertrug ein französischer Verehrer japanischer Lyrik diesen übersetzten Text ins Französische. Ja, und ein Bewunderer der fernöstlichen Lyrik schließlich übersetzte das nun wieder ins Deutsche.
Das hier wurde am Ende aus dem Goethe-Text:

*„Stille ist im*
*Pavillon aus Jade.*
*Krähen fliegen*
*Stumm zu beschneiten Kirschbäumen*
*Im Mondlicht.*
*Ich sitze*
*Und weine."*

Da sage mir nur einer, dass das schlecht wäre! Aber, Gott sei Dank, Goethe hat es nicht erfahren. Man kann Gedanken in die Ferne wandern lassen, und was kommt an? Was wird aus den Erfahrungen der Generationen? Meine eigene Generation verdünnt sich unaufhaltsam, so bin ich der Letzte meiner alten Freundes- und Kollegenrunde. Immer rasanter nähert sich der Punkt null. Und das ist natürlich, Mit uns verblasst eine Wirklichkeit, die schon von der übernächsten Generation sehr unterschiedlich gewertet wird. Da gibt es die „Goldhagen“, die uns als willfähige Henker Hitlers bezeichnet haben. Das ist wahrhaft dumm und historisch unfähig. Und da gibt es die absolut „Uninteressierten“, die vermutlich alle historischen Fehler wiederholen werden, die vor ihnen begangen wurden. Für mich zählen die „Suchenden“, die der Sophrosyne, der Besonnenheit verbunden sind. –

Dies ist auch der Grund, warum ich, in meinen vier Wänden, in die ich mich, mehr oder weniger aus biologischen Gründen, zurückziehen muss, das Gefühl der Langeweile nicht kenne. Meine kleine Hausbibliothek, die ich hin und wieder mit kleinen Kostbarkeiten erweitere, ist für mich eine Heimat, meine Erinnerung und mein Gedächtnis. Zusätzlich habe ich meinen Computer als störrischen Schreiber.

Ach so, noch etwas bereichert meine Welt im Kleinen. Es ist mein handtellergroßer Freund Jacki, der sich oft in Erinnerung bringt, wenn er von einer Schulter auf die andere flattert. Ja, er duldet das Fernsehen nicht im Zimmer, ich auch nicht. Eine Kleinigkeit, eine Besonderheit passiert hin und wieder. Wenn mir Gerda ein Glas Tee auf den Schreibtisch stellt, fragt sie gelegentlich: „Was machst du?“ Antworte ich dann „Ich denke nach“, dann sagt sie, wohl um meine Reaktion zu prüfen: „Also machst du nichts!“
Na ja, ich warte immer mal wieder auf Gerdas Frage.

Seit Jahrzehnten schon steht eine kleine und dünne Reclam-Ausgabe in meiner unscheinbaren Bücherwand. Ihr Verfasser ist die liebenswürdigste Herrschergestalt des Altertums: Mark Aurel. Die Welt – bis heute – ist arm an solchen Persönlichkeiten. Doch nicht allein der Liebenswürdigste war er. Nein, ich glaube, er könnte auch der Wahrhaftigste genannt werden. Und das ist sehr viel mehr. Sehr viel. Was sollte man von einem Menschen mehr Gutes sagen können, der zudem noch römischer Kaiser war?

Mark Aurel schrieb als Tagebuch seines Umgangs mit der Philosophie seine „Selbstbetrachtungen". Ich hänge nicht der stoischen Philosophie an, doch ich habe manchen Tags das zerlesene kleine Buch in meiner Hand. Mit diesen Seiten möchte ich mich nicht auf die stoischen Selbstbetrachtungen Mark Aurels zurückziehen. Es gibt dennoch einen Aspekt, der mich an den großen Stoiker und Herrscher binden soll. Es ist der Versuch der Wahrheitsfindung, und ich erkenne, worauf ich mich da einlasse.

Wo ist die Wahrheit?
Wie erkenne ich sie?
Wie halte ich sie?
Wie schütze ich sie?
Oder: Gibt es keine Wahrheit?

Eines ist für mich außer Zweifel: Denken ohne Dünkel und Leben ohne Lügen habe ich nirgendwo erfahren, nicht in Geschichte und Gegenwart.
Was bleibt? Wie gehe ich damit um? Wo liegt der Sinn meines Nachdenkens?
Das ist ein gutes Thema – auch für mich in diesem Augenblick. Es sind keine Selbstbetrachtungen, so vermessen kann ich nicht sein. Meine Lesestunde gleicht einem Selbstgespräch, das mich zu Antworten führen kann. Ich spreche mit mir und hören kann mich nur, wer bei mir steht und wer mich hören will. Mehr soll's nicht.

Ich las neulich eine unumstößliche mathematische Erkenntnis, ein Axiom also: *„Die Wahrheit ist größer als das Beweisbare."*

Ich finde das wunderbar, erschreckend und geheimnisvoll zugleich. Es ist eine menschliche Erkenntnis, die viele Tore öffnet und verschließt, und meine Betonung liegt auf *menschlich*.

Also stochere ich in meiner Lesestunde ein Stückchen tiefer in meine ersten acht Lebensjahrzehnte hinein. Dreiviertel des zwanzigsten Jahrhunderts habe ich erlebt, und an manchem Detail bleiben meine Gedanken hängen.

Ich war im Jungvolk, später in der Hitlerjugend und bewunderte Rudi, meinen ältesten Bruder, der in den zwanziger Jahren Hitler persönlich kennenlernte. Während des Krieges meldete ich mich freiwillig zur Kriegsmarine und fürchtete, etwas zu verpassen. Ich habe nichts verpasst und saß bis über die Ohren im tiefen Nass.

Das kann man wörtlich nehmen. Nach meiner englischen Kriegsgefangenschaft war der Entschluss, ein Lehrer zu werden, die Konsequenz einer verpassten Jugend.

Ich sah keine andere Alternative, und ich bin heute froh darüber. Im Jahre 2005 erinnerte man sich in Deutschland und in der ganzen Welt des Tages, an dem der Zweite Weltkrieg nach zwei Atombomben und furchtbaren Opfern auf allen Seiten sein erlösend schauriges Ende fand. Es gab ein randvolles Füllhorn an Gedenkveranstaltungen, Filmen, Kommentaren und Berichten. Ich weiß, dass ich meine Besinnung, meine tiefe Nachdenklichkeit und Trauer mit Millionen anderer Menschen geteilt habe, die mit dem Erleben des Krieges alt geworden sind. In dieser Verfassung schrieb ich eine Sentenz. Heute, da ich noch ein wenig weiter über den Tellerrand blicken kann, würde ich meine Gedanken anders fassen; vielleicht nicht so polterig und philosophisch untergründig, eben weniger deutend, doch treffender. Wie auch immer: Ich schickte meine Sentenz an die Redaktion der großen Tageszeitung „Die Welt“ deren Resonanz und Bedeutung ich kannte und bat um den Abdruck. Meine Sentenz, die wohl ein Spiegelbild meiner Seele war, wurde weder gedruckt oder kommentiert, noch erhielt ich eine Antwort, obwohl ich schriftlich nachfragte. Übrigens, der von mir benannte deutsche Philosoph ist Friedrich Nietzsche.

Wenn ich das Suchen nicht aufgeben will, dann kann ich auch meine Gedanken von damals nicht aus meiner Lesestunde streichen. Der Funke glimmt in mir, und hier ist der Text meiner abgegebenen Sentenz.

Bernhard Hecht – Matrose im Zweiten Weltkrieg

## NACH SECHZIG JAHREN

Sentenz zum Ende des Zweiten Weltkrieges

Lasst mir meine Trauer und meinen Stolz und hütet euch davor,
die Tiefe der deutschen Schuld ständig neu ausloten zu wollen.
Ihr trefft auch andere Schuldner.

Wollt ihr, dass nach sechzig oder einhundert Jahren
gute oder böse Völker aufzulisten sind und die
Volks(ver)führer ihre gesammelten Verbrechen darlegen? –
Und wer könnte der Richter sein? Und wo gibt es die Austrittsformulare aus einem bösen Volke? Verdrehte Menschen
– ihr.
In der Menschheitsgeschichte hatten die Kriege immer zwei
Folgen:
Sie machten die Sieger dumm und die Besiegten boshaft –
und Bosheit vergeistigt, wie schon vor zweihundert Jahren
ein deutscher Philosoph erkannte.

Habt ihr noch nicht begriffen, wie Kriege entstehen?
Habt ihr keine Spiegel
mehr in euerem Hause?

Denkt an die Mütter der Toten, haltet ihre schwachen Hände,
legt Rosen auf ihre Gräber – schweiget.
Schweiget und denkt an das Morgen.
Schweiget und sorgt für das Über-Übermorgen.

*

Wir alle wissen es: „Schweigen", das ist ein großes Wort und ein nicht messbarer Inhalt. Es ist für jeden von uns Menschen eine besondere Herausforderung.
In meiner Lesestunde mag das Schweigen nur zum Atemholen für neue Gedanken andauern. Und wie will ich sie nennen?

## KATALOG, NUMMER 126

Da habe ich dieser Tage mal wieder die Luft meiner Bücher geatmet. Ich brauche das und muss hin und wieder „in meinen Büchern kramen", um einen Ausdruck meiner Frau zu gebrauchen. Es ist auch immer ein Überraschungseffekt dabei, wenn ich einen Band greife, der, aus welchem Grunde auch, meine Aufmerksamkeit fesselt. Ich erlebe eine Stunde, die mich vergessen lässt, dass mein schlauer Computer auf mich wartet und denke gelassen: Der Computer ist auch nur ein Stück „dummes Blech".
Heute war es etwas Besonderes. Immer wieder in den letzten Tagen habe ich mich mit meinen Wurzeln, mit meiner Familie, beschäftigt. Ich kramte in alten Briefen und Zeitungen und nahm Bücher zur Hand, die geradezu auf meine Berührung zu warten schienen.
Also, ich hielt einen Katalog der Staatlichen Museen zu Berlin aus dem Jahre 1980 in den Händen und schlug die Seite auf, die von einem sinnigen Lesezeichen markiert wurde. Darauf prangte unter einer roten Rose in geschwungener Schrift folgender Spruch:

„Es gibt nur ein Glück, die Pflicht,
Nur einen Trost, die Arbeit,
Nur eine Freude, das Schöne."

Es klingt gut, aber ziemlich pathetisch, doch ich lache nicht darüber. So schlug ich den Katalog auf – und da stand:

Nummer 126
Turmförmiger Kabinettschrank
Holz (Weißbuche, Eiche, Nussbaum) gedrechselt und geschnitzt Zerbst in Anhalt, Otto Lüderitz vor 1897,
Höhe mit Tisch 195 cm.

Ich las dann den beschreibenden Text und sah auf der Seite 290 ein ganzseitiges Foto. Ja, im gleichen Augenblick fühlte ich mich versetzt in die sogenannte „Gute Stube" in meinem Elternhaus am Markt, die nur zu besonderen Anlässen genutzt wurde. In einer Ecke in der Fensterfront, in der mein Vater seine Kakteen umsorgte, stand der Kabinettschrank in einem Glaskasten, der bis zur Decke reichte. Es kamen tausend Erinnerungen – sie sind da, und es drängt mich, ein wenig zu plaudern. Wer sonst könnte jemals darüber sprechen?
Seltsam, den Begriff „Kabinettschrank" kannte ich als Kind nicht. Wir sprachen zu Hause immer nur vom „Indischen Tempel", oder wir sagten einfach nur „Tempel". Das entsprach mehr unserer Vorstellungswelt.

Übrigens, meine Mutter hat mir, dem Jüngsten, einmal ein paar Geheimfächer gezeigt, an die ich mich erinnere, und so darf ich annehmen, dass ich bis in diese Stunde der einzige bin, der sie kennt.
Mehr als sieben Jahrzehnte der rauen Wirklichkeit haben die lebhaften Erinnerungen an die kleinen Sorgen und Freuden der Kindheit in den Hintergrund gedrängt, und nur

mühsam gelingt es mir, in den Nebel des Vergessens einzudringen.

Vor mir verdichtet sich das Bild eines hageren und gebeugten alten Mannes mit schütterem grauen Haar. Er war schweigsam, zurückhaltend und nur die Augen signalisierten Aufmerksamkeit. Sein Lachen habe ich nicht kennengelernt. Einmal nur habe ich ihn aufgebracht und aufgeregt erlebt. Das war während seines Besuches bei uns in Sangerhausen, den er auch benutzte, einer Einladung des Stolberger Fürsten nachzukommen. Opa wollte allein nach Stolberg fahren. Nur ich durfte ihn begleiten, denn ich ging noch nicht zur Schule. Heute erkenne ich mehr, als ich damals begreifen konnte.

Der Stolberger war ein Kunstliebhaber und musste wohl in Leipzig oder München ein Werk vom Großvater gesehen haben, das dieser den Ausstellungen zur Verfügung stellte. Jedenfalls, vom Dialog auf dem Schloss, um es so zu nennen, weiß ich noch, dass Opa wiederholt abwehrend ein unkonventionelles „Nein, Herr Fürst" hervorbrachte. Wie sollte er auch wissen, wie man den vom Kaiser mit dem Fürstentitel ausgezeichneten Grafen von Stolberg anzusprechen hatte. Eines spürte ich: Opa wurde von Minute zu Minute aufgeregter, und aus seinem Munde kam am Ende nur ein kategorisches „Nein!" Ich achtete nicht darauf, denn meine Gedanken waren immer noch bei den Soldaten der Wache in ihren Fantasieuniformen, die uns eingelassen hatten.

Opa ist dann nie wieder nach Sangerhausen gekommen. Mein Vater sagte später wiederholt, wenn das Gespräch darauf kam, dass Opa die „Stolberger Silberlinge" niemals genommen hätte, und Vater hatte wohl eine Bibelgeschichte im Sinn. Damit war die Sache erledigt, und eines ist unumstößlich: In keinem Falle hat mein Großvater eine seiner zahlreichen kostbaren Arbeiten verkauft. Er verschenkte alles, und zwar nur an seine vier Kinder.

Vor mir auf dem Schreibtisch liegen die wenigen Fotos der Goldenen Hochzeit von Oma und Opa Lüderitz in Zerbst. Das war im Februar 1930, und ich denke an meine Goldene Hochzeit im Oktober 1999.
Auch ein kleiner Zettel liegt vor meinen Augen, und meine Mutter sorgte dafür, dass sein Inhalt nicht verloren ging. Es sind ein paar Gedichtzeilen, die mich Mutter lehrte, denn ich war erst viereinhalb Jahre alt und konnte noch nicht lesen. Meine sonst so nachsichtige Mutter kontrollierte streng, dass ich die kleinen Verszeilen, die ihr Bruder, mein Onkel Willy aus Zerbst, geschrieben hatte, auch fehlerfrei vortragen konnte. Sie tragen das Datum vom Januar 1930, und ich hätte sie vergessen, gäbe es nicht einen Textentwurf, der die Zeit überdauert hat.
Ich muss wohl davon ausgehen, dass Opa und Oma mein Vortrag gefallen hat, denn meine Mutter hat es oft erzählt. So haben also zwei Feiern der Goldenen Hochzeit eine bleibende Erinnerung bewirkt. Ich glaube, sie schließen einen Kreis, den man nicht brechen kann.
Am 13. Mai 1982 erschien in der Nationalzeitung ein längerer Artikel über das Berliner Kunstgewerbemuseum unter der Überschrift „Ein Inselschloss und seine Schätze". Der Bericht enthält ein Foto des Werkes mit der Katalog-Nummer 126. So habe ich etwas später einer Bitte der für künstlerische Werke zeichnenden Historikerin Dr. Wesenberg entsprochen und eine Laudatio für meinen Großvater geschrieben. Was daraus geworden ist, das weiß ich nicht. Aber an diese Stelle setze ich noch einmal den Text dieser Würdigung:

**Otto Lüderitz**

Dem Tischler Johann Martin Mieding widmete Goethe die nachfolgenden Worte:

Dir gab ein Gott ein holder, steter Kraft
Zu deiner Kunst die ew'ge Leidenschaft.
Ein jeder, dem Natur ein gleiches gab,
Besuche pilgernd dein bescheiden Grab.
Fest steh' dein Sarg in wohlgegönnter Ruh';
Mit lockrer Erde deckt ihn leise zu
Und sanfter als des Lebens liege dann
Auf dir des Grabes Bürde, guter Mann.

Seinem Leben und Werke folgend könnten diese Worte auch dem Tischler Otto Lüderitz gelten.
Andreas Christian Otto Lüderitz wurde am 9. Mai 1857 in Nedlitz, Kreis Zerbst, geboren. Auch sein Vater und sein Großvater waren Tischler in Nedlitz. Noch weitere drei Generationen lässt sich die Ahnenreihe der Lüderitz bis um das Jahr 1670 verfolgen. Sie waren Handwerker und Ackerleute. Die Fähigkeit, dem Holz mit feinfühlenden und überaus geschickten Händen Leben zu verleihen, war eine sich vererbende gute Gabe der Familie.
Ottos Vater, Peter Lüderitz, war der zweitjüngste von sieben Brüdern, die eine Musikkapelle bildeten und von denen fünf das Tischlerhandwerk erlernten.
Von 1873 bis 1877 arbeitete Otto Lüderitz, der mit 16 Jahren seine Mutter verlor, in Braunschweig. Hier gewann er Anregungen für sein späteres künstlerisches Schaffen.
Im Jahre 1880 heiratete er Emma Ebert, die älteste Tochter eines Zerbster Zimmermanns, dessen Frau einer Stellmacherfamilie entstammte. Er erwarb in Zerbst das kleine Haus Scheibank Nr. 32, das im Zweiten Weltkrieg ein Opfer der Bomben wurde.

In größter Anspruchslosigkeit, aber geborgen in der Liebe ihrer Eltern wuchsen die Kinder Elsbeth, Max, Martha und Willy auf, und zu den fest gefügten Erinnerungen der zehn Enkel gehört das Bild vom Großvater, dem gebeugten, scheuen und bescheidenen Mann, der bis spät in den Abend bei schlechtem Licht in seiner kleinen Werkstatt den Hölzern Gestalt gab. Seine Arbeitstage gab er als Modelltischler einer kleinen Fabrik in der Nähe des Zerbster Bahnhofes, der Firma Müller. Noch heute erinnert ein unter Denkmalsschutz stehendes Tor, welches er schuf, an diese Tätigkeit.

An den Abenden und jede freie Stunde arbeitete er an seinen kleinen und großen Kunstwerken, deren genaue Zahl niemand kennt. Er verkaufte seine Arbeiten nicht, aber er schenkte sie seinen Kindern.

Schwer ist es ihm gefallen, das Geld für die seltenen und kostbaren Hölzer aufzubringen. Da konnte auch die kleine Wäscherolle, die seine Frau Emma betrieb, nicht viel aufbessern. Otto Lüderitz erlebte noch, dass seine Werke öffentliche Anerkennung fanden, so auf der sächsisch-thüringischen Gewerbeausstellung in Leipzig oder zur Kunstausstellung in München, die ihm eine Goldmedaille brachte.

Einige seiner Kunstwerke sind am 16.4.1945 bei einem Bombenangriff auf Zerbst verbrannt. Das in München ausgezeichnete Wandschränkchen wurde, unauffindbar, von einem Urenkel in Wernigerode veräußert. Ein wertvoller Schrank mit Intarsien steht bei einem Urenkel in Hoyerswerda. Der in Leipzig anerkannte sogenannte Tempel hat 1983 seinen Platz im Kunstgewerbemuseum Berlin, Katalog Nummer 126, gefunden. Eine kostbare Schatulle gelangte über einen Enkel in die Hände eines Verwandten in Erlangen. Der jüngste Enkel in Sangerhausen ist im Besitz eines einzigartigen Schmuckstockes, dessen Knauf und Schaft zu öffnen sind. Eine Enkelin in Wernigerode verfügte bis zu ihrem Tode über mehrere wertvolle Arbeiten, und ein kostbarer Sekretär mit selten schö-

nen Intarsien sowie weitere künstlerische Arbeiten befanden sich in Zerbst in den Händen der Enkelinnen Ilse und Dr. Käthe Lüderitz, die die letzten Trägerinnen des großväterlichen Namens waren.
Otto Lüderitz, dem es vergönnt war, im Februar 1930 im Kreise aller Kinder und Enkel an der Seite seiner Frau die Goldene Hochzeit zu begehen, starb am 9. November 1933."

Dies also war meine Laudatio, die ich damals dem Museum zur Verfügung gestellt habe. Eigentlich ist alles gesagt. Dennoch, über den Verbleib mancher Kunstwerke fehlen mir heute sichere Hinweise. Ich weiß nicht, was aus den Zerbster Arbeiten, den Werken in Wernigerode und Hoyerswerda geworden ist. Unsere große Familie, in der ich meine Wurzeln immer gefunden habe und die das Erbe „Opa Lüderitz" getragen hat, ist auf einen kleinen Rest zusammengeschmolzen, und es gibt sie nicht mehr. Nur noch in meinem Gedächtnis leben die Erinnerungen. Darum bin ich auch etwas schuldig. Ich schulde es meinem Großvater Otto Lüderitz, über das letzte Kapitel seines Lebens zu schreiben.
Ein Telegramm rief Mutter zu ihrem sterbenden Vater nach Zerbst, und ich war an ihrer Seite. Wir standen an seinem kargen Lager, als er am späten Nachmittag des neunten November 1933 auf seine lange weite Reise ging, von der es keine Wiederkehr gab.

Der Opa lag angezogen auf seinem Bett, das man in die Stube gestellt hatte. Seine Emma und seine vier Kinder umringten ihn. Nur Anni, Ilse und ich, drei seiner zehn Enkel, standen still und verschüchtert in der Nähe der Tür.
Es dämmerte und eine schwache Glühlampe brannte in dem weißen Lampenschirm mit den grünen Glasperlen.
Opa schlug die Augen auf, ich konnte es sehen, und keiner sprach. Dieser eine Augenblick bleibt unvergesslich.

Dann, mit matter und stockender Stimme, begann Opa zu singen, ein fast lautloses Singen. Er sang das Lied, das Hoffmann von Fallersleben im Jahre 1841 auf der Insel Helgoland dichtete. Kaum vernehmbar, mehr zu erahnen, die Worte „Deutschland, Deutschland über alles ..." Schließlich war nur noch das Schluchzen seiner Kinder zu hören. Ich weiß nicht, welche Strophe, welches Wort Otto Lüderitz auf seinen Weg mitgenommen hat.

In einer stillen Stunde, es war im Jahre 1948, vor meiner Verlobung, sagte mir meine Mutter: „Ich weiß es, Junge, dein Opa Lüderitz hat seine Heimat so geliebt wie Hoffmann von Fallersleben es tat."

Mutter musste es mir nicht erklären.

Ich bin glücklich und froh, dass ich diese Seiten geschrieben habe.

Eine leise Wehmut ergreift mich dennoch, wenn ich daran denke, dass mein Großvater mir nichts von seinen großartigen Fähigkeiten weiterreichen konnte. Manchmal glaube ich, dass ich „zwei linke Hände" habe.

Wer dies hier auch lesen sollte, ja, er muss wissen, dass auf dem höchsten englischen Orden die französische Inschrift steht: *„Honi soit qui mal y pense."* Die deutsche Übersetzung lautet: „Ehrlos sei, wer Arges dabei denkt."

Könnte ich es verwirklichen, mein Großvater würde postum mit diesem Orden geehrt.

Ich kenne nicht viele, die in ihrer Person seine Bescheidenheit, seine Fähigkeit und seine Hingabe so vollendet vereinigt haben.

*

Es drängt mich, an dieser Stelle noch einmal auf den von mir so geschätzten Joachim Fernau einzugehen; denn immer wenn ich an die Worte meiner Mutter denke, die sie mir über Fallersleben sagte, sehe ich jenes Zitat von Fernau über das

Deutschlandlied vor mir: *„Das Lied ist so oft böswillig missverstanden worden. Es ist weiter nichts als das Lied unserer Sehnsucht.“*
Ja, da hat Fernau meinen Opa skizziert.

Erinnerungen sind unerlässlich für uns. Jeder weiß das, denn er lebt mit ihnen. Eines aber ist sicher: Mit zunehmendem Alter ist der Mensch fähig, die Bilder seiner Kindheit so scharf zu zeichnen, dass er selbst darüber ins Staunen gerät. Du glaubst das nicht? Ich werde es dir und mir beweisen.

An anderer Stelle schrieb ich, dass ich im Sommer 1933 an der Seite meiner Mutter das Fürstenschloss in Zerbst besichtigen konnte. Es war das einzige Mal, dass ich dieses Schloss von innen sah. Und ich sehe mich heute noch an einem der Fenster stehen und höre, wie Mutter sagt: „Das hier ist das Zedernkabinett, es ist der schönste Raum dieses Schlosses.“
Mich interessierte mehr der Ausblick, und so erklärte Mutter: „Du siehst die Schlossfreiheit und da ist auch der Eingang zum Schlossgarten. Doch schau dich lieber hier mal um!“ Mir wird in diesem Augenblick bewusst, dass meine Mutter gleich einer Fremdenführerin in der Mitte des Raumes stand, und – sie stand wie verzaubert. Ich aber sah nur Verzierungen, ein paar Stühle, einen Kamin und überall und immer wieder Verzierungen.
Etwas ganz Bestimmtes sagte Mutter mir nicht. Leider! Ich war wohl noch zu klein und unerfahren. Sie sagte mir nicht, dass anlässlich eines gemeinsamen Schlossbesuches im Jahre 1911 mein Vater im Zedernkabinett bei ihren Eltern um ihre Hand anhielt. Ja, Mutter konnte ihre Gefühle schützen und ihren Mund bewahren.
In meiner Geschichte „Das Zedernkabinett“ erzählte ich, dass ich, Jahre nach dem Tode meines Großvaters, seine liebe Emma, meine Oma, auf ihren Spaziergängen durch den

Schlosspark begleitete. Wir saßen auf einer kleinen Holzbank an der Nuthe und Oma erzählte von den „Störchen, die wiederkehren“, und sie meinte ihre Erinnerungen.
Ich sage es mit ein wenig Stolz: Ich war ein aufmerksamer Zuhörer. Und aus Omas Munde erfuhr ich das, was meine Mutter mir Jahre zuvor beim ersten und einzigen Besuch im Schloss nicht sagen wollte oder konnte.
Ja, es ist sozusagen dennoch „sehr seltsam“ – eine wichtige Kleinigkeit wiederum hat Oma mir auch nicht gesagt.
Warum wohl? Ja, sie war die Mutter meiner Mutter. Und was sagte sie nicht?
Sie sagte nicht, dass Opa so manches Mal einen bestimmten Raum im Schloss aufsuchte. Dann ging er allein, ließ es nur seine Emma wissen und holte sich so Kräfte und Anregungen für sein eigenes künstlerisches Schaffen.
Woher könnte ich das wissen?
Ich habe es gesehen, ja, ich sehe es immer wieder, wenn ich den vor mir liegenden Band aufschlage.
Vor einigen Tagen erwarb ich den gerade erschienenen Prachtband „Schloss Zerbst in Anhalt – Geschichte und Beschreibung einer vernichteten Residenz“. Vierhundert Seiten im Großformat! Texte, sachlich und detailliert, Fotografien in Fülle und auch in Farbe. Das ist ein Glücksgefühl.

Ich lese und schaue. Ich sehe auch das Zedernkabinett, und ich kann es kaum fassen. Dort hat mein Opa mit seinen Augen getrunken, um mit den Händen zu sprechen. Ich weiß und erlebe es, wenn ich mich an unsere sogenannte „Gute Stube“ im Elternhaus erinnere, in der Opas Werk stand.

Vor mir liegen heute unsere Familienfotos, und ich sehe Opas Kunstwerke. Mir will scheinen, der Künstler und Schöpfer vom Zedernkabinett im Zerbster Schloss war ein guter Schüler meines Opas.

Am Vormittag des 16. April 1945 ging die Stadt Zerbst mit ihrem Schloss im Bombenhagel amerikanischer Flugzeuge unter, und 573 Menschen starben in diesen Minuten. Ich spreche nicht von dem, was in Asche fiel, nein, ich spreche von den Erinnerungen und Bildern, die geblieben sind. Oma hat diesen Untergang nicht mehr erlebt. Sie starb wenige Wochen vorher – an Altersschwäche. Das kleine Häuschen meiner Großeltern, es stand in der Schleibank, war nach dem Bombardement nicht mehr auffindbar. Schön, dass Oma ihre friedvolle Ruhe in einer besseren Stunde gefunden hat. Noch im hohen Alter ging sie oft in den Schlossgarten. An einer kleinen Holzbrücke über die Nuthe fand sie eine einfache Holzbank ohne Lehne. Von dort aus konnte sie auch in der Ferne das Schloss erkennen, und zu dieser Bank hin durfte ich Oma begleiten, wenn ich im Sommer in Zerbst war.
Diese Erinnerungen habe ich als „Katalog 126“ vereint. Doch ein wichtiges Zipfelchen fehlt noch, und ich füge es gern hinzu: Die Seite 51 der Geschichte des Zerbster Schlosses zeigt eine Fotografie aus dem Jahre 1932, und zwar eröffnet das Bild einen Blick über die mit hohen Bäumen bestandenen Ufer der Nuthe mit einer kleinen Holzbrücke und folgenden Stufen, hinter denen man in der Ferne das Schloss erkennen kann.

Würde Oma dieses Foto sehen, sie würde sagen: „Siehst du, da, gleich rechts, dort steht meine Bank.“
Recht hat sie!
Ja, es ist ein wahrhaft schöner Zufall, das mit der Fotografie. Ich zeigte Gerda das Foto. Und blitzartig sagte sie: „An dieser Brücke mit der kleinen Holzbank daneben, da waren wir schon einmal, und wir hatten einen Kinderwagen dabei.“

Tatsächlich, der Kinderwagen hatte uns per Bahn von Sangerhausen nach Zerbst begleitet, und ich zeigte meiner kleinen Familie auch die Bank meiner Oma.

Ja, die jüngeren Erinnerungen werden immer spärlicher. Ulli wird es schon entschuldigen, dass ich beinahe vergaß, seine Teilhabe an diesem Geschehen zu erwähnen.
Was bleibt nun?
Ich werde durchhalten müssen, denn zu gegebener Zeit muss ich auch meinen Urenkel an eine kleine historische Stätte führen.
Ich wünsche, es könnte mir gelingen.

*

Ich weiß es: Auch das Lesen strengt an!
Schlussfolgerung: Atempause! Ein halbes Gläschen Weißer Burgunder.
Das ermuntert und glättet die Wellen zugleich.
Frischer Atem wird gebraucht, denn die Lesestunde springt schnell einmal zur letzten Generation hinüber, und es muss sein.

Es erhebt sich die Frage: Wie bringt sich ein Urgroßvater seinem Urenkel gegenüber in bleibende Erinnerung?
Der Brief ist eine überdauernde und würdige Form. Sappho hat es begonnen, Goethe hat es zur höchsten Form kultiviert, und ich versuche es bescheiden auf meine Weise.
So folgt in meiner Lesestunde der wortwörtliche Text des ersten Briefes an meinen Urenkel. Es wird nicht mehr lange dauern und er wird ihn verstehen, dessen bin ich sicher.

## MEIN LIEBER KLEINER URENKEL NILS MAXIMILIAN!

Heute ist Freitag, und es ist der 7. September 2001. Kurz nach sieben Uhr machte ich mich auf den Weg zum Wochenmarkt. Zwanzig Minuten Fußmarsch sind das.
Ich müsste besser sagen: gemächliches Schreiten zu Fuß, und zwar mit Hilfe des Stockes, der das Gleichgewicht stützen

soll. Doch das soll jetzt nicht mein Thema sein. Irgendwo auf meinem Wege kam mir ein Gedanke, der sich festhakte, der mich so packte, dass ich jetzt hier sitzen muss, um meinen Computer zu füttern. Und es ist noch nicht zehn Uhr. Wann werde ich fertig sein?

Dennoch, ich muss etwas ausholen. Vorgestern habe ich dich zum ersten Male gesehen. Ich stand im Wohnzimmer vor der Couch, und vor mir auf einem Kissen dieses Bündelchen Leben, mit den Händchen greifend, strampelnd und blinzelnd, so schien es mir. Wolltest du mir sagen: schau mich an, ich bin dein Urenkel, wollen wir Freunde sein?

Ich habe dich angesehen, wortlos, und ging dann schnell in mein Zimmer, weil ich mir einen Tropfen aus den Augen wischen wollte. Siehst du, das war meine Antwort, so habe ich unsere Freundschaft besiegelt. Sie soll dauern, und nur die Natur darf eine Markierung setzen.

Zurück also zum Wochenmarkt, der übrigens dort stattfindet, wo in einem alten Hause am Markt vor mehr als 76 Jahren auch meine Wiege gestanden hat, und mit der Besinnung auf meine Wurzeln, reifte meine Absicht, dir einen Brief zu schreiben.

Ich wähle die sicherste Art, dir diesen Brief über die Jahre zu erhalten, solange also, bis du selbst lesen und urteilen kannst, und das ist es, was ich wünsche.

Das Geheimfach für meinen Brief ist die Öffentlichkeit, die größtmögliche Öffentlichkeit. Eines Tages, in zehn, fünfzehn oder zwanzig Jahren, wirst du dich so an deinen Uropa erinnern. Ich werde sehr weit weg sein, aber ich werde hören, was du sagst.

Heute sollst du mein Leser und Zuhörer sein! Später kannst du mir sagen, wie die übernächste Generation die Welt sieht und was sie geschaffen hat. Ich fürchte aber, dass Du mir zustimmen musst, wenn ich behaupte, dass die Menschheit in mehr als fünftausend Jahren Geschichte, auf die sie erken-

nend zurückblicken kann, keinen möglichen Fehler ausgelassen hat.
Keine Dummheit wurde vermieden, obwohl die Menschen glaubten, immer klüger zu werden. Ist es denn wahr, dass alle Revolutionen in der Geschichte bisher nur eines bewiesen haben, nämlich, dass sich vieles ändern lässt, bloß nicht die Menschen? Ich bin tief überzeugt davon, dass es wahr ist.
Es ist wahr, so, wie es auch wahr ist, dass die Menschen, die das erkennen, nicht imstande sind, das Räderwerk der Dummheit, der Arroganz, des Verbrechens und der Globalisierung des Machtmissbrauchs aufzuhalten.

Ich habe ein ganzes Leben gebraucht, dies verstehen zu lernen. Doch ich habe auch erkannt, dass es immer und überall winzige Schritte gibt, die ins Dunkle gehen, und ein Philosoph ist dann ein Großer, wenn er begreift, dass der denkende Mensch immer seine Grenzen achten muss. Er muss sie achten, und zwar bei Strafe des Scheiterns! Das, und genau das ist es, was den „Freund der Weisheit" vom „Feind der Weisheit" unterscheidet.
Tausend Dinge möchte ich sagen, und eines dazu.
Ich schreibe keinen Artikel, keinen Bericht, keinen Kommentar, nein, das alles nicht. Einen Brief schreibe ich. Und weißt du, wie man einen rechten Brief schreibt? Der Schreiber eines Briefes weiß am Anfang nicht, was er am Ende schreiben wird, und er weiß am Ende nicht, was er zu Anfang gesagt hat.
Ja, so schreibt man, wenn man einen guten Brief schreiben will. Wer weiß das heute noch?
Du wurdest im ersten Jahre des dritten Jahrtausends geboren. Dein Jahrtausend dauerte gerade 200 Tage ohne dich. Am 201. Tage wurdest du geboren. Glaube mir: du hast nichts verpasst. Eines Tages wird dir dein Vater davon erzählen.
Ja, denke nur nicht, dass ich die Absicht habe, in irgendeiner Weise jemanden erziehen zu wollen. Nein, nein!

Was ich will? Ganz einfach! Ich will schreiben, was ich denke. Und das ist ein Vergnügen. Übrigens: In meiner Rekrutenzeit bei der Kriegsmarine, das war während des Zweiten Weltkrieges, hörte ich von Kameraden, die die Grundausbildung bereits abgeschlossen hatten, folgendes geflügeltes Wort: „Wer hat es verdient, zum Gefreiten befördert zu werden? Nur derjenige, der es fertig bringt, eine Stunde aus dem Kasernenfenster zu gucken, ohne an irgendetwas dabei zu denken!" Das habe ich leider nicht gekonnt.
Vor ein paar Wochen, dein Großvater war zu Besuch bei uns, da sagte er zu seiner Mutter, die mich gerade irgendwie zur Ordnung rufen wollte: „Siehst du, Mutti, du kannst den Opa (– ich war gemeint –) nicht mehr erziehen, du kannst ihn nur noch genießen!" Ist das nicht herrlich?
Zu deinem Großvater, ich glaube, er ist mein bester Freund, möchte ich dir nachher noch etwas sagen. Doch an dieser Stelle muss ich etwas bei meiner Marinezeit verweilen, und ich glaube, hier muss ich sehr ernst sein. Es geht nicht anders, es war die schwerste Zeit meines Lebens. Du wirst so manches über diesen schlimmen Krieg hören oder lesen. Nimm das alles kritisch auf und vergiss eines nie: Die Schuld ist niemals etwas Allgemeines. Schuld ist immer subjektiv. Die Schuld hat der Mensch selbst zu tragen. Kannst du dir vorstellen, was meine Mutter – Deine Ur-Ur-Oma – zu tragen hatte in endlosen Nächten des Krieges? Sie hatte fünf ihrer Söhne an den Fronten und war die liebste, klügste und unschuldigste Mutter, die es gab. Sie lehrte mich meine Muttersprache, die ich so liebe.

Wann aber, so muss ich, der alte Mann, heute fragen, haben die Politiker, die Sieger in den Kriegen, je begriffen, wie man die Schuld erkennen und wahrhaft sühnen muss, und wie man dafür zu sorgen hat, dass keine neue Schuld wächst?
Als ich zehn Jahre alt war, bekam ich als Weihnachtsgeschenk ein Buch über die Seeabenteuer des Grafen Luckner während des

Ersten Weltkrieges. Ich habe es damals immer wieder gelesen. Übrigens: Dein Vater war in seinen Jugendjahren mit einem Urenkel Luckners befreundet, und mir scheint, dass der seinen Uropa nicht verleugnen konnte. Zurück zu deinem zehnjährigen Uropa. Auch ich wollte unbedingt zur See gehen. Als ich dann nach 1933, der Machtübernahme Hitlers, in der Hitlerjugend war, lernte ich alle Morsezeichen und übte das Funken. Ich wollte auf einem großen Musikdampfer Funkoffizier werden.
So dachte ich. Doch hoch oben, am politischen Himmel wurden die Fäden anders gezogen.

Der Krieg war schon entschieden, nur ich hatte es noch nicht begriffen, da wurde ich doch noch Funker. Aber es war kein Musikdampfer, den ich betrat, ich schlief in einer stickigen Koje in einem kleinen Boot, das gejagt wurde, obwohl es selbst eigentlich jagen wollte. Ja, ich verlor die Jahre meiner Jugend, aber viele, sehr viele meiner Kameraden verloren ihr Leben. Wenn ich die Augen schließe, dann sehe ich die Gesichter mancher Matrosen, und ich sehe sie neben mir.
Ich ahne nur, wie schwer es deiner Generation fallen wird, ein wahrhaftes Bild meiner Generation zu finden, und ich erinnere mich daran, was ich vor einigen Wochen in einer Schule der Abgangsklasse gesagt habe. Ich hatte es mir wörtlich ausgearbeitet: Vielleicht ist es bekannt, dass der römische Konsul Cato ein kluger und sittenstrenger Mann war und zugleich auch ein Gegner Karthagos. Nun ja, das ist schon mehr als 2000 Jahre her. Wegen einer Nichtigkeit musste er noch mit achtzig Jahren vor Gericht erscheinen. Trotzdem war er tief bedrückt. Seine Begründung: Es ist immer sehr schwer, sich vor einer Generation zu verteidigen, die nicht mit uns gelebt hat!

Goethe, der Humanist und Klassiker, formulierte den gleichen Gedanken so: *„Der alte Mensch verliert eines der größten Menschenrechte; er wird nicht mehr von seinesgleichen beurteilt."*

„Ich bitte Sie", so habe ich vor den Schülern gesagt, „diese Erkenntnis in Ihren Verhaltenskodex zum alten Menschen einzubeziehen. Als vor ein paar Jahren der junge amerikanische Politologe Goldhagen sein Buch 'Hitlers willige Vollstrecker' in Deutschland veröffentlichte, fühlte ich mich als Zeitzeuge und Historiker in unverantwortlicher Weise brüskiert. Entweder hatte Herr Goldhagen schlechte Lehrer oder er war ein schlechter Schüler."

Das also waren meine Worte, und ich habe in den Gesichtern der jungen Leute, die ihr Diplom als Altenpfleger empfangen wollten, die Nachdenklichkeit gelesen.
Nun möchte ich eine Frage stellen. Gib mir in fünfzig Jahren deine Antwort und vergiss es nicht!

Wie hat sich die Demokratie, die du kennst, entwickelt, verändert und gefestigt? Sage es und höre hier meine Gedanken dazu.
Du musst wissen, dass ich die Weimarer Republik noch kennen gelernt habe. Die Jahre von 1933 bis 1945 in Deutschland haben sich in mir tief eingegraben.
Und dann, genau eine Woche nachdem Uroma und ich am ersten Oktober 1949 geheiratet hatten, wurde die DDR gegründet. Unser Wohl, unser Wehe und unsere Hoffnungen waren mit der DDR verknüpft. Die volle Arbeitskraft haben wir ihr gegeben. Am vierzigsten Geburtstag deines Opas waren wir in Berlin, deine Uroma und ich. Es war ein ganz schlimmer Geburtstag, musst du wissen!
Dein Opa kam vom Dienst nach Hause und sagte: Heute werde ich vierzig Jahre alt, und ab morgen habe ich keine Arbeit mehr. Ich liege auf der Straße.
Den Oberstleutnant meines Namens gibt es nicht mehr. Es gibt nur noch den Arbeitslosen, den Entlassenen, der keine Ansprüche hat, ja, mich gibt es.

Uroma und ich, wir wussten mehr, aber ich weiß nicht, ob wir es in dieser Stunde gesagt haben. Wir wussten, dass wir einen Sohn hatten, der immer unseren Stolz verdient hat, der fleißig und gebildet war, der bewiesen hatte, dass das Wort Ehre auf ihn zu übertragen sei, ohne Floskeln und ohne Einschränkung.
Du sollst wissen, dass das auch heute zutrifft und dass die Frau an seiner Seite, deine Oma, immer zum Opa gestanden hat.
Wie auch immer!
Es ist sicher, dass die Wiedervereinigung Deutschlands in einer demokratischen Bundesrepublik ein historischer Gewinn war, wenn auch mit ungezählten objektiven und subjektiven Schwächen und Mängeln. Ich erkenne, dass es keine Demokratie gibt, die nicht den Keim der Despotie in sich trägt. Schlimm ist es, wenn man vergisst, dass es keine Freiheit geben darf zur Zerstörung der Freiheit.
Der Mensch sollte auch nicht vergessen, dass man die Stimmen nicht zählen darf, wenn man die Wahrheit sucht. Wie sagte doch Seneca, der große Römer, dessen Name bis in unsere Zeit leuchtet: *„Das Mehrheitsprinzip ist kein Beweis für die Wahrheit."*

Wenn ich den Machern in der Politik und in den Kanzleien eine Pflicht auferlegen dürfte, dann würde ich fordern, dass jeder, der eine hohe Verantwortung für Menschen trägt, jene Rede studiert, die Sokrates, der große Grieche und Vater der Philosophie, gehalten hat, nachdem ihn die Volksversammlung in Athen zum Tode verurteilt hatte. Sie gipfelte in den Worten: „Nun ist es Zeit, wegzugehen, für mich, um zu sterben, für euch, um zu leben. Wer von uns dem Besseren entgegengeht; ist jedem verborgen."
Er nahm den Giftbecher und starb im Kreise seiner Schüler. So war das also: Er wurde zu Unrecht verurteilt.

Ich habe viel über Sokrates nachgedacht – die griechische Geschichte hat es mir angetan – und ich habe verstanden, dass es notwendig ist, seine eigene Haltung zum Leben und Sterben des Menschen zu durchdenken. Ich weiß, dass jener Mensch, der in seinem Leben das Nachdenken über den Tod versäumt, die Wirklichkeit des Menschen verfehlt hat. Ist das nicht schlimm?
An dieser Stelle höre ich deinen Opa mir sagen: „Was du nur vom Sterben sprichst!“ Dann sage ich: „Das stimmt aber nicht, mein Junge, denn ich spreche vom Leben.“

Wie sieht das mein Urenkel?
Gehören denn zum Leben nicht die Hoffnung, der Schlaf, das Lachen – und das Sterben?
Immanuel Kant, den ich als den Großen, den würdigsten unter den philosophischen Denkern der Geschichte anerkenne, sagte: *„Der Mensch muss sich in die Natur schicken; aber er will, dass sie sich in ihn schicken soll.“*
Kann dieses Wort jemals seine Wahrheit verlieren? Derweil ich hier Kant zitiere, drängt es mich, auch ein anderes Wort von Kant auf mein Papier zu bringen. Eine wunderschöne Lebensauffassung liegt darin, eine Wortschöpfung, die kein Mensch treffender und gehaltvoller gebracht hat: *„Zwei Dinge erfüllen das Gemüt mit immer neuer und zunehmender Bewunderung und Ehrfurcht, je öfter und anhaltender sich das Nachdenken damit beschäftigt. Der bestirnte Himmel über mir, und das moralische Gesetz in mir.“*
Wenn du irgendwann, in einer ruhigen Stunde, diesen Brief liest, dann ist es dir auch möglich, ein paar Aufzeichnungen oder Gedichte von mir in die Hand zu nehmen und vielleicht Antworten auf Fragen zu finden. Was ich geschrieben habe, das spiegelt irgendwie mein Leben wider. Findest du auch Antworten auf alle deine Fragen? Ich mag es nur hoffen, doch ich kann es kaum glauben. Was würde ich alles meinen Uropa

fragen, wenn ich es nur könnte. Mein ältester Vorfahre, den ich persönlich kennenlernen konnte, das war mein Großvater Lüderitz in Zerbst. Als er am 9. November 1933 starb, stand ich an der Seite meiner Mutter an seinem Bett. Ich habe an anderer Stelle darüber geschrieben, und dieser trübe Tag ist mir unvergesslich geblieben, auch wenn ich damals erst acht Jahre alt war. Ich glaube, er hat mir seine Würde geschenkt. Ich habe es gespürt bis in diese Stunde.

Etwas möchte ich dir noch sagen. Und es soll kein Zitat sein. Es sind meine Gedanken, und es sind meine Empfindungen. Zur Erfüllung des menschlichen Lebens reicht es nicht aus, das Leben für eine neue Generation weiterzureichen.
Der Traum des eigenen Lebens hat sich dann erfüllt, wenn es gelungen ist, das Licht der Freude und das Glück des Lebens auch in der Erinnerung des Menschen zu erhalten.
Grüße deine Eltern, ich mag sie sehr, vergiss deinen Freund nicht,

deinen Uropa Bernhard

Dieser Brief also, der wirklich geschrieben wurde, befindet sich in den Händen meines Enkels. Er ist in guten Händen. Der weitere Verlauf meines Lebens – und das übernimmt die Lesestunde – ist voller Hürden und Fragen. Es ist ein biologischer Prozess. Freund Hein wird mir zugetan sein, denn Matthias Claudius wird ein Wort für mich einlegen, er kennt mich.

Dennoch, es ist mein Glück, dass ich mir vorstellen kann, wie es sein könnte, wenn an dem Tage, an dem ich meinen hundertsten Geburtstag begehe, mein Urenkel vor mir steht. Ich bin gespannt, denn es soll nicht nur erfunden, es soll ehrlich sein.
Was hätte es sonst für einen Sinn?

So überschreibe ich für die Lesestunde die folgenden Seiten ...

## ZEITSPRUNG?

Es ist unwahrscheinlich, dennoch ist es so: Vor genau vierundzwanzig Jahren erhielt ich den ersten Brief meines Lebens. Das war im September des Jahres 2001, und ich war gerade sechs Wochen alt. Mit dem Lesen war ich noch nicht ganz so weit. Meine Mutter und mein Vater wussten, dass es bei mir mit der Muttersprache noch ein Weilchen dauern würde und hoben die fünf Seiten meines Briefes getreulich auf. Mein Urgroßvater hatte seinen Brief selbst auf mein Bettchen gelegt.

Ich habe ihn nicht vergessen. Ich will und kann es nicht, und sein Inhalt ist mir vertraut. Hier liegt der Brief vor mir auf dem Tisch, und ich möchte eine Schuld abtragen. Wartet Uropa nicht auf eine Antwort? Er würde in diesem Sommer sein hundertstes Lebensjahr vollenden. So möchte ich ihn überraschen, und ihm einen Besuch abstatten. Nein, nicht wie ihr denkt! Nein, nicht irgendwo zwischen den Bäumen unter dem Rasen.
Nein, Nein!
Ich werde ihn in seiner Wohnung aufsuchen. Dort, vor seinem Schreibtisch im Angesicht seiner Bücher, dort liebte er das Gespräch, das Zwitschern seines Vogels, seines Jacki. Und dort ließ er sich von seiner Frau mit dem Tee oder mit dem französischen Rotwein verwöhnen.
Ja, dort werde ich ihn aufsuchen, und dort werden wir über Gott und die Welt sprechen. Ist das nicht meine beste Antwort?

Ich drücke auf die kleine Taste neben dem Namensschild an der Haustür und höre den Dreiklang in der Wohnung.

„Ja, bitte?"
„Hier ist Nils!"
„Nils??"
„Ja –"
„Ach, du bist es, mein Lieber, komm herein!"
Ein leiser Summton meldet das Öffnen der Tür. Zehn Sekunden später stehe ich vor dem Uropa. Ich blicke ihn an und sage ungewollt „Hallo, da bin ich ja einen guten Kopf größer als mein Urgroßvater ..."
„Ich glaube, dass du höchstens dreißig Zentimeter *länger* bist als ich ...", unterbricht er und umarmt mich, „... und sage einfach nur noch Opa zu mir, das ist einfacher und klingt vertrauter!" Er schaut mich an, als würde er mich prüfen wollen. So nehmen wir beide eine Sekundenpause wahr und eine kleine Unsicherheit, die der Überraschung entspringt.
Warum sollte er nicht überrascht sein? Hat er nicht ein Recht darauf, in und mit mir ein winziges Bündelchen Leben zu vermuten? Darf er nicht an einen Traum denken, – aber – wer erkennt im Traum, dass es ein Traum ist?
Dann stehe ich in der Wohnung.
„Gerda, erkennst du den hier?" ... und ich spüre den Atem meiner Uroma an meiner Wange. Ich glaube, ich kann das Ungewöhnliche dieser seltsamen Situation noch nicht erfassen. Ich will es nun auch nicht. Wenn ich schon mit der Zeit umspringe, dann soll sie mich auch umgarnen dürfen.

Da stehe ich im Korridor und blicke mich um. Uroma folgt meinen Blicken.
Vielleicht viereinhalb Meter sind es bis zur Tür mit einer schönen matten Bleiglasfüllung. Sie erlaubt den verschwommenen Blick in ein helles Wohnzimmer. Und beim Kopfwenden spüre ich einen leichten Schmerz, denn ich habe eine Hutablage gerammt. Da bin ich tatsächlich ein paar Zentimeter zu lang geraten, denke ich und ...

„Du hast gut lachen, Opa, da marschierst du einfach unten durch“, sage ich dem lächelnden Opa und verziehe auch die Mundwinkel.
Uroma fragt: „Willst du sehen, wie wir wohnen, wir können ja gleich ...“, sie wird unterbrochen.
„... lass den Jungen mal, jetzt werden wir einen richtigen Willkommenstrunk nehmen, kommt in mein Zimmer, und du, Oma, bringst bitte den Weißburgunder mit, der in der Küche im Wandschrank steht.“ Ohne eine Antwort abzuwarten tritt Opa einen Schritt zur Seite und öffnet eine Tür, an der in Augenhöhe ein Weidenkranz mit Korbgeflecht befestigt ist, eine geschmackvolle Zierde.
„Siehst du, Junge, das ist mein Reich für neunundneunzig Prozent meiner Freizeit, und hier findest du alles, was ich brauche.“
Die Wärme eines fast quadratischen Zimmers umfängt mich. Im Blickfeld ein großes dreiteiliges Fenster. Und die Gardinen sind ein wahrhafter Schmuck. Nur ein Designer konnte sie so entworfen und angefertigt haben. Farblich abgestimmt schwingen sich grün und gelb die Bogen einer Übergardine vor das Fensteroberteil, und die Falten der Seitenschals, im Grün des Oberteils gehalten, verjüngen sich hinunter bis zum grünmelierten Fußbodenbelag. Es könnte ein eleganter Bühnenvorhang sein. Der weiße Store über die ganze Fensterfront öffnet in leichten Falten den freien Blick auf den Rasen und die Straße vor dem Haus.
„Ja“, ergänzt der Opa meine Betrachtung, „der Fliederbusch vor meinem Fenster stammt noch aus dem Garten meines Vaters. Du siehst, deine Uroma hält viel von Familientradition, da blasen wir in ein Horn.“
„Du sagst, Opa, dass ich hier alles finde, was du brauchst. Das ist hier wirklich ein schöner Platz, und was ist es, was du brauchst?“
„Ja, mein lieber Nils, das kann ich dir mit einem knappen Satz zeigen“, sagt er und setzt sich in einen schwarzen Ledersessel.

„Schau her, hier sitze ich mit dem Rücken zur Heizung, vor mir mein Schreibtisch, rechts von mir mein Computer – ohne Internet, wohlgemerkt – und links von mir mein kleiner Freund, mein kleines Händchen voll Leben, mein Jacki."

Er schweigt, dreht sich im Sessel zur Seite und nähert sein Gesicht einem weißen Vogelhäuschen. Wenige Zentimeter nur vor ihm sitzt obenauf ein bunter, ein grün-gelb-schwarzer Wellensittich. Er scheint darauf zu warten, dass sich sein Herrchen mit ihm beschäftigt, und trippelt ein paar Schrittchen näher zu seinem Herrchen. Dann nickt er wiederholt mit seinem Köpfchen und breitet beide Flügel aus. „Siehst du, jetzt macht er Engelchen, tja, diesen Begriff hat Oma eingeführt, – und der soll so bleiben", lächelt Opa.

Ich finde das wunderschön und schweige.

Dann sitzen wir an einem kleinen viereckigen Tisch; Opa auf der Couch, Oma und ich in zwei Sesseln. Die Stille bleibt, und das Zwitschern des kleinen Vogels wirkt wie ein Kammerkonzert im Familienkreise.

Der Wein ist kühl und Opa hebt sein Glas.

„Dieser köstliche Burgunder soll dich immer an unseren Willkommensgruß erinnern", und so stoßen wir an. Das Seltsame dieses Schweigens für mich ist, dass es nicht eine Verlegenheit ausdrückt. Es gleicht mehr einer Andacht, und ich begreife, dass es wie ein Wunder wäre, könnten wir allesamt die Realität dieses Augenblicks begreifen.

„Ja, mein lieber Opa", sage ich, „eigentlich wollte ich dir für deinen Brief danken, den du mir vor vierundzwanzig Jahren geschrieben hast, und ich hätte dir auch gern ein paar Fragen gestellt. Und vor allem – natürlich gratuliere ich zum Hundertsten, der war ja erst vor einigen Tagen!" Ich hebe mein Glas in seine Richtung. Er blickt mich ernst an und sagt nach einigem Nachdenken: „Das sind ja ein paar schöne Brocken, ja, und meinen Dank für deine Gratulation. Meinen Siebenundsiebzigsten haben wir erst vor ein paar Wochen gefeiert.

Du warst auch dabei, aber die meiste Zeit hast du wohl geschlafen. Lassen wir jetzt den Zeitbegriff aus dem Spiel. Schon vor gut zweitausend Jahren gab es in Griechenland Philosophen, die in der Zeit nur den Ausdruck der Materie sahen, eine Form der Existenz. Du bist für mich Wirklichkeit – und ich für dich. So wollen wir uns nur unterscheiden durch unsere Erfahrungen, und unsere Unterschiede überbrücken wir im Gleichklang der Gedanken und Wünsche. Sind wir denn nicht Urgroßvater, Großvater, Vater und Sohn? Könnte uns etwas mehr verbinden?"

Seine Stimme vibriert ein wenig, und ich empfinde, wie ernst ihm die Bindungen seiner Familie sind. Ich glaube auch, dass ihn das Ungewöhnliche dieser Situation so beeindruckt hat, dass er vergisst, nach Eltern, Geschwistern oder Großeltern zu fragen.

Als hätte er etwas von meinen Gedanken erahnen können, spricht er nach einer kleinen Pause: „Ich kenne also dein Anliegen, und ich kann es voll und ganz verstehen. Ich suche das offene Gespräch, und du sollst dir keine Fesseln anlegen. Mein Urenkel wird von mir das hören, was ich denke und fühle. Nur, habe ein wenig Geduld mit mir, ich muss doch in den Schachteln meines Gehirns kramen, und manchmal braucht das ein wenig Zeit. Es kommt jetzt auch nicht selten vor, dass ich ein passendes Wort suche und nach verlorenen Namen fahnde. Einverstanden, Nils?"

„Einverstanden, Opa!"

„Dann lege los, mein Lieber!"

„Lass mich dann gleich eine Gretchenfrage stellen, Opa. Wie siehst du jetzt, heute, an diesem Tage, dein Leben?"

„... ja, da fährst du wahrhaft schweres Geschütz auf ... und von tausend möglichen Antworten sollst du nur eine akzeptieren, eine klare und eine wahre.

Und noch etwas soll sein, ich möchte mich nicht im Pathos verlieren, denn vielleicht ist nur das einfache Wort so einpräg-

sam und verständlich. – Unterscheide bitte: Du siehst die Gegenwart und Zukunft deines Lebens. Ich blicke zurück, und ich blicke zurück auf ein erfülltes Leben. Das ist der Kern!
In dieser Stunde weiß ich, dass ich mein Leben so gelebt habe, dass ich mich dieses Weges nicht zu schämen habe. Wenn man sich am Wege nach einer Blume bückt oder einem Stein aus dem Wege geht, wenn man im Regen eine Hütte aufsucht, ist das nicht das Natürlichste?
Dennoch muss ich sagen, die Handlungsfehler meines Lebens lagen in meinen Schwächen. Ich bin mir nicht sicher, sie alle zu kennen. Ist das auch eine Schwäche? Ich weiß, dass ich nicht immer und nicht immer zur rechten Zeit den falschen Schein erkannt habe. Habe ich damit Vertrauen vergeudet?
Und noch etwas, es könnte meine tiefste Schwäche sein. Mein Recht und die Richtigkeit meines Handelns habe ich zu oft in den Vordergrund und Mittelpunkt meines Lebens gestellt. Wo ist die Grenze, an der diese Unduldsamkeit zu ungewollten Folgen führt?
Ja, und dann weiß ich, dass ich im Leben nicht immer meine Karten ausgereizt habe. Ich meine das im doppelten Sinn. Nicht immer habe ich den „inneren Schweinehund" besiegt, und es setzte sich der Drang durch „sich hängen zu lassen"'. Das waren die sogenannten Gammelperioden. Ich muss dich vor ihnen warnen. Sie können gefährlich werden, denn sie wachsen wie ein Schneeball. Gucke dich um, du siehst überall, wohin das führt.
Die zweite Seite des doppelten Sinns ist die: Nicht immer habe ich im richtigen Augenblick zugegriffen und die Möglichkeiten ausgelotet. Ich glaube, dass die Möglichkeiten die preiswertesten Investitionen sind, ich denke, da habe ich manches verpasst. Und du musst bedenken, die besten Möglichkeiten hat man nur einmal.
Ich muss aber noch etwas sagen, wenn du mich nach meiner Selbsteinschätzung fragst, und zwar heute, in dieser

Stunde. Mir ist, als vertiefe sich die Empfänglichkeit für die bedeutsamen Dinge des menschlichen Lebens, und ich werde dir später gern dafür Beispiele bringen. Ich glaube, dass sich mein Blick für die tief greifenden Probleme des menschlichen Lebens verändert. Mir ist, als erkenne ich immer deutlicher die Abgründe menschlichen Denkens und Handelns, und diese Erkenntnis macht mir Sorgen. Bin ich darum ein Pessimist? Weißt du, mir erscheinen bestimmte Formen von Optimismus geradezu lächerlich, weil sie gekünstelt und unehrlich sind und weil sie meiner Erfahrung widersprechen.

Immer deutlicher empfinde ich die Tatsache, dass die Anteilnahme an so vielen Dingen des täglichen Lebens geringer wird, das Interesse erlahmt, die Sensoren werden unempfindlich. Was mich vor zehn Jahren noch ansprach, berührt mich heute kaum. Es geht mir nicht mehr unter die Haut. Doch es ist mir auch klar, dass ich das nicht beeinflussen kann, noch beeinflussen will.

Ja, es ist altersbedingt. Man wird im Alter immer ein wenig besonnener und nachdenklicher. Ich glaube, die Gedanken dringen tiefer ...

Die Sicht auf die Welt und das Leben reicht weiter.

Ist das nicht gut so?"

Opa hob die Stimme ein wenig, und sein Fragezeichen schwebt im Raum.

„Danke, Opa", sage ich, „da habe ich einiges zu verdauen. Ist es dir recht, wenn ich noch eine solche grundsätzliche Frage nachschicke?"

„Natürlich, Junge, nur zu!" fordert er mich auf und legt sich einen dicken Ordner auf seine Schreibtischplatte. Ich erkenne, dass es sein Lebenslauf ist. Es müssen so etwa fünfhundert Computerseiten sein.

„Weißt du, Opa, ich habe deinen Brief vor meinem geistigen Auge, und mit meiner Frage möchte an die Gedanken anknüpfen, die deinen politischen Weg betreffen. Sage bitte, hast du so etwas wie ein politisches Bekenntnis?"

Nach einem Moment der Besinnung bemerke ich in seinem Gesicht eine Veränderung. Er lächelt erst und lacht dann und sagt schließlich: „Mein Herr, für welche Zeitung schreiben Sie?"

Wieder ganz ernst werdend fährt er fort: „Ja, das würde ich jeden Fremden fragen, meinem Urenkel aber sage ich: Jeder Mensch, der seinen Weg gegangen und irgendwo angekommen ist, lebt mit seiner politischen Überzeugung, und ich betone mit *seiner* Überzeugung.

Und ich glaube, dass es in den wenigsten Fällen ein parteipolitisches Bekennen sein wird. An meinem politischen Wege stehen ein paar Grenzpfähle. Du wirst das richtig verstehen. Die ersten Jahre im Elternhaus wurden geprägt von strengreligiösen Wertvorstellungen. Mit dem Jungvolk und der Hitlerjugend gab es den fließenden Übergang zu Wertvorstellungen, die unausgegoren von den Bildern des Nationalsozialismus geprägt wurden. Und dann wurde es zu einer Lebens- und Überlebensfrage, den Eid des Soldaten einzulösen. Ich habe meinen Eid nicht gebrochen, und ich hätte es auch nicht gekonnt. Glaube mir, es war eine der einprägsamsten Stunden meines Lebens, als ich, in meinem Funkraum sitzend, die Nachricht vom Tode Hitlers hörte. Eine Welt brach zusammen. Es war ein Schock, ich sage es bekennend: es war ein heilsamer Schock. Es war einer von den Grenzpfählen, von denen ich sprach.

Hier in dieser Stadt, in der ich auf mein Leben zurückblicke, in der ich am 1. August 1948 deine Uroma kennen lernte, in der wir eine Woche vor der Gründung der Deutschen Demokratischen Republik heirateten, hier trat ich eine Stelle als Neulehrer an und legte meine Hand auf den Grundstein einer der ersten Schulen, die im Nachkriegsdeutschland gebaut wurden. Ich war immer sehr stolz darauf, bis auf den heutigen Tag. Hier wurde auch meine politische Hoffnung auf ein sozialistisches Deutschland geboren. Das war also wieder einer der Pfähle.

Siehst du, zum Weihnachtsfest des Jahres 1989 unterschrieb ich meine Austrittserklärung aus der Sozialistischen Einheitspartei Deutschlands. Eine Kopie davon habe ich in meinen Lebenslauf aufgenommen. Es ist für mich unabdinglich hier einige wenige Zeilen daraus vorzulesen.
Ich schrieb: 'Der Sozialismus, von mir als Lebensinhalt und Lebensziel hochgehalten, wurde zur Farce degradiert, zur Worthülse, die nichts mehr bedeutet. Wir stehen heute politisch und ökonomisch vor einem Scherbenhaufen, dessen bewusst werdend, mir das Wasser in die Augen treibt ...
Ich habe die Partei nicht im Stich gelassen, aber die SED hat mich und nicht gezählte Bürger unseres Landes um den Sinn und Wert unserer Arbeit gebracht.'
Das waren einige Sätze aus meiner Austrittserklärung.
War das nicht auch einer der Pfähle?

Im August 1989, wenige Wochen vor dem Fall der Mauer, wurde ich, noch im feierlichen Rahmen, aus dem Schuldienst verabschiedet. Einundvierzig Jahre und einen Monat war ich Lehrer. Ich war es mit Leib und Seele. Es war mein Beruf und nicht mein Job. Seither sitze ich auf meinem Altenteil, dennoch: Das Lernen, Lesen und Schreiben sind meine Lebensäußerungen. Und wenn es sie nicht mehr gibt, gibt es mich nicht mehr.

Und nun, mein lieber Urenkel, fragst du nach meinem politischen Bekenntnis.
Nimm das, was ich bisher dazu sagte, und füge ein paar sehr wichtige Gedanken hinzu. Sie müssen dein Bild vervollkommnen.

Was bin ich denn heute?
Bin ich Kommunist?
Bin ich Sozialist?
Bin ich Christ?
Bin ich Kapitalist?
Bin ich vielleicht Anarchist?

Ich sage dir, mein Freund, mit den „...isten“ habe ich hinreichende Erfahrungen gesammelt. Und ich sage das mit der gebührenden Toleranz.
Mein Feld bleibt die Demokratie; – und das, obwohl ich weiß, dass sie Sokrates als eines ihrer ersten Opfer getötet hat.

Ich fand bei Joachim Fernau, der 1988 starb, eine Formulierung, die mir so sehr gefallen hat, dass ich ihn nachträglich bitte, sie für mich verwenden zu dürfen.
*'Man nennt mich (richtiger: schimpft mich) konservativ. Das stimmt, wenn man darunter einen Mann versteht, dem das Bewahren des Vernünftigen und Guten im Geistigen ebenso wie im Alltäglichen wichtiger ist als das Ändern um des Änderns und des Verwerfens um des >Fortschritts< willen, und der nicht um jeden Preis >in< sein will, wie man heute so abscheulich zu sagen pflegt.'*
Was steht demnach als Antwort in der Zusammenfassung unter dem Strich?
Nenne mich einen konservativen Demokraten, dem es ernst ist um die Würde des Menschen. Das also steht nach siebenundsiebzig Jahren.
Verliere aber nicht aus dem Sinn das Goethewort: *'Name ist Schall und Rauch, umnebelnd Himmelsglut!'*
Vielleicht hoffe ich noch auf einen anderen treffenden Begriff?“

Offensichtlich hat Uropa eine Pause eingelegt und seine Antwort abgeschlossen. Der Weißburgunder leuchtet wieder in den gefüllten Gläsern.

Ich bin bewegt vom bisherigen Gang des Gespräches und sage: „Respekt, Opa, ich bin sehr froh, dass ich den Weg zu dir gefunden habe. Darf ich mein Glas zu euer beider Wohl erheben?“ Die Gläser berühren einander, und mir ist, als hätte ich den Klang noch nie so weich und melodiös gehört. In diese wunderschöne Minute hinein sage ich: „Ich habe hier in euerer Mitte Antworten gehört, die mein Herz und meinen Verstand bewegen. Darf ich für die Zeit, die mir bei Euch noch bleibt, noch ein paar Fragezeichen setzen?“
Ich zweifele nicht daran, dass Uropa im Unterbewusstsein das Ungewöhnliche dieser Begegnung und der Umstände begreift, denn er antwortet: „Wir sagen immer, man soll die Feste feiern, wie sie fallen. Nutze also deine Chance. Ich werde zur Antwort bereit sein. Irgendwann einmal, später, werde ich deine Antworten hören können. Doch das hat noch Zeit.
Nun – ich bin neugierig auf deine Frage!“
„Du hast dich geäußert zu deiner Lebenssituation“, beginne ich und fahre fort, „du hast dein politisches Bekenntnis abgelegt und nun bitte ich dich, mir zu sagen, was du vom Weltgeschehen um dich herum hältst.“
„Nicht schlecht gebrüllt, Löwe“, sagt Opa lächelnd und nimmt seine Antwort auf. „Die Erde ist groß und dennoch wird sie immer kleiner für die Menschen. Sie reicht nicht mehr, und jeder will sie haben – bildhaft gesprochen. So also ist es!
Irgendwann, vor Jahrzehnten, habe ich Geschichte studiert; an der Humboldt Universität zu Berlin. Heute blicke ich mit Abstand und in Ruhe auf eine Geschichte, die unruhiger nicht sein könnte. Der Mensch ist eine Bestie.
Ich lese das Wort von Novalis: *'Noch hat jeder, der vorgab, das Paradies auf Erden zu errichten, die Hölle geschaffen.'* Wir blicken ehrfürchtig auf die großen Reiche der Weltgeschichte und bewundern die Gräber der Pharaonen, die Tempel der Griechen, die Theater der Römer, die Kathedralen des Glau-

bens und die Paläste des Kapitals. Eines weiß ich – im Angesicht mit meinem Urenkel – die wahre Größe des Menschen ist nicht eine Angelegenheit der Macht. Die Größe des Menschen zeigt sich in seinem Geist und in der Vernunft, die seinen Taten inne ist.
Ein französischer Präsident, er hieß Clemenceau, und er starb vier Jahre nach meiner Geburt, die Franzosen nannten ihn auch den Tiger, denn er hatte entscheidenden Anteil am alliierten Sieg über Deutschland im Ersten Weltkrieg, sagte einmal – und ich zitiere das wörtlich: *'Amerika, das ist die Entwicklung von der Barbarei zur Dekadenz ohne den Umweg über die Kultur.'*
Damit, mein lieber Nils, bin ich beim Kernstück meiner Antwort auf deine Frage. In vielen Richtungen könnte ich Antworten finden. Die Welt von heute wird bewegt von der Weltmacht Amerika. Fragst du mich nach dem Weltgeschehen dieser Tage, dann sage ich, es ist das Weltgeschehen meiner Generation. Vom Ende des zweiten großen Jahrhundertkrieges, der die Weltpolizeirolle der Vereinigten Staaten besiegelte, bis heute, haben sich die Widersprüche auf der Erde nicht verringert. Die weltweit territorialen Sternstunden, wie die Wiedervereinigung Deutschlands, konnten das Spannungsverhältnis auf der Erde nur verschieben.
Wenn ich Zeus wäre und den Menschen den Frieden und das Glück bringen wollte, dann würde ich zwei Dinge tun:
Erstens würde ich die Güter so verteilen, dass auf der Erde kein Kind mehr an seiner Armut sterben müsste, weil es keine Milch und kein Brot bekommt.
Zweitens würde ich den Überfluss nicht zum Überfluss fügen, sondern dafür sorgen, dass der Mensch mit seiner Arbeit für alle Kinder, Mütter und Großmütter sorgen könnte.
Ich bin nicht Zeus.
Der heutige Zeus der Menschheit kennt sich wohl mit der Götterwelt der Antike nicht so aus. Bildung ist nun mal kein

leerer Wahn. Also werden die Widersprüche immer größer. Der Hass frisst sich in die Herzen, tiefer und tiefer.
Sage mir um des hohen Himmels Willen: Wer trägt die Schuld? Wer? Wer?
Wurde so der Terror geboren?
Was ist Terror? Ich habe die Bücher danach befragt.
Und was sagt der Duden? Gewaltherrschaft.
Was sagt Bertelsmann? Gewaltherrschaft.
In einer Fachzeitschrift für Lehrer fand ich vor ein paar Tagen das Faksimile einer Zeitungsseite. Sie enthielt einen Aufruf mit der Überschrift 'Die Stunde der Niederbrechung des Terrors kommt!'
Unterzeichner und Datum: Adolf Hitler am 2. Februar 1933.
Was schlussfolgere ich?
Wer sich gegen die Herrschaft der Gewalt stemmt, der ist Terrorist. Wer mit Gewalt Herrschaft ausübt, der ist Terrorist. Ist das schwierig? Nein! Es ist eine Frage des Standpunktes. Öl ist schwarz, klebrig und teuer. Blut ist rot, und ist es vielleicht billiger?
Vom Weltgeschehen um mich herum berührt mich selbst am stärksten die Tragödie, die sich im Nahen Osten vollzieht. Ich bin tieftraurig. Ich kann es nicht fassen und zweifle am Verstand und am guten Willen der Menschen, die die Geschicke der Politik bestimmen. Ich sage es unumwunden. Wer einem Menschen das Dach über dem Kopf wegnimmt, den Grund und Boden und das Wasser für sein Vieh, wer ihm die Lebensquelle nimmt und dann sagt: Kämpfst du gegen mich, dann bist du ein Terrorist, – der selbst ist eine Geisel für die Menschen, die durch ihn sterben. – Sterben lassen, einerseits und morden andererseits; ist das eine Lösung? Ich würde es gern deutlicher ausdrücken. Ich kann es nicht!
Wie sollte ich es begreifen können, dass die Amerikaner, die die Welt in gute und schlechte Völker einteilen, jenes Volk,

das den Arabern in Palästina das zufügt, wovon ich gerade sprach, zu den 'guten' zählt?
Stimmt es: gleiche Brüder – gleiche Kappen?

Dir wird auffallen, dass der alte Mann, der ich nun mal bin, so viele Fragezeichen setzt. Glaube nicht, dass das Unsicherheit und Zweifel seien.
Ich will damit sagen, dass das Nachdenken darüber ein ständiger Prozess ist. Erfahrungen und Erkenntnisse lassen keine Erstarrung zu. Ständig fertige Antworten hat nur der Unfertige. Du hast mich nach meinen Gedanken zum Weltgeschehen gefragt. Ich habe ein paar benannt, über die ich nicht zur Ruhe komme. Spekuliert habe ich nicht, denn ich bin kein Politiker. Mehr und mehr fürchte ich, dass die große Politik wohl oft ein schmutziges Geschäft ist. Immer mehr bedrückt mich die Bösartigkeit menschlichen Handelns und die offensichtliche Verlogenheit. Sie gehen auf Kosten der Menschen, die das nicht wollen. Ein Gewissen muss man sich nicht leisten, wenn man die Mittel der Macht hinter sich hat.

Das folgende lateinische Wort wurde schon vor zweitausend Jahren in den Straßen des antiken Rom gesprochen. Es passt auch im übertragenen und direkten Sinne in unsere Zeit.
*'Quidquid delirant reges, plectuntur Achivi.'*
In unsere schöne Muttersprache übertragen heißt das: 'Wenn die Könige verrückt sind, werden die Völker geprügelt.'
Etwas ganz Entscheidendes im Weltgeschehen ist die Veränderung des Menschseins, gegen die sich der Einzelne nicht wehren kann. Wie gerne würde ich bestimmte Entwicklungen aufhalten oder verändern.
Nichts geht mehr!
Es ist die Manipulierung der Sprache und der Kultur, und je jünger ein Mensch ist, umso leichter geht das vonstatten. Die Verformung der menschlichen Seele ist ein Prozess, der viele

Namen hat. Einer davon lautet: American way of live. Diese Werteverschiebung verläuft ungebremst, und ich vermag es nicht auszusprechen, aber ich weiß es, wohin sie führt.
Vielleicht weißt du es besser?
Das menschliche Leben wird von Politikern geleitet, nicht von Philosophen.
Um darüber zu lachen, muss man neunmalklug sein.
Neunmalklugheit aber ist Dummheit!
Der Himmel möge uns vor ihrer Macht bewahren – oder möchtest du alles von vorne beginnen, wie Einstein es befürchtet hat?“

Nach diesen Worten lehnt sich Uropa zurück und dreht mit der linken Hand sein Weinglas. Es ist leer. Er ist bewegt und wohl auch erschöpft.
„Ihr solltet mal ein paar Minuten auf den Balkon gehen“, meint Uroma, doch ich mische mich schnell ein und sage: „Bitte wartet ein Weilchen, die frische Luft kommt auch noch. Ich habe eine kleine Überraschung für euch, mein Mitbringsel, sozusagen.“
„So?“, sagt Uroma und blickt auf meine Hände.
„Behaltet nur eure Hausschuhe an, aber zieht eine leichte Jacke über, wir gehen mal vor die Haustür“, sage ich.
Wir stehen in der Tür und blicken in Richtung Scholl-Gymnasium. Etwa einhundert Meter sind es. „Da hat doch irgendeiner sein Auto mitten auf der Wiese geparkt. Das gibt's doch nicht!“, sagt Uroma und schubst mich leicht in die Seite. „Ja, ja, ... dieser ‘Eine’ bin ich“, lache ich, „steigt doch einfach mal ein!“ Ich öffne eine silbergraue Seitentür.
„Ziemlich hoch gebaut, dein Auto, aber bequem zum Einsteigen, das muss ich sagen“, meint Uropa.
„Anschnallen, bitte, ... das muss sein“, sage ich und schließe die vordere Tür.
Ein leises Summen erfüllt den Raum, das ist alles.

„… Und nun einfach nur ruhig bleiben und schauen, – wie der Türmer in Goethes Faust. Es ist wie vor dem Fernseher, nur näher … und schöner“, sage ich, „lasst mich ein kleines Viertelstündchen euer Führer oder Pilot sein.“ Nur ein klein wenig hebe ich meine Stimme bei dem Wort „Pilot“.

Es ist kaum wahrnehmbar. Sacht hebt sich das vermeintliche Auto über den Erdboden und steigt im Winkel von etwa fünfundsiebzig Grad aufwärts. „Nun werdet ihr euer Städtchen und eure Heimat aus der Sicht der Vögel betrachten können. Jacki wird euch darum beneiden“, sage ich.
Die Rotorblätter, die sich aus der Dachkonstruktion entfaltet haben, sind kaum zu hören. Langsam nur steigt der kleine Hubschrauber, mein Luftfahrzeug oder das ′etwas hoch gebaute Auto‘ – wie Uropa sagte – auf eine Höhe von einhundert Metern. Der Sichtschutz nach unten wird freigegeben, und meine beiden Gastgeber, die mir so nahe stehen, schweben in ihren bequemen Sesseln wie in einer hellen Wolke.
„Da ist euer Haus – Uromas kleiner Garten, den alle so bewundern, davor.
Und dort, Opa, ist deine Schule, die du vierzig Jahre meist nur von innen gesehen hast. Wir schweben über der ‘scharfen Ecke’ und vor uns schräg unten steht dieser wunderschöne alte Jakobiturm, den Uropa in seinen Gedichten immer wieder benannt hat. Hier ist der historische Markt, und zu diesem Haus unter uns, muss ich nichts mehr sagen. Wir werden eine kleine Ehrenrunde schweben.“ Ich schweige, was sollte ich besseres tun, denn Uropas Wiege stand hinter einem der kleinen Fenster im ersten Stock.
In nordwestlicher Richtung nehmen wir wieder Fahrt auf.
„Schau, Opa, dort unten war einmal der Bahnteich, dort hast du dir oft nasse Füße geholt.“ Ich zeige auf die Gartenanlage vor einem Bahndamm. Dass es hier einmal einen beachtlichen Teich gab, lässt die Sicht nicht mal erahnen.

Nur einige kleine Wolken liegen zwischen uns und dem Horizont. Rechter Hand wird das Wahrzeichen der Stadt, die Abraumhalde immer kleiner, und ich sage: „Vielleicht erinnerst du dich, Opa, du hast deinem Enkel einmal erklärt, dass eines der sieben Weltwunder, die große Pyramide bei Kairo, genauso hoch in den Himmel ragt, wie diese Halde. Ich glaube, es sind so um die 146 Meter." –
Eine Antwort kommt nicht, als hätte Urgroßvater nichts verstanden. Er blickt unentwegt in die Flugrichtung.
Vor uns wird ein kleiner bewaldeter Bergrücken immer größer. „Es ist wahrhaft kein Geheimnis, dass wir nunmehr über der Mooskammer stehen. Aus den Stunden, die damals die wanderhungrigen Kinder brauchten, um an diesen Ort zu gelangen, sind nun Sekunden geworden, über die Wolken getragen, wie im Traum", sage ich.
Das Blätterdach ist dicht, man kann die kleinen Wege nur ahnen und auch die Mulden und Tiefen im Karstgestein. Ich sage: „Ja, Opa, die Mooskammer hütet ihr Geheimnis."
Er nickt kaum merklich und wendet seinen Kopf zur Seite. Dann stehen wir über dem kleinen Harzdörfchen Morungen. Man möchte meinen, aus bunten Steinen ein kleines Spielzeuggebilde vor sich zu haben, so freundlich und angenehm sehen es meine Sinne.
Ich blicke auf die Karte über meinen Knien, denn ich möchte einen bestimmten Punkt im Baumgewirr des ansteigenden Berges nicht verfehlen.
Und ich sage: „Schaut, hier ist eine winzige Waldlücke, ihr erkennt auch den Felsen und einige Mauerreste. Hier wurde Heinrich von Morungen, der Minnesänger, geboren. Aber ich kann nur vermuten, dass er hier auch seine Lieder gesungen hat. Sicher ist dennoch, diese Steine sind die letzten Zeugen der Geschehnisse, die mein Urgroßvater in seinem Buch beschrieben hat. Die Burgen sind gefallen, die Erinnerungen leben."

Nur ein leises Summen ist in der Kabine zu vernehmen. Es stört nicht.

Meine beiden Passagiere scheinen nicht zu bemerken, dass wir wieder Fahrt aufgenommen haben. Schnell bewegen wir uns in nordwestlicher Richtung.

Dann berührt Uroma meine Schulter: „... fliegen wir jetzt nach Hause?“, fragt sie. Ich sage: „Bitte warte mal zwei Minuten, dann habe ich eine Rätselfrage für dich. Du darfst das auch wörtlich nehmen!“

Allmählich nehme ich die Höhe etwas zurück und zeige mit der Hand schräg nach unten. „Hier ist meine Rätselfrage: Erkennst du das?“

„Das ist doch nicht möglich“, ruft Uroma und will aufspringen, doch sie hat sich angeschnallt und merkt das am Ende. „Vati, gucke doch!“, ruft sie, „Hier ist unser Urlaubshäuschen, hier ist Güntersberge, und wie viele Tage und Wochen haben wir hier unseren Urlaub verbracht. Ist das schön!“

Ein kleiner Bungalow mit zwei winzigen Räumen und eine mit Steinplatten belegte Veranda davor, am Rande einer kleinen Schlucht, das also weckt in Uroma liebenswerte Erinnerungen, und ich begreife, dass die Bescheidenheit die Meisterin des Glücks ist.

„Was denkst du, wie oft dein Vater hier auf der Veranda seinen Heißhunger gestillt hat. Wie oft hat er sich da unten im Bach nasse Füße geholt und dann meinen neuen Gummistiefeln das richtige Ansehen verliehen. Vielleicht liegen sie noch irgendwo da unten“, sagt Uroma und lächelt.

Ich ziehe eine kleine Schleife und sage: „Nun also geht's Richtung Heimat, Richtung heimischer Herd. Doch seht euch dabei noch ein paar Perlen an, deren Glanz ihr kennt.“

Wir schweben langsam über den kleinen blauen Stausee von Güntersberge und ziehen wie Adler über das einladende Harzstädtchen Stolberg mit seinen Fachwerkhäusern und dem wuchtigen Fürstenschloss hoch auf dem Berge.

Wälder und Wälder überfliegen wir, und dann sagt Oma: „Seht mal, hier ist der Kunstteich, da sind wir oft mit den Fahrrädern hingefahren. Das Wasser ist ziemlich kalt. Na ja, der Regen war auch nicht wärmer."
Wir überqueren die neue Autobahn und sehen in der Ferne die Jakobikirche und den Turm der Ulrichkirche.
„Es geht ganz sacht", sage ich, und dann setze ich dort auf, wo wir vor einer guten halben Stunde aufgestiegen sind.
Wieder stehen wir vor der Haustür und Uroma sagt: „Jedenfalls ist es schön, wieder festen Boden unter den Füßen zu haben." Dann dreht sie sich zur Seite und sagt: „Jetzt fällt es mir auf, Vati, du hast während des ganzen schönen Fluges nicht ein einziges Wort gesagt. Ist dir denn schlecht – oder?"
Urgroßvater, den sie angesprochen hat, wendet mir sein Gesicht zu. Ein paar Sekunden vergehen, dann sagt er recht leise: „Ich bin glücklich, das ist alles."
Uroma schließt die Haustür auf und sagt: „Jetzt gibt es eine gute Tasse Kaffee!" Sie dreht sich um: „Komm, Nils, komm Vati, wo bleibt ihr? Wo ist Nils, Vati?"
Beide blicken zur Wiese.
Die Wiese ist frei.

*

Nun habe ich, um Homers Zeitbegriff zu verwenden, den Abstand einiger Morgenröten zu meinem kleinen Ausflug in die Zukunft gewonnen. Und ich fühle mich sicher, wenn ich sage, dass es eine Vergeudung der Zeit und eine Missachtung der Raumes zur Wirkung des Lebens ist, wenn wir uns nicht mehr Zeit nehmen, Gewohnheiten und Erinnerungen zu pflegen.
Ich muss in meiner Zeit schweigen dürfen, wenn die Worte fehl sind und die Stimme heben wollen, wenn die Stille drückt.
Damit habe ich meinen gedanklichen Übergang zu einem scheinbar kleinen Problem gefunden. Nun denn, Pardon, wenn

ich von einem „kleinen“ Problem spreche. Für viele Leute ist das wohl überhaupt kein Problem. Für mich ist es ein großes und bedrückendes Monster.

Also, Stimmen höre ich derzeit allerorts und pausenlos. Nur – es ist nicht meine Muttersprache, die ich höre. Mir scheint, dass es ein Zeichen der Schmalspurbildung und der Pseudobildung ist, die Muttersprache mit englischen und amerikanisch klingenden Brocken zu überlagern. Wird man denn irgendwann und irgendwie begreifen, dass es eine Missbildung ist, wenn man seine Muttersprache verleugnet oder verunstaltet. Es ist doch so schwer nicht, seine Muttersprache zu pflegen und zu schützen. Diejenigen aber, die sagen, das kann man im Deutschen nicht ausdrücken, und das bringt nun mal die Globalisierung mit sich, denen rate ich, das Erlernen der deutschen Muttersprache ernsthaft zu beginnen. Das ist ernsthaft nur eine Frage von Fleiß und Faulheit. Sie werden dann auch das Deutsche lieben und Achtung vor dem Gebrauch von Sprachen *und* Fremdsprachen gewinnen. Sie müssen ja nicht unbedingt den Faust lesen und auch noch verstehen wollen. Es gibt schließlich Theater, die Goethes Gedanken in eine moderne Lesart umschandeln bzw. umwandeln.

Als ich vor mehr als 60 Jahren von meiner Englischlehrerin hin und wieder mit einer leichten „Kopfnuss“ dafür getadelt wurde, dass ich zum Beispiel meine Vokabeln nicht gründlich gelernt hatte, konnte ich nicht ahnen, dass ich sie heute verehren würde. Die Lehrerin meine ich. Sie sprach übrigens ein herrliches Oxford-Englisch und nannte die Fremdsprachen die Brücken zur Kultur der Völker. Ich glaube, sie würde sich im Grabe umdrehen, wenn sie sehen müsste, dass dumme Deutsche daraus eine Einbahnstraße in der Gegenrichtung machen.

Da ging ich neulich über den Kornmarkt. Ein neues Geschäft hatte eröffnet und ich las „Flowers and more“. Ein „herrliche

Werbung“ in einer Stadt voller Rentner. Die werden hoffentlich bald alle Englisch lernen. Ob ich mir mal einen Spaß machen sollte und in französisch ein Frühlingsgesteck bestelle? Wäre das ein Beitrag zur Globalisierung?

Und nun verrate ich mir selbst ein Geheimnis. Ich übersetze jenes mächtige Modewort „Online“ immer noch so, wie es der „Langenscheidt“ zulässt: *auf der Linie* oder auch *in der Furche.* Vielleicht wird mir irgendwann ein Irgendjemand erklären, aus welchen Gründen man irgendetwas Neues darunter zu verstehen hat.
Aber es eilt nicht. Ich bin ja in der richtigen Furche.
Eines jedenfalls wünschte ich mir: Marcel Reich-Ranitzki müsste in einer Nachrichtensendung des RTL seine Meinung zur Verschandelung unserer Muttersprachen sagen dürfen. –

Ich muss mich bei mir nicht entschuldigen, wenn ich jetzt einen großen Sprung mache, einen Gedankensprung. Vorhin begann ich mit Mark Aurel. Nun bin ich bei Sokrates, und zwischen beiden liegt mehr als ein halbes Jahrtausend.
Zu Aurel kann ich auf seine „Selbstbetrachtungen“ verweisen. Von Sokrates kenne ich nichts. Das heißt, dass er der Menschheit kein geschriebenes Wort hinterlassen hat. Aber sein Leben, seine Arbeit und sein Sterben haben solche Furchen gezogen, bleibende Spuren, dass man am Grundwissen des heutigen Menschen über Sokrates wohl treffende Rückschlüsse auf den Bildungsstand ziehen darf.
Mir gibt der Name Sokrates den Anstoß zum Nachdenken über ein neues Thema: die Freundschaft. Ja, mit dem Thema „Freundschaft“ hat es eine etwas seltsame Bewandtnis. Ich vertrete dazu folgende Auffassung:
Menschen, die sich kaum oder nur oberflächlich kennen, sprechen miteinander nicht über Freundschaft, denn sie haben sich dazu nichts zu sagen. Menschen, die einander lieben,

sprechen auch nicht über Freundschaft, denn eine tiefe Liebe schließt die Freundschaft ein. Sprechen nun Menschen miteinander, die sich gut kennen und vielleicht sogar meinen, miteinander befreundet zu sein, dann fällt in ihrem Gespräch der Freundschaftsbegriff auch nicht, jedenfalls nicht in der Ichbezogenheit, und ich meine hier Menschen mit einer tiefen und reifen Empfindsamkeit.
Dass es so ist, kommt vielleicht daher, dass man sich befangen fühlt und sich nicht offenbaren will, weil man spürt, dass Freundschaft immer nur beim Namen „Freundschaft" genannt werden darf, wenn sie von beiden Seiten in gleicher Wahrheit und Offenheit getragen wird. Ich sage hier ganz bewusst nicht „empfunden wird", denn nicht jeder, der eine Freundschaft trägt, ist sich dessen zugleich auch bewusst. Vielleicht sind das immer die schönsten und edelsten Freundschaften, wenn ich diesen Begriff verwenden darf. Doch ich will mich hier nicht in Definitionen und Deutungen verlieren.

Ich bin also noch bei Sokrates, der 399 v. Chr. zum Tode verurteilt wurde. Die Volksversammlung in Athen befand ihn schuldig, neue Götter einführen zu wollen und die Jugend verführt zu haben. Wohlgemerkt, die Volksversammlung stimmte darüber ab. Heute wissen wir, dass auch das Volk falsch entscheiden kann. Das ist eben das Schicksal der Demokratie und niemand weiß, was unsere Ur-Urenkel von uns sagen werden, – wenn sie noch dazu kommen.
Sokrates wehrte sich nicht gegen das Urteil, obwohl er damals schon – und wir heute noch – wissen, dass es falsch war. So ist das Leben. Auch heute gibt es dumme Richter, nur, sie wollen daran nicht erinnert werden, was an der Sache nichts ändert. Da bin ich in einem winzigen Punkt schon ein Stückchen weiter, denn ich gestehe auch in der Öffentlichkeit ein, dass ich mich irre, hin und wieder. Ich sage auch, dass es mein unveräußerliches menschliches Recht ist, mich irren zu dürfen.

Sokrates hielt eine ergreifende Rede, die uns überliefert ist, nur, wer kennt sie wirklich? Ich fürchte, viele Politiker nicht und die Richter auch nicht, so muss ich vermuten.

Als Sokrates den Giftbecher nahm, waren einige seiner Schüler und Freunde im Gefängnis um ihn versammelt. Einer von ihnen fehlte: Platon. Er war krank, heißt es. Vielleicht war er an jenem Tage der beste Freund. Die Krankheit des achtundzwanzigjährigen Platon war, ist's möglich, die höchste Achtung vor dem Sterben des siebzigjährigen Sokrates. Sollte damit dem väterlichen Freund der Abschied erleichtert werden? Ich weiß es nicht! Nirgendwo in der Literatur finde ich meinen Gedanken wieder. Sokrates kannte die Wahrheit, und er sagte treffend – diesen Ausspruch hat Platon überliefert –: *„Eigenartigerweise kann ein Mann immer sagen, wie viele Schafe er besitzt, aber er kann nicht sagen, wie viele Freunde er hat, so gering ist der Wert, den wir ihnen beimessen."*

So drehen sich jetzt meine Gedanken um die Freundschaft, und ich habe immer wieder in meinem Bücherschrank gekramt, um neue Anregungen zu finden. Es ist lohnenswert, darüber nachzudenken, doch ich gebe unumwunden zu, dass ich nicht gewillt bin, mir eine Frage nach meinen Freunden zu beantworten, das heißt, zu sagen, wen ich heute als meinen Freund nennen möchte. Es ist gut, Menschen, die mir viel bedeuten, an meiner Seite zu wissen.

Überblicke ich meine zurückgelegte Wegstrecke, dann finde ich manche der Gedanken bestätigt, die ich jetzt anführe. Ein Wort Goethes in seinen „Lehrjahren" lautet: *„Allein der Mensch besitzt noch manches, womit er seinen Freunden beistehen kann, das eben nicht klingende Münze zu sein braucht."* Blitzartig entstand vor meinen Augen eine Situation, die ich vor einigen Jahren erlebte.

Mein Kriegskamerad Helmut Helbing, dem ich mich in herzlicher Freundschaft verbunden wusste, starb am 16. Mai 1993. Sein plötzlicher Tod nahm mir sehr viel. Als meine Kameraden der Marinekameradschaft Osterode seinen Sarg aus der Halle trugen, stand ich in der Tür und wollte die Hand zum Gruß an die blaue Mütze legen. Ich konnte nicht, ich war wie Stein. Wohl niemand hat es wahrgenommen, und ich könnte mir vorstellen, dass es umgekehrt auch so hätte sein können. Immer wieder ist mir gewiss, dass das harte Kriegsgeschehen, das ich überstanden habe, einer Freundschaft Raum gab, die das Leben überdauert hat.
So finde ich bestätigt, was Goethe im Dezember 1798 an Herders Frau geschrieben hat:

*„Im Busen eines Freundes widerhallend*
*verliert sich nach und nach des Schmerzens Ton."*

Die Vielfalt der Aussagen zur Freundschaft, die mir in der Literatur gegenübersteht, zwingt meine Gedanken in jene Bahn, die meiner eigenen Zielstellung folgt. Mein Denken soll keiner Zitatensammlung entsprechen, denn auf meinem Wege zum heutigen Tage finden sich bestimmte Ereignisse, die ihre Spur gelegt haben.

Sollte ich in diesem Augenblick jene Erkenntnis wiedergeben, die ich über alle Erfahrungen stelle, dann zitiere ich Epikur, der sagt: *„Von allen Geschenken, die uns eine weise Voraussicht gewährt, um das Leben beglückend zu gestalten, ist Freundschaft das schönste."*

Und ich müsste auch jene Aussage hinzufügen, deren Autor ich nicht benennen kann, und vielleicht ist mir's auch nur so eingefallen:

*„Keine Freundschaft ist so beglückend,*
*wie die Freundschaft mit einem Sohne."*

Überall dort, wo Kinder zur Schule gehen, entstehen auch die ersten Freundschaften, und ich spreche hier in der Mehrzahl. Wir alle haben da unsere Erfahrungen. Nun wenige dieser Bindungen überdauern die Jugendzeit, ich glaube, sie haben sich erfüllt und nur selten werden Freundschaften daraus, die das Leben überdauern. Eine Freundschaft, wie ich sie sehe, fließt aus vielen Quellen, am reinsten aus dem Respekt. Hier erkenne ich eine unabdingbare Seite, die ungewollt und unerkannt jede wahre Freundschaft begleitet.

Vor meinen Augen entwickelt sich das Bild meines Freundes Franz Wagner.
Mir, dem jungen Lehrer, war er der Mentor und mein Vorbild. Unsere Freundschaft wuchs wie eine kostbare Pflanze. Sie wurde vom Sturm geschüttelt und gebeutelt und war nicht zu brechen, auch dann nicht, als Leid und Trennung die Familien überschatteten. Er starb einsam, und sein Grab habe ich nicht gesehen. Einige Fotos und die Erinnerungen sind geblieben.

Wenn ich aus dieser Freundschaft nur eine Folgerung noch nennen darf, die, über den unausgesprochenen Respekt hinaus, zu nennen wäre, dann möchte ich die Worte wiederholen, die Marie-Thérèse Geoffrin gefunden hat:

*„Auf den Wegen der Freundschaft*
*soll man kein Gras wachsen lassen."*

Franz hat dafür gesorgt, dass kein Gras aufkam. Wohlgemerkt, er war es. Und natürlich hat er mich auch väterlich gemahnt. Er blieb immer mein Vorbild.
Es ist wirklich so: *„Ein Stein aus Freundes Hand ist ein Apfel."*

Meinem Lob der Freundschaft schulde ich auch die Distanz zu dem, was nur eine schlimme Fälschung ist, nicht das prak-

tische und gute Verstehen, das der Alltag prägt. Das meine ich hier nicht. Nein, ich spreche von dem, was ich nur milde als Verrat der Freundschaft nennen kann.
Goethe nimmt in den „Lehrjahren“ das Wort „perfide“ und sagt dazu: *„Ich finde, Gott sei Dank! kein deutsches Wort, um 'perfid' in seinem ganzen Umfange auszudrücken. Unser armseliges 'treulos' ist ein unschuldiges Kind dagegen. Perfid ist treulos mit Genus, mit Übermut und Schadenfreude.“*

Nur einmal in meinem Leben musste ich es in seiner vollen Wirkung erleben. Wortwörtlich: Ich erlebe es noch heute, denn es schneidet tief, wenn die Niedertracht all jenes zerstört, was man glaubt, für eine harmonische Gemeinsamkeit geschaffen zu haben; wenn da nur noch eine endlose Leere ist, wo man Zuwendung und Gemeinsamkeit glaubte. Schlimm für mich ist, dass ich jetzt erst weiß, dass da immer nur Heuchelei, Gehässigkeit, Neid und Kälte waren, wo ich meine Gefühle der Zuwendung und freundschaftlichen Erwartung darlegte. Das ist es: Freundschaft soll man nicht erwarten wollen. Sie kann keine Zielstellung sein. Sie ist ein Geschenk der Gegenseitigkeit.
Ja, dies geschrieben zu haben, bewirkt eine Art innerer Befreiung.

Und, es ist seltsam, ich muss wieder an Sokrates denken, dessen letzte Rede sich an die wendet, die ihn verurteilten und an die, die sein Leben und Werk verteidigten. Diese Rede gehört zu dem Schönsten, was uns die Weltliteratur überliefert hat. Er sprach vom Sinn und der Schönheit des Lebens, und ich glaube, dass jeder seiner Freunde sich persönlich angesprochen fühlte. Es war auch ein Lob der Freundschaft.
Man muss Platon gelesen haben, um die Ehrfurcht und Zuwendung nachempfinden zu können, die ihn mit Sokrates verbunden hat.

An dieser Stelle habe ich das zur Freundschaft bedacht, was ich bis in mein neuntes Lebensjahrzehnt erfahren konnte, und ich möchte es nicht vergessen.

Nun ja, da habe ich noch eine Bemerkung zur Freundschaft, auf die ich per Zufall stieß, und ich bin sehr froh darüber. Sie stammt aus der Feder des schwäbischen Schriftstellers Karl Julius Weber, der 1832 starb:

*„Die Liebe gleicht dem Schatten des Morgens,*
*der immer kleiner wird, echte Freundschaft im*
*Geiste der Alten, dem Schatten des Abends,*
*der wächst, bis die Sonne hinabsinkt.“*

Könnte man das noch besser sagen?

Da habe ich nun ein Loblied auf die Freundschaft gesungen und dabei meine Wünsche hineingelegt. Ich kenne mich und weiß, dass Gefühle und Vernunft zwei Partner sind, die nicht immer den gleichen Rat geben.
Vielleicht zeigt sich menschliche Weisheit darin, dass man die Fähigkeit gewinnt, den beiden Seiten des Ichs, der Vernunft und dem Gefühl, jenen Freiraum zu geben, dass der „große Schiedsrichter“, das Gewissen, sich nicht mahnend erheben muss, irgendwann danach.
In einer Sache noch hätte ich gerne eine sichere Antwort.
Ich habe tiefe Zweifel, und ich weiß es nicht. Haben alle Menschen, die einen Verstand besitzen, auch ein Gewissen?

Da habe ich auf der letzten halben Seite meiner Lesestunde ein neues Stichwort gegeben, es lautet „Weisheit.“
Manchen Menschen sagt es nichts, anderen aber sehr viel.
Wir werden sehen, und ich werde mich durchrackern, vorerst ein Schlückchen Rotwein – und dann tief durchatmen

Zum

## NACHDENKEN ÜBER DIE WEISHEIT

An einem milden Sommertage auf einer Bank im Rosarium die abendliche Stille zu genießen, das ist einzigartig schön. Wie sollte man mit Worten diese Stimmung und den Duft beschreiben? Immer wieder berührend und bewegend ist es, sich jener wundersamen Wirkung anzuvertrauen. Die Natur nimmt dich in ihre Arme und streichelt dich, wie eine Mutter ihren kleinen Liebling liebkost.
Wie kann ein Kind seine Freude ausdrücken?

Ich fühle mich heute beflügelt, meinen Gedanken Freiheit zu schenken. Ich weiß auch, dass du mir nachdenklich zustimmen wirst, wenn ich behaupte, dass das Denken eine der wundersamsten Freuden des Menschen ist.

Wenn ich am späten Abend wieder vor meinem Bücherschrank stehe, dann werde ich, von dieser Stunde angeregt, mich einem Gedanken zuwenden, der mich erst dann wieder entlässt, habe ich dazu meine Worte formuliert.

Mein Gedanke, ich weiß nicht, wie ich darauf gekommen bin, ist der:

> Wenn du dich zu den Klugen zählen willst,
> dann musst du begreifen,
> Weisheit ist Wissen ohne Wissen.

Darf man darüber nachdenken oder streiten?
Also tue ich's.

Vieles kann man über die sieben Weltwunder der Menschheitsgeschichte nachlesen. Mich drängt es aber, über Menschen zu sprechen, und zwar über jene Menschen, die wir die „7 Weisen“ nennen. Es sind Persönlichkeiten, die über ganze Zeitalter hinweg im Bewusstsein der Völker haften geblieben sind, auch dann, wenn uns einige Namen vielleicht nicht gleich einfallen können.

Dennoch – vor einem Irrtum muss ich warnen. Wenn in unserer Zeit alljährlich von den sogenannten „Wirtschaftsweisen“ gesprochen wird, in der Öffentlichkeit und laut, so ist das nur eine Form der Arroganz. Es ist unvernünftige Arroganz, und darüber darfst du lächeln. Du lächelst über die Richtigen. Ist man denn weise, wenn man in einer bestimmten Wissenschaft arbeitet. Darauf werde ich noch eingehen.
Was haben uns die Weisen der Antike zu sagen? Vor mehr als siebzig Jahren schon hat mein verehrter Geschichtslehrer ihre Namen benannt.
Historische Quellen nennen uns: Bias von Priene, Pittakoras von Mytilene, Solon aus Athen, Thales von Milet, Periandros von Korinth, Kleobulos aus Lidos und Chilon aus Sparta.

Ihre wichtigsten Aussagen wurden im Tempel von Delphi in Stein gemeißelt. Sie waren dem griechischen Gott Apollon gewidmet, und man nennt sie Gnome.
Einige dieser Gnome habe ich vor mir liegen.
Sie stimmen mich sehr nachdenklich, denn mir werden Zusammenhänge bewusst, die den Blick auf das Schicksal unserer lieben und doch so gequälten Erde öffnen.

Natürlich weiß ich, dass die Menschen zu allen Zeiten sich nicht an die Worte der Weisen gehalten haben, und sie werden es auch in Zukunft nicht tun. Ich weiß auch, dass die Menschheit damit die Richtigkeit dieser allgemeingültigen Formulierungen nur bestätigt, aber es ist nun mal beängsti-

gend zu wissen, dass der Mensch bei der Zerstörung seiner Lebensgrundlagen nicht aufzuhalten ist. Leider ist das keine offene theoretische Frage mehr.
Ich möchte mir nicht das Recht einräumen, einer der vielen so genannten „Heilsideen“ zu erliegen, und zwar in der Hoffnung, Balsam oder Offenbarung zu gewinnen. Diese Träume träume ich nicht mehr.

Der Mensch wurde mit diesen Träumen zum Menschen und – er wird keine lange Zeit mehr brauchen, sich selbst unmöglich zu machen, träumend.

Warum wird er das?

Irgendwann am Beginn unserer Lesestunde habe ich Sappho zitiert, diese liebenswerte und kluge Frau, die auf der griechischen Insel Lesbos lebte und aus Mytilene stammte. Aus der gleichen Stadt kam auch vor etwa zweieinhalbtausend Jahren der griechische Philosoph Pittakos. Von ihm stammt die schwerwiegende Erkenntnis: *„Gewinn ist unersättlich!“*

Pittakos, der schon zu Lebzeiten als Schlichter zwischen Adel und Volk wirken musste, hat damit eines der Kernprobleme des menschlichen Lebens getroffen.

Auch heute gibt es zur hoch entwickelten kapitalistischen Gesellschaft auf der Welt keine Alternative. Und man muss es ganz sachlich sagen: Der Kommunismus hat genau vierundsiebzig Jahre gebraucht, sich selbst zu widerlegen.
So möchte ich dem verstorbenen Schriftsteller Jurek Becker zustimmen, wenn er sagt: *„Wir sitzen in einem Zug mit allem Komfort, mit Klimaanlage und Speisewagen. Die Fenster sind geschlossen, alles funktioniert. Wir merken nur nicht, dass die Strecke ständig bergab geht.“*

Glaube mir, seit ich in der Praxis erlebt habe, wie wandelbar die menschlichen Theorien zur Arbeit und zur Gier nach Vorteil und Gewinn sind, wie alle Menschen gieren, denen sich die Möglichkeit bietet, weiß ich, dass man Pittakos nicht widerlegen kann. Ein Beispiel?
Vor einigen Tagen habe ich in der Mitteldeutschen Zeitung gelesen, dass der Daimler-Chrysler Chef Zetsche im Jahre 2006 insgesamt 5,091 Millionen Euro verdient hat. Ja, „verdient" war die Vokabel. Dabei sah ich am Vortage im Fernsehen einen Bericht, wonach Daimler-Chrysler vor dem Ende steht.
So ist das also. Darf ich Pittakos für weise halten?

Einen Gedanken habe ich gefunden, und zwar in einem wissenschaftlichen Magazin. Dieser Gedanke ist ein Genie-Blitz und stammt von dem im Jahre 1970 verstorbenen deutschen Physiker Max Born:

*„Der Verstand unterscheidet zwischen möglich und unmöglich,*
*die Vernunft zwischen sinnvoll und sinnlos.*
*Dem Menschen wäre geholfen,*
*wenn seine Vernunft ihn dazu brächte,*
*das Mögliche zu unterlassen, wenn es sinnlos ist,*
*aber das Unmögliche zu versuchen, wenn sein Sinn darin besteht,*
*die Würde und Unabhängigkeit des Menschen zu begründen."*

Ich wünschte mir sehr, diese Weisheit würde zum Allgemeingut des denkenden Menschen. Es wäre der Glücksfall für die Menschheit.

Damit bin ich schon bei dem aus Sparta stammenden Chilon, der von seinen Mitmenschen fordert: *„Erkenne dich selbst!"*
Mir scheint: nur wenige Menschen sind dieser Forderung nachgekommen – bis auf den heutigen Tag.
Ich muss gestehen, dass ich mich zwar immer wieder mit dem eigenen kleinen „Ich" beschäftige, nach Antworten suche, die

nicht zu finden sind, aber, erkenne ich mich selbst? Ich versuche es und bin froh, dass ich meine engen Grenzen erkenne. Wo aber bin ich mir selbst fremd geblieben?
Ich möchte an dieser Stelle auch unterstreichen, dass Selbsterkenntnis nicht gleichzusetzen ist mit Selbstkritik. Vielleicht kann es einen jungem Menschen helfen, wenn ich sage, dass es erst mit zunehmendem Alter möglich ist, zur Selbsterkenntnis zu gelangen.

An der türkischen Ägäisküste, in der Bucht von Milet, liegt heute das Ruinenfeld von Priene. Dort lebte Jahrhunderte vor der Zeitenwende der griechische Philosoph Bias. Seine Schlussfolgerung hat den Menschen nicht gefallen, damals nicht – und heute nicht, denn er sagte: *„Die meisten Menschen sind schlecht!"*
Würde diese Behauptung doch wenigstens ausreichen, dass der Mensch immer wieder versucht, sein Gewissen zu erhalten und diese Stimme zu beachten.
Gleich aber fällt mir ein, was Mephisto im „Faust I", Prolog im Himmel, sagt:

> *„Von Sonn' und Welten weiß ich nichts zu sagen,*
> *ich sehe nur, wie sich die Menschen plagen.*
> *Der kleine Gott der Welt bleibt stets vom gleichen Schlag*
> *und ist so wunderlich als wie am ersten Tag.*
> *Ein wenig besser würd' er leben,*
> *hätt'st du ihm nicht den Schein des Himmelslichts gegeben;*
> *er nennt's Vernunft und braucht's allein,*
> *nur tierischer als jedes Tier zu sein."*

An dieser Stelle denke ich, wer so etwas schreiben kann, der ist wahrhaftig auch weise. Ja, Goethe war weise und ein Genie.

(Jetzt öffne ich eine Klammer und sage: „Pardon, eine Zwischenbemerkung: In den USA erschien eine Liste mit den einhundert bedeutendsten Persönlichkeiten der Menschheit. Goethe war darin nicht enthalten, aber Hitler. Diese Liste habe ich mit meinen Augen studiert.“ B.H. – Klammer geschlossen)

Ich möchte als Mensch, der denkend durchs Leben geht, nicht zu denen zählen, die mit der Formulierung „Die meisten Menschen sind schlecht!“ gemeint sind.
Wo verläuft die Grenze? Wer zieht sie?
Und doch kann ich Bias von Priene nicht widerlegen.
Wer verantwortet das Töten und Zerstören in den Dutzenden von Kriegen in meiner Lebenszeit?
Wer zieht seinen Gewinn aus dem Elend von Millionen Menschen auf der Erde?
Wer spricht von Liebe, Freundschaft und Ehre und straft sich tagtäglich Lügen?

Die Antwort weiß ich, aber ich kenne nicht die Namen. Und diese können sich ändern! Kennst du denn die Namen?
Oder – möchtest du selbst nicht mehr zu denen gehören?

Ein weiterer der sieben Weisen lebte um 580 v. Chr. auf der Insel Rhodos, es war Kleobulos von Lindos, der zugleich auch ein Dichter war. Und dies ist sein Hauptgedanke: *„Mäßigung ist das Beste.“*

Müsste der arme Kleobolus auch nur einen Tag unsere Fernsehprogramme sehen!
Welche Häufung des Schönsten, des Größten, des Bekanntesten, des Dümmsten und des Verrücktesten würde er an einem Abend erleben.
Könnte er da noch Trost in seiner Lyrik finden?

Periander von Korinth herrschte etwa 625 bis 585 v. Chr. über eine damals äußerst geschäftige Stadt, Korinth also. Sein Motto war: *„Vorbedacht in alle Dingen.“*

Von ihm wissen wir, dass er Faulheit nicht ausstehen konnte. Wenn ich sein Handeln betrachte, bin ich sicher, dass er erkannte, dass die Faulheit im wesentlichen ein Ergebnis falscher Erziehung ist. Der Philosoph Aristoteles, an dem sich auch im 21. Jahrhundert kein Politiker, kein Lehrer und kein Vater vorbei drängeln kann, sagte: *„Die Wurzeln der Bildung sind bitter, die Früchte süß."*

Bewegt von dem, was ich aus der Geschichte der Erziehung gelernt habe, möchte ich hier, unverblümt, einen kleinen sehr subjektiven Standpunkt einschieben:
Wenn ich lesen muss, dass ein Richter einem Vater, der seinem Sohn für ein böses Fehlverhalten einen Backenstreich gab, mit einer Strafe belegt, dann möchte ich diesem Richter – im Namen des Volkes – den gescheiterten Streich zurückgeben. Ich glaube, die Enkel würden es mir danken. Mein Gott, wie arm wir doch sind.
Heute, mit bald zweiundachtzig Lebensjahren, blicke ich auf eine Lehrerfahrung von mehr als fünfzig Jahren zurück. Ich schäme mich für die Kurzsichtigkeit und Beschränktheit jener verantwortlichen Personen, die nicht begreifen, dass Erziehung und Schule ohne die Gewährleistung einer Verhaltens- und Lerndisziplin zu einer Null-Bock-Interessengemeinschaft verkommen.
Das Lernen kann man nicht spielen, lernen, das *muss* man. Dann kann man auch spielend üben. Was sagte doch Aristoteles? *„Die Wurzeln der Bildung sind bitter, die Früchte süß."* Kann man disziplinlos lernen? Da fällt mir nur ein Wort ein: Nein!

Beim Blick auf die Weisen der Antike komme ich immer stärker zur Einsicht:
Solon von Athen und Thales von Milet sind Philosophen und Lehrer, die über die Jahrhunderte hinaus in unsere Gegenwart wirken, Beispiele zeigen und Wege bereiten.

Solon, der athenische Gesetzgeber, Staatsmann und Philosoph, der von 640 bis 560 v. Chr. lebte, fordert: *„Nichts zu sehr!"* Über seine Gesetzessammlung hinaus gab Solon den Griechen eine Vision des Staates als Ganzem, und – er wurde auch verstanden.

Thales von Milet (um 624–546 v. Chr.), der erste große griechische Philosoph, der zum Beispiel die Sonnenfinsternis am 28. Mai 585 v. Chr. voraussagte, wurde schon zu Lebzeiten als Genie verehrt. Er fordert vom Menschen: *„Halte Maß!"*

Hier ist erkennbar, gleich welcher Bildung, das sind Forderungen, die wegen ihrer Fassbarkeit und Einfachheit jeder Mensch verstehen und einhalten kann, wenn er nur wirklich will.

Da bleibt nur die Frage: Wer macht den Anfang? oder

Haben wir am Ende noch die Zeit dazu?

An zwei weitere Fragen muss ich denken, und diese sind an jene Menschen gerichtet, in deren Köpfen auch alle möglichen Folgerungen reifen müssen:

Darf es sein, dass die menschlichen Regelwerke, die Gesetze, sich so vom Menschen entfernen, dass sie ihren ursprünglichen Sinn verlieren?

Darf es sein, dass der Mensch eine Möglichkeit findet, seine Freiheit zu missbrauchen und gegen andere Menschen zu richten?

Im ältesten Literaturdenkmal Indiens „Rig Veda", um 1500 v. Chr. entstanden, heißt es:

> *Sättigung schafft nur ein Pflug, der pflügt.*
> *Nur dem, der geht, dienen die Beine als Beine.*
> *Nur der Dichter, der singt, wird gehört.*
> *Nur ein Freund, der freigebig ist, ist ein Freund*
> *Und dem, der alles für sich behält, überlegen.*

Und die Weisheit? Ich bin doch beim Thema Weisheit.
Aber ja, ich will das Thema nicht übersehen.
Also denn: Weisheit ist nicht speicherbar, sie geschieht – oder sie ist nicht da.
Es ist die Weisheit des Menschen, die das Gute hervorbringt.
Die Weisheit resigniert nicht. Sonst würde es sie nicht geben.

Und wie steht es mit dem großen Traum des Menschen, die Rätsel der Welt zu lösen, alles zu erkennen und zu beherrschen, und – wissen wir denn, wo wir stehen? Als ich in den dreißiger Jahren, es war kurz vor den olympischen Spielen in Berlin, einmal aus der Schule nach Hause kam, schwärmte ich in hohen Tönen von der großen Zukunft, die einmal das Fernsehen eröffnen würde. Davon hatte uns Bette Wensch, so nannten wir unseren Physiklehrer, erzählt. Ich höre heute noch meine erschreckte Mutter, die einen Punkt setzte, indem sie sagte: „Täusche dich nicht, mein Junge, täusche dich nicht, der liebe Gott lässt sich nicht in die Karten gucken!“ Vater nickte stumm Beifall.

Ja, beiden ist das Fernsehen erspart geblieben. Sie haben es nicht mehr erlebt.
Vor einigen Jahren, um 1993, schrieb der bekannte englische Forscher Stephen Hawking, dass er nicht daran zweifle, dass man das Universum in nicht ferner Zukunft vollständig verstehen könne. Mit anderen träume er davon, die Welt zu meistern. In den Vorstellungen Hawkings erkennen wir einen uralten Konflikt. Es ist einerseits das Streben, die Welt nicht in erster Linie zu lieben, zu verstehen und zu bewundern, sondern stattdessen sich über sie hinwegzusetzen und sie dienstbar zu machen. Ist Hawking ein weiser Mensch? Seine Intelligenz ist unvergleichbar hoch, dennoch, ein Weiser ist er nicht, denn die Hoffnung, die Hawking teilt, führt in einen abstrakten Hochmut. Wer davon träumt, die Welt als Meister zu beherrschen, muss auch sagen können, was mit seiner Macht geschehen soll.

Der Forscher, dem die Demut vor der Schöpfung fehlt, der die Konsequenzen daraus nicht ziehen kann, besitzt nicht den Funken der Weisheit. Der Weise kennt seine Grenzen, er verzweifelt nie an der menschlichen Unvollkommenheit und bezieht seinen geistigen Reichtum aus den Schranken, die dem Menschen gesetzt sind. Sieht der Forscher diese Schranken nicht, kämpft er gegen die Weisheit. Irgendwann überschreitet er die Grenze, die ihn zum Verbrecher macht, weil er die Katastrophe ansteuert.

Welche Schlusspunkte zur Weisheit will ich setzen?

- Die Weisheit lässt sich nicht in ein System zwängen, man kann sie nicht erlernen.

- Die Weisheit lässt sich nur aus tiefen Quellen schöpfen, erkennen muss man sie.

- Ein weiser Mensch sieht im Kleinen das Große, im Detail das Ganze.

- Die Weisheit bedient sich der Logik und ist fähig, sich über sie zu erheben.

- Die Weisheit bestätigt mir, dass die Wahrheit mehr als das Beweisbare ist.

## KLAGE

Dunkle Träume
drängen immer wieder
in den Frieden meines Alters.
Suche ich des Nachts Erholung
und bange ich um die Ruhe des Tages;
der Schmerz schwarzer Wahrheiten raubt
mir das leichte Schwingen der Gedanken.

Ich beklage
die Grausamkeit
der Geisel, die den Namen Hass trägt.
So fürchte ich die Unfähigkeit der Oberen,
die wahrhaft Winzlinge der Menschenwürde sind,
die tiefsten Wurzeln des Hasses anzugehen, denn
in der Zuweisung der Schuld gründet auch eigene Schuld.

Ich beklage
die Gewissheit,
dass unser Erbe immer nur
Verderben und Tod sein können. –
Dürfte ich doch den Verstand und die Herzen
der in der Weisheit ohnmächtigen Mächtigen öffnen.
Mein Gott, ich wünschte mir, diesen Traum zu träumen.

Bernhard Hecht, 28. August 2006

Mein lieber Leser, ich hoffe, du hast nicht so genau auf die Uhr geschaut.
Doch du weißt, eine Lesestunde ist erst dann beendet, wenn der Leser oder Schreiber es bestimmt. Geben wir uns noch eine Chance, und ich fahre mit einer kleinen Geschichte fort. Sie hat den Vorzug, wahr zu sein.

In einem Seniorenheim, das hier im Umkreis jeder kennt, hatte ich ein seltsames oder nichtalltägliches Gespräch. Mein Gesprächspartner war einundachtzig Jahre alt und erschien mir ungewöhnlich agil und aufgeschlossen, und so etwa verlief unser Gespräch:

„Hallo, guten Tag."
„Guten Tag, Herr Nachbar."
„Mir scheint, Sie sind ganz gut aufgelegt!"
„Na ja, das stimmt schon, worüber sollte ich mich hier beschweren? Ich glaube, ich habe es ganz gut getroffen."
„Da wird sich die Heimleiterin ganz sicher freuen, wenn sie das hört."
„Ja, ja, die hat hier wohl meistens zufriedene Kunden."
Ich lachte und sagte: „Nicht schlecht!"
„Ja, Herr Nachbar, das Schlechte an der Sache ist, dass der Ärger mit dem Chef nicht ausbleibt."
„Wie das denn?"
„Ja, lieber Nachbar, das sollten Sie schon verstehen, aber ich werde es erklären.
Sehen Sie, mein Sohn ist im besten Mannesalter, so Mitte fünfzig. Der möchte schon gerne noch ein paar Jahre arbeiten. Aber sein Chef ist strikt dagegen. Hat also mein Sohn Ärger mit dem Chef?"
„Wenn Sie es so sehen, ja."
„Na denn, mein Sohn will bleiben und darf nicht. Also hat er Ärger. Und ich will gehen, und zwar dann, wann ich es will – und darf es nicht.
Da liegt das Problem, es gibt kein Einvernehmen. Das Schlimme ist, mein Chef da oben", er hob seinen linken Arm Richtung Fenster, „hüllt sich in Schweigen, und streiken hilft nicht. Dagegen hat die Medizin die Schläuche erfunden.
Heute, morgen und übermorgen kann ich Bäume ausreißen, was aber ist dann?

Wer gibt dem irdischen Chef das Recht zum Handeln, wenn der himmlische schweigt? Darf der denn schweigen oder gibt es den nur in meiner Phantasie?
„Also, wie sehen Sie das, Herr Nachbar?"

Ich mache mir selbst nichts vor. Meine Antwort war eigentlich nur ein unbeholfenes Gestottere – Floskeln und allgemeine Redensarten. Ich hätte meinem aufgeschlossenen Gesprächspartner in einem langen Gespräch meine eigenen Gedanken darlegen können. Hätte ihm das in dieser Situation geholfen? Mir scheint, dies war nicht die Zeit und der Umstand für Antworten. Eines aber ist sicher, Antworten habe ich gesucht, immer, und ich suche sie noch heute.

Vielleicht finde ich in dieser Lesestunde einige Ansatzpunkte, die mir und meinem inzwischen verstorbenen Erd- und Heimbewohner einen Lichtstreifen am Horizont sichtbar machen können. –
Da ist mein erster Gedanke: Lessing – Schule – Nathan der Weise.
So wende ich mich sogleich Gotthold Ephraim Lessing zu – und werde fündig.
Zu den ältesten Büchern meiner kleinen Bibliothek gehört das im Jahre 1898 in Hannover erschienene „Handbuch der deutschen Litteratur". Ich suche die Seiten über einen der Großen in unserer Literaturgeschichte, über Gotthold Ephraim Lessing, der im Jahre 1779 sein Schauspiel „Nathan der Weise" schrieb.
Und das ist das Gedankengut, von dem ich spreche:
Drei Brüder erscheinen vor einem weisen Richter und jeder behauptet, dass nur er den echten Ring seines Vaters geerbt habe, und der Vater selbst habe ihm den Ring geschenkt. Dieses nun möge der weise Richter bestätigen.
Lessing spricht von den kostbaren und wertvollen Ringen und er denkt dabei an die drei monotheistischen Weltreligionen.

So also steht die Frage: Wer hat den echten Ring vom Vater erhalten?
Und dies sagt Lessings weiser Richter vor den das Recht suchenden drei Brüdern:

*„... Wenn ihr mir nun den Vater*
*Nicht bald zur Stelle schafft, so weis' ich euch*
*Von meinem Stuhle. Denkt ihr, dass ich Rätsel*
*Zu lösen da bin? Oder harret ihr,*
*Bis dass der rechte Ring den Mund eröffne? –*
*Doch halt! Ich höre ja, der rechte Ring*
*Besitzt die Wunderkraft, beliebt zu machen,*
*Vor Gott und Menschen angenehm. Das muss*
*Entscheiden! Denn die falschen Ringe werden*
*Doch das nicht können! – Nun, wen lieben zwei*
*Von euch am meisten? – Macht, sagt an! Ihr schweigt?*
*Die Ringe wirken nur zurück? und nicht*
*Nach außen? Jeder liebt sich selber nur*
*Am meisten? O, so seid ihr alle drei*
*Betrogene Betrüger! Eure Ringe*
*Sind alle drei nicht echt. Der echte Ring*
*Vermutlich ging verloren. Den Verlust*
*Zu bergen, zu ersetzen, ließ der Vater*
*Die drei für einen machen ...*
*Und also fuhr der Richter fort, wenn ihr*
*Nicht meinen Rat, statt meines Spruches, wollt:*
*Geht nur! – Mein Rat ist aber der: ihr nehmt*
*Die Sache völlig, wie sie liegt. Hat von*
*Euch jeder seinen Ring von seinem Vater,*
*So glaube jeder sicher seinen Ring*
*Den echten. – Möglich, dass der Vater nun*
*Die Tyrannei des einen Rings nicht länger*
*In seinem Hause dulden wollen! – Und gewiss*
*Dass er euch alle drei geliebt und gleich*

*Geliebt, indem er zwei nicht drücken mögen,*
*Um einen zu begünstigen. – Wohlan!*
*Es eifre jeder seiner unbestochnen,*
*Von Vorurteilen freien Liebe nach!*

Am Ende seiner Worte sagt der Richter, bezugnehmend auf die Kinder und Kindeskinder der vor ihm stehenden Brüder:

*„So lad' ich über tausend tausend Jahre*
*Sie wiederum vor diesen Stuhl.*
*Da wird Ein weiserer Mann auf diesem Stuhle sitzen*
*Als ich und sprechen. – Geht!"*

Zum Dichter des „Nathan" noch einige Worte. Im Jahre 1932 erschien eine sehr umfangreiche Darstellung der deutschen Literaturgeschichte von Paul Fechter, und zwar die „Dichtung der Deutschen". Hier fand ich eine Formulierung, die Lessings Rolle als einen der führenden Geister des 18. Jahrhunderts unterstreicht und die auch hervorhebt, dass Nathans Erzählung von den drei Ringen das Bedeutsamste ist, was der Dichter Lessing den Menschen hinterlassen hat. Und dann heißt es: Der Nathan ist nicht nur eine Predigt; er ist das Bekenntnis eines Mannes, der im Übrigen seine sachlich skeptische Bescheidenheit sich selbst und der eigenen Bedeutung gegenüber nur selten zum Bekennen kommen ließ. Goethe und Schiller – so kann man es in der sechsbändigen „Illustrierten Geschichte der Deutschen Literatur", Band II, nachlesen, nannten Lessing den „Achilles der deutschen Literatur" und widmeten ihm das Epigramm: „Vormals im Leben ehrten wir dich wie einen der Götter, jetzt, da du tot bist, herrscht über die Geister dein Geist."

So manche Karteikarte habe ich beschrieben, und, wenn ich heute nachlese, es sind Gedanken, die mich auch in der Gegenwart nicht loslassen. Ich bin gelassen und ruhig und weiß, dass es keine fertigen Antworten gibt, auch keine Antworten kluger Menschen, die überzeugen müssen. Annäherungen werden und müssen sein, aber – bin ich deswegen weniger ein Suchender?

Sinn und Erfüllung des Lebens sind etwas zutiefst menschliches, und sie werden vollzogen sein, endlich – aber nicht bewusst.

Das Göttliche hat sich der Mensch in seinem unendlichen Suchen geschaffen.

Er glaubt es – und er wünscht es, eine imaginäre Wahrheit.

Der 1936 verstorbene spanische Philosoph Miguel de Unamuno sagte, und das fand ich 2004 in der Zeitschrift PM:

*„Das Tragische im Leben ist, dass wir Menschen, getrieben von einem verrückten Hunger nach der Ewigkeit, ein sicheres Wissen über den Sinn des Lebens erlangen wollen. Aber das geht nicht, denn die menschliche Anwendung der Naturwissenschaften ist ein Friedhof sterbender Ideen und die Religion ein Irrweg. Wenn ich an Gott glaube, so ist es vor allem, weil ich es will, dass Gott existiert."*

Kann man, wie Unamuno, aus der Verzweiflung selbst seinen Trost ziehen?

Ich denke NEIN. Was Unamuno zur Verzweiflung sagt, ist für mich nicht akzeptabel. Aus der Verzweiflung – und der Gewöhnung daran – kann ich keinen Trost ziehen. Ich sehe es so: Die Überzeugung dessen, was ich als Wahrheit und Wirklichkeit sehe, gibt mir eine gewisse innere Ruhe und damit die Fähigkeit, von diesem „verrückten Hunger" Abstand zu gewinnen, mich jenseits von diesem zu fühlen und so das Gefühl der Überlegenheit wie eine kleine Pflanze zu hüten und wachsen zu sehen. Ich kann am Ende lächeln und sagen: In Wirklichkeit sind die Dinge ganz anders als sie wirklich sind.

Die Kleinheit des Geistes zeigt sich darin, dass man an seine Größe und Unfehlbarkeit glaubt. Wie viel Anmaßung und Dummheit zeigt sich darin, für den Glauben, der Ewigkeit und Seligkeit verheißt, den Tod zu fordern.

Ich kann dem Christentum das Morden und Drangsalieren auf seinem Wege nicht nachsehen. Was ist daran göttlich, wenn Menschen das Menschenunwürdige tun? Und – hat es das denn nur in der Vergangenheit gegeben?

Ich kann dem Islam nicht einräumen, dass er mit Feuer und Blut den Staat Gottes fordert. Wie könnte es sein, dass das Töten und Morden „göttlich“ ist?

Ich kann es nicht annehmen, wenn Juden in Israel – und wo auch auf der Welt – auf der Grundlage einer theologischen Geschichtsdeutung sich als „Erwählte“ ausgeben und in ihrer Überheblichkeit die Grenzen des Anstandes und der Menschenwürde überschreiten. Sehen sie den nicht, dass sie in ihrer Starrheit sich selbst damit unmöglich machen?

Ich erkenne das Grundanliegen der Religionen, und ich würdige ihre Ideen und Ziele. Aber, sie sind das, was der Mensch aus ihnen macht. Aus dem Spiegelbild blickt der Mensch, der in seiner Scheinheiligkeit und Gier, in seiner Beschränktheit und Überheblichkeit den Boden des Humanismus verlassen hat.
Natürlich gibt es Ausnahmen, und nicht wenige, aber, sie bleiben die Minderheit.
Lebenssinn und Erfüllung muss ich in meiner Wirklichkeit, in meiner Zeit und in meiner Umwelt finden. Ich kann verstehen, dass junge Menschen Abstand zu solchen Fragen haben, dennoch, das Einsehen sollte möglich sein.

Meine Zeit des Abstandgewinnens, die Zeit des selbsterkennenden Altwerdens, die Zeit des besinnlichen Rückblicks und Nachdenkens wird in ihren Widersprüchen dadurch besonders gekennzeichnet, dass die tiefe Enttäuschung über eine große Lebenslüge, die den Namen Sozialismus trug, nicht mehr zu überwinden oder zu verdrängen ist. Ich sehe an mir selbst, dass

philosophische Erkenntnisse und die Wirklichkeit des Lebens sich immer weiter voneinander entfernen können und man es doch hinnimmt. Was spielt es für eine Rolle, dass man an einen Ausgleich glaubte und meinte, auf der rechten Seite zu stehen. Wer aber beweist schlüssig, dass es die falsche Seite war? Waren es die vorhin benannten menschlichen Schattenseiten, die neue Ideen zum Sterben verurteilten?
Für mich sind diese Fragen in meinem Leben kein Hauptthema mehr, aber ich ahne, dass der Mensch auf der Suche nach neuen Wegen an Antworten nicht vorbeigehen kann.

Meine kritische Stellung zu den Weltreligionen und die Ursachen dafür habe ich angedeutet. Aber, ich führe sie nicht auf die Gedanken von Marx oder Lenin zurück. Gegenteilig dazu stelle ich fest, dass der Atheismus von Marx und Lenin mich niemals in meinen Grundauffassungen bewegt hat.
Der eifernde und kompromisslose Atheismus à la Marx und Lenin ist Ausdruck dafür, dass der Mensch sich selbst, seine Stellung in der Natur, seine Wirklichkeit und Möglichkeiten nicht begriffen hat. Dieser Atheismus ist Ausdruck der Armut und Unfähigkeit, die Grenzen des Lebens denkend zu ergründen. Er ist im Sinne des Wortes „menschheitsfremd".
Im Grunde ist Marx nicht weniger intolerant als die, denen er diesen Fehler vorwirft. Der Anspruch, allein die Wahrheit zu haben und zu vertreten und der daraus folgernde Kampf gegen das Andersartige, die Intoleranz also, erscheint mir als das Kernübel jeden menschlichen Zusammenlebens.
Die Intoleranz ist darum nicht allein der Widerspruch dieses oder jenen Jahrhunderts, sie ist der Widerspruch der Menschheit. Die Dummheit ist der Nährboden und die Intoleranz die Blüte, eine taube Blüte!

Indem ich diese Gedanken anstelle, nähere ich mich unvermeidlich der Gedankenwelt Goethes. Ich erstrebe keine Identifikation, aber ich finde einen Gedankenreichtum, der es möglich macht, meinen eigenen Weg zu erkennen.

Goethe hatte zwei Lebensgrundfakta:

1. hat er, nach eigenem Zeugnis, niemals etwas erlebt, das ihn vollständig hingenommen hätte. Es blieb ihm immer die Kraft, sich im Moment selbst zu kritisieren.
2. nennt Goethe keinen lebenden Menschen und kein gleichzeitiges Buch, welches vollständig seiner Natur entsprochen hätte.

Goethe hatte nur zwei Überzeugungen, die er auch aussprach:

1. dass ein persönlicher Gott sei, welcher, was die Geschichte der Menschheit anlagt, einen Willen und ein Ziel habe,
2. dass es eine individuelle Unsterblichkeit gebe.

Diese beiden Glaubensartikel bekennt Goethe, ohne Beweise zu verlangen oder zu geben. Sie sind in das Fundament seines Lebens eingemauert.

Immer wieder beschäftige ich mich mit diesen Gedanken, aber ich will und kann sie nicht einfach für mich in dieser Form übernehmen. Sicher ist dennoch, dass ich wesentliche Überzeugungen in diesen Richtungen gefunden habe.

Religion ist für Goethe das, was den Menschen kindlich erhält. Hierbei stehen zwei Empfindungen im Vordergrund:

- die Liebe

und

- die staunende Ehrfurcht.

Ich sage dazu: schöner und treffender ist das nicht auszudrücken.

*„Wessen Herz nicht mehr liebt, wessen Geist sich nicht von Wundern umgeben weiß, die auf die Allgegenwart eines Erhabenen*

*deuten: für den gibt es kein Wachsen mehr, er ist an seinem Ende angelangt, ein welkes Gebilde am Baume des Lebens.*" (Goethe)

In seinem „Wilhelm Meister" nennt Goethe als Inbegriff der Weisheit: *„Jedes Ereignis mit Ehrfurcht betrachten."*
Für mich liegt in diesen fünf Worten die Summe all dessen, was Goethe uns als heiliges Vermächtnis hinterlassen hat. Er ist ein Weiser.
Im Gegensatz zu Martin Luther beteuert Goethe ausdrücklich, er *„erkenne ein göttliches Wesen nur in und aus den rebus singularibus"* (den einzelnen Dingen).

Goethe lässt seinen Mahomet sprechen: *„Siehst du ihn nicht? An jeder stillen Quelle, unter jedem blühenden Baum begegnet er mir in der Wärme seiner Liebe."*

Schließlich nennt es Goethe *„seine reine, tiefe, angeborne und geübte Anschauungsweise, Gott in der Natur, die Natur in Gott zu sehen"*.
Ich komme auch in Gedanken immer wieder auf folgende Formulierung Goethes: *„Gott, wenn wir hoch stehen, ist alles; stehen wir niedrig, so ist er ein Supplement unserer Armseligkeit."*
Was ich jetzt schreibe, habe ich meinen Schülern in vielen Jahren immer wieder vorgetragen. Es ist eine Stelle aus dem Faust. Es ist die vielleicht herrlichste Stelle, die Goethe oder irgendeinem Dichter über das Wesen Gottes je gelungen ist! Gott und die Natur werden nicht getrennt, sie sind miteinander vereint.

Wer darf ihn nennen?
Und wer bekennen:
Ich glaub ihn?
Wer empfinden
und sich unterwinden,
zu sagen: ich glaub' ihn nicht?

der Allumfasser,
der Allerhalter,
fasst und erhält er nicht
dich, mich, sich selbst?
Wölbt sich der Himmel nicht da droben?
Liegt die Erde nicht hier unten fest?
Und steigen freundlich blinkend
ewige Sterne nicht herauf?
Schau' ich nicht Aug' in Auge dir,
und drängt nicht alles
nach Haupt und Herzen dir
und webt ein ewiges Geheimnis
unsichtbar sichtbar neben dir?

Erfüll' davon dein Herz, so groß es ist,
und wenn du ganz in dem Gefühle selig bist,
nenn' es dann, wie du willst,
nenn's Glück! Herz! Liebe! Gott!
Ich habe keinen Namen
dafür! Gefühl ist alles;
Name ist Schall und Rauch,
umnebelnd Himmelsglut.

Als ich im Jahre 1948 während meines ersten Studiums im kriegsgequälten Leipzig eine sehr alte, sehr schöne und bebilderte Ausgabe des Faust kaufte, zwei Bände, ahnte ich nicht, dass dieselbe mehr als ein halbes Jahrhundert später einen würdigen Platz, einen Ehrenplatz, in meinem Bücherschrank einnehmen würde. Oft habe ich diese Bände in die Hand genommen, man sieht es ihnen an, aber ich habe wieder und wieder darin gelesen. Und leicht war es sicherlich nie, aber, so gut ich konnte, ich habe es verinnerlicht.

Es gibt Menschen, die nennen Goethe einen „verschämten Atheisten“, und andere sprechen von seiner tiefen „Religiösität“. Das ist für mich, um bei dem Faustzitat zu bleiben, „Schall und Rauch“.
Goethe nannte sich selbst gelegentlich einen Heiden, nie aber einen Atheisten oder einen Ungläubigen.

Mit den Erfahrungen meines Lebens möchte ich mich den Grundüberzeugungen Goethes anschließen, wenngleich ich wohl immer ein Suchender bleiben werde.
Darin liegt wohl, so glaube ich, das Beglückende des Menschen, dass er sich die Freuden des Findens, des Erkennens des Wunderns und auch der Einsicht eines Irrtums erhalten kann.

Das, was ich am 3. März 1990 auf einen Notizzettel schrieb, möchte ich hier in meinen Erinnerungen festhaltend wiederholen:

Würde im Leben
gewinnt man durch Ehrfurcht
vor seiner Umwelt.
Würde im Sterben
gewinnt man durch Ehrfurcht
vor sich selbst.

## ZUM TAGE

So sprach
Konfuzius der Weise:
Mit fünfzehn lernte ich für das Leben.
Mit dreißig stand ich als Mann auf festen Füßen.
Mit vierzig hatte ich alle Zweifel überwunden.
Mit fünfzig kannte ich das Gesetz des Himmels.
Mit sechzig durfte ich mich den Menschen weit öffnen.
Mit siebzig konnte ich den Wünschen meine Herzens
folgen, ohne gegen das Maß zu verstoßen.

So also steht Konfuzius, der Philosoph,
für einen Anfang, für ein rechtes Leben in Würde.
Stehe ich, einer der Vielen der Gegenwart,
die jedes Maß verloren hat,
die blind ist für die Würde des Nachbarn,
stehe ich für viele und doch allein mit meinen Ängsten,
fremd der Gerechtigkeit und Ehrerbietung allein an einem
Ende?
Mit meinen achtzig will ich sagen:
Ich träume davon, das große Lernen zu beginnen.
Es ist schöner als der Tau der Jugend.

Am Beginn meiner Lesestunde habe ich gesagt: Oft wünsche ich mir vor dem Einschlafen, meine Gedanken in ein Mikrofon denken zu können. Die letzte Nacht war eine solche. Mein Kopf wurde von einer Woge der Erinnerungen förmlich erfüllt und durchzogen. Und jetzt sitze ich am Schreibtisch und bemühe mich, alles wieder in meine Verfügung und Kontrolle zu bringen. Mir scheint, dass es nicht möglich ist.
Also fange ich einfach an und nenne das Ganze

## GOLDENE UND SCHWARZE STUNDEN

Die Ereignisse und Nachrichten eines jeden Tages haben sehr unterschiedliche Auswirkungen auf unsere Gefühls- und Vorstellungswelt. Im MDR-Fernsehen sah ich dieser Tage einen Kurzbericht über Vorbereitungen auf Dreharbeiten für einen Spielfilm zum Untergang der „Wilhelm Gustloff". Dieses Schiff versank nach drei Torpedotreffern am 30. Januar 1945 in weniger als einer Stunde in der Ostsee.
Am Bord befanden sich 9300 Menschen, und nur sehr wenige konnten gerettet werden.

Wenn du, mein lieber Nachbar und Teilhaber an der Lesestunde, das zufällig auch gesehen hast, dann wirst du vielleicht sagen: Das ist ja interessant. Gerade haben die im Fernsehen den Film „Die Flucht" gezeigt. Nun ja, es gab zum Kriegsende eine schlimme Zeit, und zwölf Millionen Deutsche mussten ihre Heimat im Osten verlassen. Es ist wahrhaft furchtbar gewesen, und heute noch gibt es Streit mit den Polen um Formulierungen und Anerkennung und Schadensansprüche. Was solltest du auch sonst dazu sagen, wenn du nicht selbst zu den Betroffenen gehörst?

Auf mich wirkte diese Gustloff-Information, als hätte man den schützenden Mantel, den die Zeit und die Natur über

mein Bewusstsein gedeckt hatten, grausam zerrissen. Ich lebe und schreibe in der Stadt, in der ich geboren wurde und der auch meine Liebe gehört. Meine persönliche Betroffenheit ist tief und solcher Art, dass es mich drängt darüber zu sprechen. Ich muss mir eine Last von der Seele nehmen.
Wie stelle ich das an? In meiner Lesestunde findest du zunächst eine kleine Geschichte, die nicht in meinem Buch „Dornen und Rosen“ steht. Dann endlich will ich das sagen, was noch zu sagen ist.
Nun denn:

Noch während meiner Ausbildung als U-Boot-Funker 1943/44 wurde ich zur 32. U-Boot-Flottille in Königsberg abkommandiert. Hier erlebte ich meine erste Tauchfahrt auf einem U-Boot. Mein Wohnschiff war zeitweilig der Dampfer „General San Martin“. Dieses gute Schiff fuhr schon über den Atlantik als ich geboren wurde. Im Vorschiff auf der Steuerbordseite war meine Kabine.
Weitere Schiffe, die ich während meiner Marinezeit als Wohnschiff nutzte, waren „Der Deutsche“; dieses Schiff lag hinter der „General San Martin“ in der Pregelmündung bei Königsberg, ferner das Walfang-Mutterschiff „Walter Rau“, es stand in der Memelmündung vor Anker, und zwar zur Horch- und Radarausbildung für U-Boot-Funker, die an Bord erfolgte. Nur mit einer Barkasse war das mächtige Schiff mit seinem offenen Heck zu erreichen. Schließlich war das letzte Schiff, auf dem ich eine Zeit lang wohnte, die „Wilhelm Gustloff“ in Gotenhafen. Ich erlebte, wie das Schiff zu seiner letzten Fahrt auslief, und ich kreuzte wenig später jene Stelle, an der die „Gustloff“ zum Massengrab für viele tausend Flüchtlinge wurde. Viele Erinnerungen verbinden mich mit diesem „gemordeten“ Schiff.

In Gotenhafen fuhr ich bei der 27. U-Boot-Flottille, und ich weiß nicht genau zu sagen, inwieweit man die Ausbildung von den Kampfeinsätzen trennen kann und darf. Wie war ich enttäuscht, als ich den Befehl bekam, auf ein KFK-Boot zu wechseln. Zwei dieser kleinen Boote hatten die Aufgabe, die Tauchmanöver der U-Boote per Funk zu überwachen. Helmut Helbing, mein Freund und Kamerad, der am 15. Mai 1994 starb, er und ich, wir waren die Funker dieser beiden KFK-Boote.

Der Schiffstyp „Kriegsfischkutter" hatte mit der Fischerei wahrhaftig nichts zu tun. In den Jahren 1941 und 1942 wurden diese etwa 25 Meter langen Boote zur U-Boot-Jagd, zum Geleitschutz, zum Patrouillendienst oder zum Minenräumdienst entwickelt. Sie konnten jeder Windstärke und jedem Seegang trotzen, waren absolut seetüchtig und echte „Stehaufmännchen". So kam ich also zu meinem letzten Schiffskommando, ich wurde Funker des KFK 396, und heute, mit einem Abstand von mehr als sechs Jahrzehnten, mache ich mir bewusst, dass sich damit die Waage meines Schicksals zum Guten bewegte.
Eines habe ich versäumt: Ich hätte schon vor Jahrzehnten meine Erinnerungen schriftlich fixieren sollen. Heute wünsche ich, ich hätte es getan. Dennoch, auch im Dunkel des Vergessens findet sich manches kleine Körnchen, das in die Hirnrinde tief graviert ist.

Da gibt es ein kleines Ereignis, welches bis zur Stunde nicht abgeschlossen werden konnte, und in meiner Geschichte „Der leise Schmerz" habe ich darüber berichtet.

An einem regnerischen Herbsttage 1944 durchstreifte ich in Gotenhafen die Straßen. Ein Matrose kam mir entgegen und blieb plötzlich stehen, und augenblicklich erkannte ich ihn. Wenig später standen wir uns im verglasten unteren Promenadendeck der „Gustloff" gegenüber und tranken eine Flasche des billigen Rotweines auf unser Wiedersehen.

Als Nachbarskinder waren wir aufgewachsen und oft durch dick und dünn gegangen, bis wir uns aus den Augen verloren, Günter Roland und ich.
Wir standen zwei oder drei Stunden, schluckten den dünnen Wein und ein paar erstickte Tränen, denn uns hielt das Heimweh fest im Griff. Ich weiß es in dieser Stunde sicher: wir sprachen nur von zu Hause und von unseren gemeinsamen Kindheitserlebnissen und Kinderträumen. Die Umwelt und die Gegenwart vergaßen wir. Es war ein seltsames und wohl das einzigartigste Gespräch dieser Art, das ich in den Jahren des Krieges geführt habe, und sein Inhalt trug uns zurück in das Kinder- und Lausbubenalter. Wer weiß da schon, wem von uns mehr Heimweh nach den Linden des Marktes und den Kastanien des Vorplatzes an der Jakobikirche aus den Herzen und über die Lippen quoll.
Und doch ist mir die Erinnerung daran wie eine Sternstunde geblieben, die ich nicht missen kann. Dann nahmen wir voneinander schnellen Abschied. Günter musste auf sein Schiff zurück.
Welches?
Er hatte mir nicht gesagt, welches Schiff seiner wartete.
Wir vergaßen beide, einander zu sagen, wo wir uns finden könnten.
Ich blickte ihm nach, – und ich blicke noch immer nach. Niemals, bis auf den heutigen Tag, haben wir wieder etwas voneinander gehört. Ich habe gesucht, wie es mir mein Gewissen befahl. Ich habe keine Brücke und keine Spuren gefunden.

Ein anderes Wiedersehen fand ein glückliches Ende.
Meine Mutter teilte mir in einem Briefe mit, dass mein Freund von frühen Kindesbeinen an, Gerhard Blau, schwerkrank in einem Lazarett in Gotenhafen liegt. An einem späten Nachmittag machte ich mich auf die Suche.

Der Zufall half mir, und ich wurde sofort fündig. Vor mir lag ein Schatten der Persönlichkeit meines Freundes.
„Gerhard, Gerhard“, sprach ich ihn an. Er schwebte in einem hohen Fieber und konnte mich weder erkennen noch verstehen. Man sagte mir, dass das eine schwere Tropenkrankheit sei. Ja, viele Jahre später trafen wir uns wieder in Sangerhausen. Da erst erfuhr er, wer der Matrose war, von dessen Besuch man ihm berichtet hatte.

Und noch ein Ereignis führt meine Gedanken nach Gotenhafen zurück.
Der letzte Kriegswinter war angebrochen. Die Ostfront schickte ihre Boten. Kälte und Schnee waren unbarmherzig, und Flüchtlinge strömten in die Stadt.
Ich hatte einen ehemaligen Bordkameraden auf der „Gustloff“ besucht und war auf dem Weg zurück zu meinem KFK, zurück in meinen warmen Funkraum. Schneetreiben hatte eingesetzt. Nur wenige Dutzend Meter war ich noch von meinem Ziel entfernt, doch der dichte Schneevorhang nahm jede Sicht.
Ein schriller Angstschrei brach in die Dämmerung, und zugleich hörte ich das Klatschen des Wassers im Hafenbecken irgendwo in der Nähe vor oder neben mir. Ich rannte zehn oder fünfzehn Schritte nach vorn, verlor keinen Gedanken und sprang in das Hafenbecken, ja, die Mütze hatte ich noch auf dem Kopf. Suchen musste ich nicht, denn neben mir strampelte eine Person im Eiswasser. Mehrmals rief ich nach meinen Kameraden, und ziemlich schnell konnten alle Beteiligten die Fehltritte einer jungen Frau in einem unbekannten Hafen vergessen.

Wir trugen sie an Bord, und nach zwei Tagen waren all die vielen Sachen, die sie übereinander angezogen hatte, getrocknet. Auf der Flucht aus Ostpreußen wurde sie von ihren Angehörigen getrennt, nun musste sie allein versuchen, ihren Weg zu finden. Ich kannte ihren Namen nicht, aber ich gab ihr die Anschrift meiner Eltern. Ja, sie hatte einen guten Stern, und meine Eltern halfen weiter. Sie wird ihre Familie ganz bestimmt gefunden haben.

Ich denke, dass ich jetzt einige Gedanken über mein letztes „Zuhause" bei der deutschen Kriegsmarine zu Papier bringen sollte.

Wenn meine Informationen stimmen, dann wurde mein KFK-Boot Ende 1942 in Finkenwerder gebaut. Von seiner hohen Seetüchtigkeit habe ich schon geschwärmt. Und wie sah es sonst an Bord aus – vom Bug zum Heck?
Da waren Vorpiek und der so genannte Kettenkasten und dann schon die Kombüse mit einem kleinen Vorraum, vom Oberdeck über einen Niedergang erreichbar. Wenn es stürmte und tobte, dann befanden sich Smutje und Suppe in einer permanenten Fahrstuhlbewegung. Die arme Suppe! Vom Kombüsenvorraum aus erreichte man an Backbord die Kammer der beiden Feldwebel und auf Steuerbordseite die Kommandantenkammer.
Mittschiffs befand sich die Mannschaftsunterkunft. Sie war spartanisch eingerichtet, und fünfmal zwei Kojen übereinander bot sie zehn Matrosen eine ausreichend bequeme Schlafstätte. Ein Koffer für reisende Jünglinge hätte aber keinen Platz gefunden. Auf Backbordseite in diesem Mannschaftsraum war ein Raum abgeteilt, in dem sich die Ortungsgeräte für die U-Boot-Abwehr befanden. Natürlich war auch der Mannschaftsraum nur über einen steilen Niedergang vom Oberdeck aus zu erreichen. Und ich sage hier nur: Gnade dem Backschafter, der bei hoher See über zwei steile Treppen und über ein schaukelndes Deck das Mittagessen herbei trug. Ich kann bezeugen, dass auch die Fische, von Zeit zu Zeit, eine warme Suppe vorgesetzt bekamen.

Nun weiter heckwärts. Es folgt der größte Raum des Bootes, der imposante Maschinenraum und über ihm auf Deck das markante Ruderhaus. Das Herz unseres unverwüstlichen Bootes war ein mächtiger Diesel, der ständig betreut wurde und uns in keiner Situation enttäuschte. An der Heckseite des Ruderhauses war die Tür zum Niedergang in den Maschinenraum. Übrigens: neben dieser Tür war auch das Entré für den winzigsten Raum an Bord. Na ja, ihr wisst es schon. Doch ich glaube, ihr wisst nicht, dass die Spülung nur über einen handlichen Pumpenschwengel möglich war. Wenn man jung ist, gewöhnt man sich an alles.
Unter dem Deck des Achterschiffes befanden sich die Altlasten oder die Sperrlasten und ganz am Heck die Rudermaschine.

Was kennzeichnete die Silhouette meines Bootes?
Mir kommt an dieser Stelle ins Bewusstsein, dass ich als junger Lehrer mich dabei ertappte, die Silhouette meines Bootes an die Tafel zeichnen zu wollen. Ich glaube, der Anblick und die Erinnerung haben mich lange bewegt.
Der höher aufragende Bug schwang sich sanft zum tiefer liegenden Heck.
Auf dem Vorschiff stand das stählerne Podest für eine Maschinenwaffe. Es war bei uns leer und hat dann – während der letzten Tage – einen ungewöhnlichen Zweck erfüllt. Die Decksaufbauten bestanden aus dem Ruderhaus, der Brücke, sowie dem Funk- oder Kartenraum. Das also war mein Revier, und ich hatte dort auch meine Koje. Sie war als Nische in das Ruderhaus eingebaut. Vom Funkraum aus konnte ich über eine Klappe Blick- und Sprechkontakt mit der Brücke aufnehmen. Auf meinem Boot waren Brücke und Funkraum nach allen Seiten mit Stahlplatten gegen MG-Beschuss gesichert. Über meinem Funkraum war das Podest mit einem Fla-MG, und wenn über mir „gefunkt" wurde, war ich zur Funkstille gezwungen.

Auf dem Achterschiff waren auf beiden Seiten je drei Wasserbomben abwurfbereit. Der Rettung aus Seenot diente uns ein stabiles Floß, das an der Vorderseite des Ruderhauses befestigt war. Wir haben es nur zu Übungen und zur Proviantversorgung eingesetzt.

Damit komme ich zur Bootsbesatzung, der ich bis zum Tage der letzten Niederholung der Flagge angehörte. Waren das noch sechs Monate oder acht Monate oder mehr oder weniger? Ich weiß es einfach nicht mehr. Als ich in Gotenhafen an Bord ging, traf ich bereits ein eingespieltes Team an. Wir waren eine Besatzung von vierzehn Mann. Der Kommandant, ein Obersteuermann, er stammte aus einer kleinen Stadt an der Unterelbe. Dann gab es je einen Steuermann für die Backbordwache und die Steuerbordwache. Für die Maschine waren zwei Maschinisten verantwortlich, der eine stammte aus Heringen an der Helme, und manche Stunde habe ich, eine Etage tiefer, bei ihm im Maschinenraum gesessen. Er hat mich dann in den fünfziger Jahren einmal besucht. Da gab es den Signalgast, der für die Sichtverständigung von Boot zu Boot verantwortlich war. Unser Smutje stammte aus dem Elsass, und neben meiner Frau war er der beste Koch, der mir begegnet ist. Sechs Matrosen gehörten zum seemännischen Personal und zur Bedienung der Bordwaffen. Ich selbst, der Funker, war manchmal, und zwar ungewollt, der wichtigste Mann an Bord.

Ich finde es doch seltsam, und ich kann es heute kaum begreifen, dass ich mich auf keinen Familiennamen meiner Bordkameraden besinnen kann, ja, tatsächlich auf keinen. Vielleicht liegt es daran, dass wir uns alle mit dem Vornamen ansprachen oder mit dem Spitznamen, den wohl alle hatten. Und natürlich hatten wir die militärische Anrede der Vorgesetzten, also „Herr Obersteuermann“ oder „Herr Steuermann“. Namen hatten wir nicht. Ich bin mir auch sehr sicher, dass es bei uns an Bord keine echten Freundschaften gab. Es herrschte so eine Art „Hackordnung“, und der Funker, der „Puster“, wie man ihn nannte, wurde wohl wegen seiner Sonderstellung ein wenig „von der Seite“ betrachtet, denn er hatte sogar sein eigenes Himmelbett. Was machte es da schon, dass ich immer und jede Stunde im Funkraum zum Einsatz bereit sein musste.

Wir unterstanden direkt dem Befehlshaber der U-Boote in Gotenhafen und manche Fahrten lagen für mich buchstäblich im Dunkel irgendwelcher Befehle. Unser Kommandant war in seiner Ruhe und Ausgeglichenheit ein echter Festpunkt der Besatzung. Meine historischen Interessen waren ihm nicht entgangen und eines Morgens rief er mich auf die Brücke und sagte: „Heute kommen Sie auf Ihre Kosten, denn wir werden Danzig näher kennenlernen.“ Als wir dann das Krantor passierten, konnte man meinen, die Zeit wäre stehen geblieben. Das war eine schlimme Täuschung, denn der letzte Kriegswinter war nicht nur lang und hart, er entwickelte sich zu einer unabwägbaren Tragödie, die uns die Aufgabe stellte, das zu retten, was noch zu retten war.

Mit hinreichendem historischem Abstand wissen wir heute, dass der Seeweg für ungezählte Flüchtlinge die letzte Chance war, dem persönlichen Untergang zu entkommen. Alliierte Flugzeuge übernahmen die Lufthoheit und die Angriffe der britischen Jäger kamen oft und blitzschnell. Sowjetische U-Boote konnten die Sperren durchbrechen und jagten ihre Beute, auch die großen Schiffe mit Tausenden von Flüchtlingen. Das alles ist bekannt.

Wie erging es uns auf unserem Kriegsfischkutter?
Wir gehörten zu den letzten Schiffen, die Gotenhafen verließen und erhielten Befehl, eine Höchstzahl von Flüchtlingen an

Bord zu nehmen. Ich habe die Anzahl der Flüchtlinge nicht gekannt, die sich überall drängten. Vielleicht kannte sich der Obersteuermann aus. Ich weiß nur, dass meine Koje doppelt belegt war, und mehr ging am Ende nicht. Hier war die Rede von dem leeren Podest auf dem Vorschiff. Auch dort standen Männer, Frauen und Kinder oder saßen auf einem Koffer. Kälte, Spritzwasser und Seekrankheit standen ihnen bevor. Niemand wollte daran denken. Es gab nur ein einziges großes Ziel: überleben und leben. Und dann, wohl nur wenige Minuten vor dem Ablegen, musste ich meinen Funkraum wieder räumen. Ein hoher Flottenoffizier quartierte sich ein. Er hat unser Boot vorzeitig wieder verlassen, das weiß ich, doch ich kann nicht mehr sagen, in welcher kleinen Küstenstadt das war.

Als wir am Pier in Gotenhafen die Leinen loswarfen, ging ein tiefes Aufatmen durch die Menge der Flüchtlinge. Diese Minuten kann und darf ich wohl niemals vergessen. Vorbei an dem Schlachtschiff Gneisenau, es lag auf Grund und hatte bei den letzten Luftangriffen schwerste Treffer erhalten, verließen wir das sterbende Gotenhafen. Ich habe mich nicht umgeblickt. – Wir haben die Menschen, die sich uns anvertrauten, heil „nach Hause“ gebracht. Und jeder weiß, wie dieses „nach Hause“ gemeint ist.

Irgendwann und irgendwo lautete unser nächster und letzter Marschbefehl „Holtenau und Kanaldurchfahrt“ ...
Wir wussten nicht, wo die Alliierten standen. Also fuhren wir in einen Sack, der dann zugebunden wurde. In der Nähe von Rendsburg, unterhalb der Gehöfte des Dorfes Borgstedt, da machten wir fest – und wir saßen wahrhaft fest.
Ich habe die Tage nicht gezählt.
Dort holten wir zum letzten Male unsere Flagge ein. Einer wickelte sie unbemerkt und heimlich um seinen Leib. Das war sehr naiv und lebensgefährlich.

Aber er hatte Glück und geriet an einen Souvenirsammler in Offiziersuniform. Also kann ich das heute schreiben.

Ja, im Juli 2006 habe ich das geschrieben.
Habe ich vor Jahresfrist etwas vergessen, denn ich bin jetzt im März 2007?

Nein, ich habe nichts vergessen. Aber, ich habe etwas nicht geschrieben, das ich, gleich einem stillen Erinnern oder vielleicht auch einem Vermächtnis, im Hinterkopf getragen habe.
Ich spreche von einem Mädchen, blond war sie, und sie wohnte, als wir einander kennenlernten, in Gotenhafen. Ich nannte sie Rosel, ihren Familiennamen kannte ich nicht. Darf ein junges Mädchen mitten im schwersten Kriegsgeschehen nicht einen Freund haben? Auch sie war um die zwanzig Jahre alt, wir schauten einander in die Augen, und ich hatte sie wirklich gern. Irgendwann wollten wir uns in Sangerhausen treffen.

Es ist nicht die Frage „wie" sondern „warum" habe ich es geschafft, dass Rosel an Bord der „Wilhelm Gustloff" war, als diese am 30. Januar 1945 exakt 12.30 Uhr am Oxhöfter Kai in Gotenhafen ablegte.
Schiff und Rosel fuhren in den Tod.

An dieser Stelle, mein Leser, darf ich eine kleine Denkpause einhalten. –

Ich sprach vorhin von „goldenen" und „schwarzen" Stunden. Und wo bleiben meine goldenen Stunden?
Es wäre nicht korrekt, hier zu sagen, dass es nur wenige davon gegeben habe. Ein falsches Armutszeugnis wäre es außerdem. Dennoch: Ich möchte die Relationen nicht verschieben. An dieser Stelle sollen nur zwei Stunden oder zwei Momente ste-

hen, die ich in meinem erinnerbaren Leben obenan stelle. Ohne langes Zögern oder Zweifeln sage ich:
Jene Stunde, die mein Leben in einen Sonnenregen tauchte, die mir ein unvergessliches Glücksgefühl schenkte und das Herz erfüllte, war am Heiligabend des Jahres 1948. Es war der Augenblick, in dem ich an der Seite von Gerda vor meine Eltern trat und sagte: „Heute und in diesem Augenblick möchten wir euch als Verlobte grüßen, und im nächsten Jahr wollen wir heiraten."
Die Reaktion meiner Eltern kann ich nicht vergessen. Vielleicht glaubst du, lieber Leser, das, was ich jetzt sage, wäre irgendwie geschmust, nein, es war so – und so waren meine Eltern. Meine Mutter nahm Gerda wortlos in den Arm, und mein Vater klappte den Deckel seines Harmoniums auf, das neben der Stubentür stand und stimmte ein wunderschönes Lied an. Ich kannte es – und doch verrate ich den Text hier nicht. Ja, ja, mein Vater hatte schon im Elternhaus das Klavier spielen gelernt.
So haben meine Eltern geantwortet an diesem unvergesslichen Tag.

Und meine zweite vergoldete Stunde kam an dem Tage, als ich, hier an meinem Schreibtischplatz sitzend, die Worte hörte: „Schau doch mal aus dem Fenster hinter dir, da steht deine Überraschung zum achtzigsten Geburtstag." – Und?
Da stand, direkt unter dem Fenster, eine festlich mit Rosen und Girlanden geschmückte Kutsche – und der Kutscher mit seiner Tochter obenauf. Es war wie im Traum oder im Märchen. Meine Frau und mein Sohn hatten mir eine vergoldete Stunde geschenkt. Durch „Südwest", „West" und die Altstadt fuhren wir gemächlichen Schrittes zum Herrenkrug. So ganz unbekannt bin ich am Orte nicht, und ich habe mich fast ob der Ehre geschämt. Da bin ich also an meinem achtzigsten Geburtstag zum ersten Male in einer offenen Kutsche durch

meine Vaterstadt gefahren. Der Männerchor, der mir im Herrenkrug seine Lieder widmete, vollendete diesen goldenen Tag. Ich denke, dass die Ganzheit dieser beiden Stunden zwischen den Jahren 1948 und 2005 einen erfüllten Lebenssinn symbolisieren.

Ich lasse das soeben Geschriebene in mir nachklingen und suche in meinem Lebenslauf, meinem „schriftlichen Beichtvater"', wie ich ihn in Gedanken auch mal nenne, die Aufzeichnungen, die ich um den achtzigsten Geburtstag geschrieben habe.
Und siehe: da finde ich eine Seite, die mir heute noch sehr gefällt, da sie ein Spiegelbild meiner Gedanken am Vorabend jenes Tages war.
Ich schrieb:

## FÜNFUNDDREISSIG ZEILEN

Da stehe ich an der Wende zum neunten Lebensjahrzehnt
und blicke auf mein Leben. Mir kommt in den Sinn, was
mein alter Lehrer Wittke vor nahezu siebzig Jahren am
Rande einer Literaturstunde seinen erlebnishungrigen
Pimpfen erzählte. Er sprach von Dante, dem bedeutendsten
italienischen Dichter, der das schönste literarische Werk des
Mittelalters geschaffen habe. Bis zu seinem Tode habe er an
seiner „Göttlichen Komödie" gearbeitet.
Mir scheint, dass ich erst in dieser Stunde gelernt habe, wie
ich Dante auf seinem langen Wege zu einem glücklichen
Ende deuten kann.
Ich sehe, die großen Philosophen sind die, welche sich
durch ihr Denken haben heilen und retten können.
Ja, ich möchte nie aufhören, es zu versuchen.
Die Philosophie ist für mich ein gewaltiger Strom von
Ideen, Erkenntnissen, Vorstellungen, verbalen

Offenbarungen aber auch Gedankenstrudeln, Untiefen, Sümpfen und schmutzigen Kloaken. Die Schiffe, die ich mehr als sechs Jahrzehnte nehmen musste, hatten oft orientierungslose oder fahrlässige Kapitäne. Ich bin mein eigener Kapitän geworden und suche meinen Kurs auf diesem Strom. Meinen Anker werfe ich dort, wo ich meine Sicherheit und Geborgenheit finde.
Ja, ich weiß, dass ich, in den Lebensstürmen erfahren, mein Ziel und meinen Hafen erreichen kann, und ich fühle mich im Einklang mit dem großen Humanisten Lessing, der in der Suche nach Wahrheit den köstlichsten Inhalt des Lebens erkannte. Meine Altersarbeit am Schreibtisch vermittelt mir das beglückend lösende Gefühl der Freiheit. Dennoch, wenn ich heute die Welt und die Menschen weitum erlebe, dann will mir in mancher Stunde scheinen, dass meine Zeit nicht ausreicht, die Widersprüche der menschlichen Unmenschlichkeit zu begreifen.

Beim Überdenken meiner fünfunddreißig Zeilen fällt mir auf, dass ich immer wieder auf meine alten Lehrer eingehe. Immer stärker drängen auch unauffällige kleine Einzelheiten in den Vordergrund. Mein guter alter Wittke, der damals in der Hindenburgstraße wohnte, war die Gemütlichkeit in Person. Doch die Ruhe seines Gemütes paarte sich mit einem hohen Wissen. Ist das nicht eine erstrebenswerte Paarung? Ohrfeigen hat er nicht verteilt, und ich habe davon nichts gehört. Eine einzige Ausnahme ist bewiesen. Und das ausgerechnet bei mir. Aber ich gebe zu, sie war wohl verdient. Ich hatte im Unterricht einen Maikäfer in seine Jackentasche „gleiten“ lassen, derweil er ein Gedicht rezitierte. Man sollte eben den Dichtern und deren Freunden nicht die Würde nehmen. Wenn mein ehrwürdiger Kollege doch diese Lesung hören könnte. – Ich versichere ihm, dass mein Lesehunger mir auch im hohen Alter nicht vergangen ist, und es macht mir Freude, auch in meinen Gedichten zu blättern. Aber ich erinnere mich auch heute noch des ersten Buches, dass ich geschenkt bekam. Es war ein wundervolles Märchenbuch mit dem Titel „Die Fahrt nach der Zauberinsel“ . Ich würde heute noch mal reinschauen wollen. Aber – leider – es verbrannte gegen Kriegsende im Feuer einer Bombe auf die Monkstraße, mein Bruder hatte dort seine Wohnung – und darin wiederum glaubte ich meine Bücher sicher aufgehoben. Und nun möchte ich wissen, ob das ein Zufall ist, denn es verbrannten auch zwei Dutzend jener Zweigroschenhefte, die ich mit zehn oder zwölf Jahren verschlungen habe. Diese erschienen in der Reihe „Jörn Farrows U-Boot Abenteuer“. Sie verbrannten in jener Zeit, in der ich meine eigenen U-Boot-Abenteuer bestehen muss. Es war schon besser, dass nur meine Abenteuerhefte verbrannten – und nicht ich.

Und noch etwas möchte ich meinem verehrten Kollegen, dem ich kein geringes Stückchen meiner Liebe zur großen Kunst der Dichter danke, versichern. Ich habe auf meinem langen Weg durch die Zeit so viele Namen und Titel ins Herz geschlossen und in meinen Heftern gesammelt, dass er sich darin vielleicht selbst erkennen würde. Er liebte Hölderlin und Rückert, das ist bei mir haften geblieben.
Und ihm zu Ehren zitiere ich das kleine und so wunderschöne Rückert-Gedicht mit seinen zwölf Zeilen:

### HERBSTHAUCH

Herz, nun so alt und noch immer nicht klug,
Hoffst du von Tagen zu Tagen,
Was dir der blühende Frühling nicht trug,
Werde der Herbst dir noch tragen!

Lässt doch der spielende Wind nicht vom Strauch,
Immer zu schmeicheln, zu kosen.
Rosen entfaltet am Morgen sein Hauch,
Abends verstreut er die Rosen.

Lässt doch der spielende Wind nicht vom Strauch,
Bis er ihn völlig gelichtet.
Alles, o Herz, ist ein Wind und ein Hauch,
Was wir geliebt und gedichtet.

Durchatmen ist nun angesagt.
Vor mir steht ein Glas Rotwein, ich habe die Flasche gerade geöffnet. Man sagt doch: Ein Gläschen in Ehren, kann niemand verwehren! Ich denke, das ist wohl wahr. Da fällt mir gerade eine kleine Geschichte ein. Vielleicht kennst du sie noch nicht.

Da sitzt Goethe im Auerbachskeller und trinkt ein Glas Wein. Er hat ein wenig Wasser in seinen Wein getan, und er trinkt mit Wohlgefallen. An einem Nachbartisch zechen junge Studenten und verspotten den vorsichtigen alten Herrn. Goethe nimmt sein Glas und tritt an den Tisch der Zecher. Sein Glas hebend sagt er: *„Das Wasser allein macht stumm, das beweisen im Wasser die Fische. Der Wein allein macht dumm, das beweisen die Herren am Tische. Und um keines von beiden zu sein, trink ich das Wasser vermischt mit Wein."* – Na ja, es wird vielleicht nicht so gewesen sein, aber schön ist das Verschen doch.
Und nun kann ich also zur Sache kommen.

Alte Männer, die jenseits der durchschnittlich zu erwartenden Altersgrenze leben, erhalten des Abends selten Besuch. Als es am Freitag gegen neunzehn Uhr klingelte, wusste ich: das kann nur dein Sohn sein. Er hatte viele Kilometer abge-

rollt, und dann saßen wir dort, wo wir unseren Erinnerungen am nächsten waren, im Ratskeller. Ulli wusste, dass die Fühlungnahme zu den Wurzeln mir gut tun würde. Diese paar Stunden waren ein Gewinn für mich. Und nun muss ich meiner Lesestunde anvertrauen, warum ich das sage. Einfach, sehr einfach ist das. Ich habe einige Lebenserkenntnisse gewonnen, und er durfte die Gewissheit finden, seinem Vater ein kleines Stückchen auf die Beine geholfen zu haben. Er ist nun längst wieder in seinem Zuhause, und ich suche voller Optimismus in meiner Bücherwand meinen Gesprächspartner.
Was hatte Ulli doch gesagt?
„Wenn ich mich umwende und zurückblicke, dann laufe ich schon gegen den nächsten Baum!" Da stimmte ich ihm zu, denn das ist wahrscheinlich die Gefahr.
Nun bin ich wieder auf der Suche, und da wird mir plötzlich bewusst, mein lieber Junge hat eine Variante nicht berücksichtigt:

Ich stoße gegen den Baum, wenn ich gehe, laufe, renne oder auch schreite – und mich dabei zurückwende. Wenn ich innehalte, den Weg und die Schritte bedenke, dann kann der Blick zurück eine Offenbarung und ein Gewinn sein. Innehalten, das ist das offene Geheimnis des Alters. Ist das auch das Geheimnis der Weisheit?
Mit welchen Gedanken werde ich heute meine Freude finden?

Mein Gesprächspartner für den heutigen Abend ist ein Zeitgenosse meines Vaters.
Es ist der österreichische Schriftsteller Arthur Schnitzler, der von 1862 bis 1931 lebte. Als Dramatiker lernte ihn die deutschsprachige Welt kennen, und einen Namen erwarb er sich durch sein klares und sein offenes Wort. Als ich seine Notate „Ohne Maske" in meine Bücherwand aufnahm, fand ich Gelegenheit, seine tiefsinnige Weisheit zu erkennen – und

auch die Schönheit seiner Sprache. Wenn ich lese: *„Gibt es ein Ohr so fein, dass es die Seufzer der welkenden Rose zu hören vermöchte?“* – dann berührt mich das.

Es gibt einen besonderen Grund für mich, die Gedankenwelt Arthur Schnitzlers ergründen zu wollen. Seine Weisheit ist nicht selten offen vernehmbar, und immer wieder finde ich in seinen Worten den Anstoß zu eigenen Fragen, deren Antwort widersprüchlich sein kann. Was sagst du, mein Leser, zu folgenden Worten Schnitzlers:
*„Jeder Weltverbesserungsversuch, der von der Voraussetzung ausgeht, dass die Menschheit im ethischen Sinn überhaupt entwicklungsfähig oder dass sie gar ursprünglich gut sei, ist zum Scheitern verurteilt. Die Auffassung von der ursprünglichen Güte des Menschen ist durchaus sentimental, daher unfruchtbar, wenn nicht gar gefährlich, und noch törichter womöglich ist die, dass Leute, die an die Menschheit glauben, an sich schon von edlerer Art seien als solche, die keineswegs an die Menschheit, sondern nur von Fall zu Fall an den Menschen glauben.“*
Was sagst du, Teilnehmer an meiner Lesestunde, zu dieser Aussage? Willst du sie noch einmal lesen?
Ich sage dir meinen Standpunkt:
So schwer es mir eigentlich fällt, doch ich muss bekennen, dass ich dem Autor dieser Worte nicht widersprechen kann. Er spricht wahr!
Und wie ist es mit der folgenden Feststellung Schnitzlers:
*„Kein Philosoph und kein Heiliger ist jemals seinen Weg bis zu Ende gegangen. An irgendeinem Punkte seiner Wanderung, ob er nun müde oder mutlos geworden, ruht er aus, baut einen Altar und verrichtet seine Andacht, als wenn er am Ziele wäre. Doch der Weg, unbekümmert, geht jenseits des Altars weiter und verschwindet in dem Dämmern der Unendlichkeit.“*
Ich möchte dein Denken, lieber Leser, nicht in ein Fragezeichen versenken und sage gleich selbst meine Meinung dazu:

Hier teile ich nicht die Auffassung Schnitzlers.
Im persönlichen Gespräch mit dir, mein Leser, würde ich manche Begründung sagen. Vielleicht könnte es hier genügen, an das Lebenswerk Kants und die Sterbestunde dieses Philosophen zu erinnern. Kant, der wohl das überragende Genie unter allen Philosophen gewesen ist, ging seinen Weg bis zu Ende.
Und wenn ich Schnitzler richtig gedeutet habe, dann stimmt dieses „zu Ende".
Bekennen muss ich, dass ich bei Schnitzler einem Wort begegnet bin, dass ich sonst bei keinem Philosophen oder Schriftsteller in dieser Offenheit oder Verständlichkeit gefunden habe. Dies ist sein Gedanke, der eine wichtige Antwort gibt:
*„Glaube kann nichts anderes bedeuten als die Überzeugung davon, dass das Leben als solches mit all seinen Unbegreiflichkeiten, mit all seinen Grauen und mit all seinen Wundern einen Sinn hat. Jedenfalls ist der Glaube eine Sache, die mit dem Geist absolut nichts zu tun hat, er ist nur eine Angelegenheit des Gemütes, das mit dem Charakter zwar verwandt ist, aber doch wieder davon geschieden werden muss. Dieser Glaube gibt dem Leben im Allgemeinen, keineswegs dem Leben an sich, aber doch dem Leben des Gläubigen einen Sinn."*
Meine Hoffnung ist: mit meinen Gedanken zum Wirken des Schriftstellers Arthur Schnitzler bin ich ein gutes Stück seiner Weisheit gefolgt.

Was nun folgt, ist ein Versuch.

Schnitzler hat sich einmal – seiner Zeit gemäß – zur „Solidarität der Mächtigen" geäußert. Heute, eine oder bald zwei Generationen später, habe ich seine Aussage aktualisiert, und zwar ohne ihren Inhalt zu verfälschen. Wenn ich das Ganze gleich zum Lesen gebe, und du hast den Eindruck und das Gefühl, dass es so korrekt ist, dann bin ich sicher, dass ich Schnitzler verstanden habe.

„Die Solidarität der Mächtigen ist viel stärker als die der Völker. Sie geht durch die Jahrhunderte einher und es besteht (in gewissem Sinne) eine stärkere Zusammengehörigkeit zwischen den römischen Cäsaren, den Königen von Frankreich, den Zaren und den Autokraten der Demokratie, als zwischen den gleichzeitig lebenden Millionen Menschen, welche die Werte und das Brot schaffen.
Die Solidarität der Mächtigen ist eine solche zur Gewährleistung ihrer Macht, die der Völker eine solche der Sorgen und Nöte."

Recht plötzlich hat ein Brief meine Gedanken aufgewirbelt. Am Nachmittag, gestern, lag er in meinem Briefkasten. Es war eine Einladung, die ich nicht absagen konnte, und hier sind die sieben Zeilen meiner Antwort:

Ich bedanke mich für Ihre Einladung zur Teilnahme am Jubiläums-Gedichtewettbewerb 2007.
Obwohl ich mit einundachtzig Lebensjahren manche Lebensgepflogenheiten einschränken muss, finde ich in der Literatur immer wieder meine Ruhepunkte und meine Freude, und das Schreiben ist mir ein Bedürfnis.
Mit meinem Loblied für meinen kleinen Gefährten Jacki möchte ich mich darum am Wettbewerb beteiligen.

Der Beitrag sollte zwanzig Zeilen nicht überschreiten.
Nun denn. Das folgende kleine Loblied habe ich nach München geschickt. Ich habe es vorher Jacki vorgelesen, und er hat mit dem Köpfchen genickt.

## MEIN JACKI

Mein kleiner großer Freund
für alle Stunden des Tages und deines kleinen Lebens;
du gibst mir alles, was du hast: dich selbst.

Du kennst meine Stimme und meine Schritte.
Deine Schwanzfedern zittern gleich Hälmchen im Frühlingswind.
Dein kleines grüngestreiftes Köpfchen mit der zierlich gelben Haube
drängt sich an mein Gesicht
und berührt leicht meine Nase mit sanfter Wärme.
Du kletterst über meine Arme und findest dein Ruheplätzchen.
Ich möchte dir mein Glück zeigen und meine Fürsorge.

Danke, mein Tierchen, spring in dein Häuschen zurück,
die Sonne sucht ihren Weg hinter den Bergen.
Deine innere Uhr hat keine Zeiger,
dennoch trügt sie nicht.
Behutsam lege ich das warme Tuch
über die weißen Stäbe deines Häuschens.
Gleich wirst du dein Köpfchen
in dein grünwallendes Gefiederchen stecken.
Suche ich spät, heute zur Nacht, mein Lager auf,
dann begrüßt du mich, wie immer, leise und zärtlich.

Bernhard Hecht, 12. März 2007

Wenn ein Mensch das Abendrot seines Lebens vor sich sieht, dann freut er sich über ein duftendes Frühlingsgebinde, er liebt das freundschaftlich bewegte Gespräch mit Freunden bei einem Glas Rotwein, und er träumt vielleicht von seiner ersten großen Liebe, die mindestens sechzig Jahre her ist.

Und wovon spricht er? Natürlich spricht er über die vielen Nebensächlichkeiten seines Alltags. Immer und immer wieder aber denkt er an seine Zeit, seine eigene Zeit, die ihm vielleicht noch bleibt – oder auch nicht. Der alte Mensch mag es zugeben oder nicht, es ist so.

Mir fällt eine Szene ein aus meiner fernen Studienzeit. Ein recht betagter Professor las über die griechische Mythologie. Ich glaube, die Antike stand ihm höher als die Erlebniswelt der traurigen Nachkriegsgegenwart. Kurz gefasst benannte er die griechischen Schicksalsgöttinnen, die Moiren – von den Römern Parzen genannt – an folgendem Beispiel: Meine Mutter war für mich Klotho, denn sie war es, die für mich den Lebensfaden gesponnen hat. Meine große und erwachsene Schwester war für mich Lachesis, sie hat mir den Lebensfaden zugeteilt und sorgte dafür, dass ich in schweren Zeiten nicht hungern musste, nur bei Atropos, der Göttin, die den Lebensfaden abschneidet, bin ich mir nicht gewiss. Vielleicht können Sie mir's am Tage meiner Beerdigung zurufen. Ich habe es nicht erlebt, und es war recht so.

Ich gebe es zu, natürlich, und darum will ich jetzt laut über diesen großen Kreis des Schicksals nachdenken, und ich nenne das Ganze:

## LEBEN UND STERBEN

Jeder Mensch – wo auch immer auf der Welt – wird irgendwann mit der Problematik *Alter* beschäftigt oder konfrontiert. Er muss diesem Denkzwang folgen – irgendwie, weil er ein Mensch ist. Und ich frage: Welche Vorstellungen verbindet der Mensch mit der Benennung dieser Thematik?
Ist es

Gelassenheit?

Gewissheit?

Erwartung?

Hoffnung?

Sorge?

Freude?

Angst?

Verzweiflung?

oder?

Aus meiner Bücherwand wurde ich mit unterschiedlichen Standpunkten versorgt:
In seinen Erinnerungen „Aus meinem Leben" schreibt Goethe: *„Was man in der Jugend wünscht, hat man im Alter in Fülle."* Doch so ist es wohl nicht!

Wilhelm von Humboldt, 1767 geboren, schreibt 1824 in einem Brief: *„Ich hatte mir das Alter immer reizend und viel reizender als die früheren Lebensepochen gedacht, und nun, da ich dahin gelangt bin, finde ich meine Erwartungen fast übertroffen."*
Mir scheint, er war – wie Goethe – eine glückliche Ausnahme. Pestalozzi, der große Pädagoge, schreibt in „Lienhard und Gertrud": *„Die Erfahrungen des Lebens sollen uns reinigen von allen unverständigen und lasterhaften Wesen. Tun sie das, so wird unser Alter still und glücklich ... tun sie es aber nicht, brennen die Wünsche der Torheit und des Lasters noch in uns, wenn die Kraft des Lebens schwindet ..."*

Der amerikanische Schriftsteller Faulkner, der zur Generation meines Vaters gehört, schreibt: *„... das einzige, was das Alter einem lehrt, ist nicht Furcht und vor allem nicht Wahrheit, sondern mehr Schamgefühl. ... Aber mit der Zeit wirst du alt, dann siehst du den Tod. Dann begreifst du, dass nichts – nichts – nichts – nicht Macht noch Ruhm, Reichtum, Genuss oder Schmerzlosigkeit soviel wert sind, wie die einfache Fähigkeit zu atmen, wie das einfache Am-Leben-Sein durch den unwiederherstellbaren vernutzten Körper, nur zu wissen, dass man am Leben ist."*

Heinrich Mann schreibt in „Ein Zeitalter wird besichtigt": *„Das Alter ist beschwerlich; noch mehr für die Jüngeren, die mit ihm zu tun bekommen."*

Der österreichische Schriftsteller Nestroy, am 7.12.1801 geboren, stellte fest: *„Das Alter hat nichts als Erfahrung, und die* *zählt nichts bei einer Generation, die nur Erfindung will. Neues! Frisches! ruft die Gegenwart, und das leistet nur die Jugend, die Kraft.*"

Der Schriftsteller Wilhelm Raabe, kaum einer kennt ihn noch, er schrieb „Die Chronik der Sperlingsgasse" und wunderschöne Gedichte, sagte: *„Das Alter ist die Zeit, wo die Erinnerung an die Stelle der Hoffnung tritt."*

Aus der Feder des italienischen Dichters und Humanisten Petrarca drei kurze Sätze:

- Es gibt nichts so Unwilliges wie das Alter.
- Mag es gelernt haben, seine Gemütsbewegungen zu zähmen und zu verbergen, es fühlt sie doch, und kein Lebensalter ist so tief ermüdet und so gründlich von des Lebens Mühsalen aufgerieben, wie eben das der Greise.
- Und das ist das traurige Schicksal alternder Leute, dass sie so oft den Tod treuer Freunde zu beweinen haben.

Der bekannte Franzose, der Spötter und Freund Friedrichs des Großen, Voltaire, schrieb: *„Es ist sehr schade, dass die Kräfte in dem Alter abnehmen, in dem der Geschmack sich vervollkommnet."*

Zu guter Letzt noch einmal Goethe, der selbst beste Erfahrungen gewann: *„Älter werden heißt selbst ein neues Geschäft antreten: alle Verhältnisse verändern sich, und man muss entweder zu handeln ganz aufhören – oder – mit Willen und Bewusstsein das neue Rollenfach übernehmen."*

**Wir wissen,** und das möchte ich stark hervorheben, **die Grenzen zwischen Realität und Fiktion sind fließend und unscharf.** Unser ganzes Leben liefert ständig den Beweis dafür.
**– Wirklichkeit – Vorstellung – Wirklichkeit –**

Die radikalste Frage, die es für den Menschen gibt, ist eine Frage, auf die wir bis in diese Stunde, wo auch immer auf der Welt, keine überzeugende Antwort gefunden haben
**Was ist Tod?**
**Was heißt Leben – im Angesicht des Todes?**
Hier endet unser menschliches Wissen, und auch der Glaube, welcher Art oder welcher Richtung auch immer, bleibt letztlich nichts als ein menschliches Hoffen.
Auch die Philosophie hat keine eindeutige Definition gefunden. Und noch mehr: Sie hat ihre Aufmerksamkeit von dieser Frage abgewendet. –
Kant, wohl der schärfste Denker, der uns bekannt ist, spricht hier vom großen Dilemmna der menschlichen Vernunft.

Aus der Antike her ist mir ein Sinnspruch zum Tod bekannt. Auch er ist keine Antwort, da er das Verhältnis zum Tod verschwinden lässt. Dieser Spruch sagt zum Tod: „**Wenn du bist, ist er nicht, – wenn er ist, bist du nicht!**"
Eines aber insistiert d. h. enthält dieser Spruch, und zwar die ewige Zukunft des Todes.

Anders ausgedrückt:
Der Tod ist niemals eine Gegenwart, er ist unergreifbar.
**Der Tod ist niemals jetzt!**

**Wenn der Tod da ist, bin ich nicht mehr da,** nicht, weil ich nichts bin, sondern weil ich nicht imstande bin, zu ergreifen. Der Tod wird also nie übernommen, er kommt, er ist eingetreten. Ein Gedanke noch: Der Selbstmord ist ein widersprüchlicher Begriff. Ihm fehlt jeglicher Sinn, und er ist aus meiner Sicht nicht einmal der Schatten einer Lösung, denn, nur das Leben selbst kann dem Menschen Alternativen geben. Ich denke, das wollen wir nicht vergessen. Der römische Philosoph Seneca, dessen bedeutsame Gedankenwelt ich an ande-

rer Stelle würdigen werde, sagte: „*... nicht den Tod fürchten wir, sondern die Vorstellung des Todes ...*" Das ist sehr wichtig und auch richtig! Und Seneca sagt weiter: „*Es gibt nach dem Tode nichts, und der Tod selbst ist nichts.*"
Es ist aufschlussreich, noch drei weitere große Denker hier zu benennen: Benedikt Spinoza, der Philosoph lebte von 1632 bis 1677, Goethe schätzte ihn sehr als Vorbild, schrieb in seinem Werk „Ethik": „*Ein freier Mensch denkt an nichts weniger als an den Tod, sondern an das Leben.*"
Von dem griechischen Philosophen Epikur, 4 vor bis 65 n. Chr., dessen sehr lebensbejahende Lebensweise sich anzuschauen lohnt, stammt der folgende Satz: „*Der Tod existiert nicht für die Lebendigen, und die Toten existieren nicht für den Tod.*"
Der französisch-belgische Schriftsteller Maeterlinck schrieb in seiner bekannten Studie über den Tod: „*In unserem Leben und in unserem Universum gibt es nur ein Ereignis, das zählt: unser Tod.*"
Der polnische Philosoph Leszek Kolakowski, 1927 geboren, macht zur Handhabung des Begriffes „Tod" eine Unterscheidung, die es uns ermöglicht, wissenschaftlich und verständlich damit umzugehen. Danach unterscheiden wir zwischen dem konkreten Tod und dem abstrakten Tod.
Der konkrete Tod ist der biologische Tod. Die Furcht vor dem konkreten Tod entspricht dem auch in der Tierwelt wirkenden instinktiven Orientierungssystem, das dem Schutz des Lebens vor Gefahr dient. Die Furcht vor dem konkreten Tod verbindet sich mit einer elementaren Bejahung des biologisch notwendigen Todes, die als natürliches Ergebnis der individuellen Entwicklung des Menschen zustande kommt. Also: Die Furcht vor dem konkreten Tod betrifft den biologischen Tod. Wir wissen genau, dass wir irgendwann sterben müssen. Der konkrete Tod in einem bestimmten Augenblick ist absolut vermeidlich, – bis er eingetreten ist. Es gibt aber auch eine Angst vor dem abstrakten Tod, dem Tod überhaupt. Es

ist die Angst, die aus der intellektuellen Vorstellung des Todes stammt und ganz unabhängig von der aktuellen Gefahr vorhanden ist. Die abstrakte Angst vor dem Tod ist Unheil verkündend.

Diese abstrakte Angst vor dem Tod betrifft den geistigen Tod, den Verlust des Gefühls der Persönlichkeit. Daher ist die Furcht vor dem Tode die Furcht vor dem Verlust der Vergangenheit. Das Gedächtnis ist die bewusst gewordene Vergangenheit. Das Bewusstsein seiner selbst zu verlieren, heißt, die Kontinuität mit dem ganzen bisherigen Leben verlieren, also völlig vernichtet zu werden. Wichtig ist, dass infolge der Entwicklung des Menschen, infolge der Entwicklung religiöser Vorstellungen und Mythologien eine paradoxe Situation entsteht. Sie besteht darin, dass der Glaube an die persönliche Unsterblichkeit, also die Unsterblichkeit der Seele, mit einem Kult des sinnlichen Daseins und der Unsterblichkeit des Körpers verknüpft wird. Damit meine ich die verschiedenen Formen und Vorstellungswelten der Religion. Mit Nachdruck stelle ich fest:

Diese konkrete Aussage habe ich mir nirgendwo angelesen, Es sind meine Worte und meine Gedanken.

Die abstrakte Angst vor dem Tode ist das Ergebnis des Gefühls der Sinnlosigkeit des Lebens, ein Produkt der Entfremdung des Bewusstseins des Einzelnen.

Präzise gesagt: Die Sinnlosigkeit des Lebens ist nicht die Folge des quälenden Gedankens an den Tod, sondern eben seine eigentliche Ursache. Daher wird die abstrakte Angst vor dem Tod geringer mit einem sinnvoll erlebten Leben.

Mag man den Tod bekämpfen oder ihn demütig beklagen, mag man versuchen, ihn mit großartigen Jenseitsvorstellungen zu überwinden oder mag man versuchen, ihm – dem Tod – philosophisch zu begegnen, uns bleibt die Erkenntnis:

Nichts trägt mehr zur Fruchtbarkeit des Geistes bei, als das Bewusstsein unserer physischen Endlichkeit.

Wir wollen lernen, den Tod schon bei Lebzeiten zu akzeptieren und uns mit ihm zu versöhnen. Wir wollen lernen, so mit ihm umzugehen, dass er sich für unser Dasein als fruchtbar erweist.

Die bedeutendste Gestalt der klassischen Antike ist zweifellos Sokrates, von dem Plutarch sagt, er habe *„durch die Reinheit und Schlichtheit seines Wesens am meisten die Philosophie menschlich gemacht"*. Obwohl aus der Hand des Sokrates, der um 470 geboren wurde, kein schriftliches Wort überliefert ist, hat sein großer Schüler Platon (428–347 v. Chr.) in wahrhaft selbstloser Weise die Gedanken und Worte des Sokrates an uns weitergereicht. Es ist einzigartig in der Literaturgeschichte der Welt, wie Platon, der Schüler, seinen Lehrer und Freund Sokrates unsterblich gemacht hat.
In der Stunde der Verkündung seines Todesurteils in Athen hielt Sokrates eine Rede, die Platon überliefert hat. Daraus stammen folgende Worte:

*„... wollen wir uns klarmachen, wie viel Ursache wir haben, zu hoffen, dass der Tod ein Glück sei. Eines von zweien nämlich ist das Totsein: Entweder ist es eine Art Nichtsein, so dass der Tote keinerlei Empfindung hat von irgend etwas, oder es ist, wie der Volksmund sagt, eine Art Verpflanzung und Übersiedelung der Seele von hier nach einem anderen Ort. Im ersten Falle nun, ... wäre der Tod ein wunderbarer Gewinn. .... die ganze Ewigkeit scheint dann eben nichts weiter zu sein als eine einzige solche Nacht. ... Ist aber der Tod gleichsam eine Art Auswanderung von hier nach einem anderen Ort, ... was gäbe es dann, ihr Richter, für ein größeres Glück als dieses? ... mit Orpheus Musaios, Hesiod und Homer zu verkehren, wie viel würde mancher von euch dafür geben! Ich wenigstens wollte gern oftmals des Todes sein, wenn dem so ist. ...*
*Aber nun ist es Zeit, dass wir gehen, ich, um zu sterben, ihr, um weiter zu leben. Wer von uns beiden dem besseren Lose entgegengeht, das ist allen verborgen, nur der Gottheit nicht."*

So aufrichtig, weitsichtig und ruhig, so starb wenig später Sokrates im Kreise der Menschen, die ihn liebten und verehrten. Er trank den Giftbecher, und nur er war in der Lage, ohne Tränen Abschied zu nehmen.

Cicero, (106–43 v. Chr.), der als bedeutendster römischer Redner eine Leitfigur des europäischen Humanismus wurde, sagte in seinen „Gedanken über Tod und Unsterblichkeit“: *„Was für ein trauriger Greis, der in einer so langen Lebenszeit nicht hat begreifen gelernt, dass der Tod verachtet werden kann! Denn man kann ihn entweder überhaupt gering schätzen, wenn er nämlich die Seele völlig auslöscht, oder er ist sogar wünschenswert, wenn er sie an irgendeinen Ort überführt, wo sie ewig sein wird. Und eine dritte Möglichkeit neben diesen ist nicht aufzufinden: Was soll ich also fürchten, wenn ich nach dem Tode entweder nicht elend oder sogar glückselig sein werde?“*

Über seine eigene Situation als Greis sagt Cicero:
*„Mir ist dieser Zustand der Reife so angenehm, dass ich, je näher ich dem Tode komme, gleichsam Land zu sehen meine und mir vorkomme, als würde ich endlich nach langer Seefahrt in den Hafen gelangen.“*

Ein weiterer Großer im Kreise der Weisen, dessen Schaffen mir erst nach der Wende zugänglich wurde, ist Seneca, der einen Ehrenplatz in meiner Bücherwand gefunden hat.
Folgende Gedanken aus seinen Schriften treffen mein Thema.
*„Der Tod ist weder ein Gut noch ein Übel, denn ein Gut oder ein Übel kann nur etwas wirklich Vorhandenes sein; was aber selbst nichts ist und alles in das Nichts verwandelt, das gibt uns gar keinem Schicksal preis. Bei Übeln und Gütern muss ein Stoff vorhanden sein. Was die Natur aufgelöst hat, das kann auch das Schicksal nicht mehr festhalten. Wer nicht mehr ist, kann auch nicht mehr elend sein. ...*

*... Der Tod ist's, sage ich, dem wir es zu verdanken haben, dass es keine Strafe ist, geboren zu sein. Er hält mich aufrecht bei den Schicksalsschlägen, so dass ich starken, festen Mutes bleiben kann, getragen durch den Gedanken: Ich weiß einen Platz, wo ich landen kann! ...*
*... Ehe ich ein alter Mann war, bemühte ich mich, recht zu leben; jetzt, da ich ein alter Mann bin, bemühe ich mich, recht zu sterben."*
Marc Aurel, der Philosoph unter den römischen Kaisern, schreibt in seinen „Selbstbetrachtungen": *„Wer zu sterben gelernt hat, der hat verlernt, Sklave zu sein. Er steht über aller Gewalt, mindestens jenseits von aller Gewalt. ... Es gibt nur eine Kette, die uns gefesselt hält, das ist die Liebe zum Leben. ... O Mensch, du bist in dieser großen Stadt Bürger gewesen, was liegt daran, ob fünf oder dreißig Jahre?"*

Mit einem Lied aus der indianischen Tradition möchte ich diese Aufstellung ausklingen lassen:

*„Wenn ich hier sterbe in einem fremden Land,*
*wenn ich sterbe in einem Land, das mir unbekannt,*
*dann wird trotzdem der Donner,*
*der rollende Donner,*
*mich mit nach Hause nehmen."*

Ich frage mich: Kann man das schöner sagen?
Ich weiß, dass erst durch das Bewusstsein meiner Sterblichkeit, mir die Einsicht gewachsen ist, dass ein rein materialistisches Weltbild nicht ausreichen kann. Ich habe als denkender Mensch gelebt, und dieses Wissen soll mich tragen. Es soll mir helfen, sterben zu lernen.

Von Joachim Fernau gibt es nur ein einziges kleines Bändchen mit Lyrik. Und da fand ich folgende schlichte Zeilen:

*„Mein müdes Herz,*
*mein armes Herz,*
*zu wenig Freude,*
*zu viel Schmerz.*
*Böse Welt, böse Welt,*
*kann dich doch nicht hassen,*
*schöne Welt, schöne Welt,*
*muss dich bald verlassen!“*

In einem seiner Prosa-Werke gibt es eine Aussage darüber, wie er sich diesen Augenblick vorstellt. Fernau schreibt: *„Ich werde mich – so hoffe ich – eine Sekunde lang erinnern, wie meine Seele in den Träumen flog, und werde ruhig sein in dem Gedanken: noch ein Atemzug, dann wird sie fliegen und sich für immer von dieser Erde lösen.*
*Wohin?*
*Ja, wohin? Wo der Sinn der Welt ruht, den wir nicht kennen.“*

Ich komme in der Tat nicht umhin, diesen Satz immer wieder zu lesen und zu versuchen, ihn denkend zu begreifen.
Und an dieser Stelle möchte ich eine asiatische Weisheit benennen, die ich in dieser Klarheit sonst nirgendwo hörte:
Hadrat Ali sagte:
*„Ein Freund ist kein wahrer Freund, wenn er seinen Bruder nicht in dreiSituationen begleitet und schützt:*
*in seinem Unglück,*
*in seiner Abwesenheit*
*und bei seinem Tode.“*
Wer darf sich eines solchen Freundes rühmen?
Sind sie ein solcher glücklicher Mensch?

Es gibt ein klassisches Beispiel für eine solche Freundschaft, und es könnte sein, dass es nicht sehr bekannt ist, denn es stammt aus dem ältesten überlieferten Werk der Weltlitera-

tur. Ich spreche vom Gilgamesch-Epos und es wurde vor etwa 5000 Jahren in kleine Tontafeln geritzt. Es ist die tragische Freundschaft zwischen Enkidu und Gilgamesch, und dies sind drei Zeilen aus diesem Werk:
*„Denn als die Götter einst den Menschen schufen,*
*da teilten sie den Tod der Menschheit zu,*
*das Leben aber nahmen sie für sich.“*

Eine Station möchte ich noch machen auf dem Wege von den Anfängen bis in unsere Gegenwart.
Ich bringe eine kleine Geschichte um den Tod Alexanders des Großen, des Königs von Makedonien und des Eroberers der damals bekannten Welt, 356 bis 323 v. Chr., – ja, sein Erzieher war Aristoteles.

Alexander fragte seine Astrologen wann und wie er sterben würde.
Die Antwort war:
*„O mächtiger König, unsere Berechnungen zeigen,*
*dass du nicht sterben wirst, bis die Erde zu Eisen*
*und der Himmel zu Gold wird.“*

Wie starb Alexander?

Weitab der Heimat auf der Höhe seiner Macht, vermutlich an Malaria.
Vom Fieber geschwächt, bettete man den sterbenden König auf die Innenseite einer Rüstung, die mit Seide gepolstert wurde, im heißen Sand.
Zum Schutz vor der sengenden Sonne hielt man über ihn den Prachtschild eines Generals, und der Schild war mit Goldblättchen auf der Innenseite ausgelegt.
Der sterbende König ordnete an, dass beim Leichenzug sein Körper nur von einem einfachen Leintuch bedeckt sein dürfe,

unter dem die beiden Hände links und rechts offen herausschauten.

Und warum?
Es sollte sichtbar werden, dass auch der große Alexander mit leeren Händen gehen muss.

Wir sind wieder zu Hause und Joseph von Eichendorff sagt seine lieben Worte:

*„Und meine Seele spannte*
*Weit ihre Flügel aus,*
*Flog durch die stillen Lande,*
*Als flöge sie nach Haus.“*

Wenn ich über das Leben, den Lebenssinn und das Sterben sinniere, dann komme ich nicht umhin, immer wieder Seneca zu Rate zu ziehen, dessen Lebenswerk das Denken vieler Generationen in der Menschheitsgeschichte stark beeinflusst hat und den ich für den einflussreichsten römischen Philosophen seiner Zeit halte. Er wurde im Jahre 4 v. Chr. In Corduba geboren und entstammte einer begüterten Familie. Sein Leben wurde geprägt durch seine Tätigkeit als Erzieher des elfjährigen Nero. Als römischer Kaiser wurde Nero auch als hemmungsloser und grausamer Diktator bekannt, und im Jahre 65 zwang er auch seinen vormaligen Lehrer Seneca in den Tod.

Ein bescheidenes Stück aus dem philosophischen Nachlass Senecas liegt vor mir.
Es ist die siebzig Seiten umfassende Arbeit:
De brevitate vitae – Die Kürze des Lebens

Seneca schrieb diesen Text vermutlich in der Zeit von Oktober 48 bis Mai 49.

Ich möchte nachfolgend versuchen, Gedanken der Arbeit Senecas für meine Ausführungen „Leben und Sterben“ auszuschöpfen und verständlich zu machen.

Für Seneca ist die Philosophie die Lehre vom richtigen Leben und die Philosophen sind die Lehrer des Menschengeschlechts, mit denen man immer – auch über eine zeitliche Distanz – ins Gespräch kommen kann.
Also, da bin ich mit Seneca ins Gespräch gekommen. Wie heißt es bei ihm: *„Nur einen kleinen Teil des Lebens leben wir, und die ganze übrige Dauer ist ja nicht Leben sondern bloß Zeit.“*
Es ist also schon vor zweitausend Jahren so gewesen.
Und da Vergleiche hinken, möchte ich mächtige Männer der Gegenwart nicht mit Augustus vergleichen. Wie sagt Meister Seneca? *„Ihr lebt, als ob ihr immer leben würdet. ... Alles begehrt ihr, wie wenn ihr unsterblich wäret. So ist es! ... Eure Lebenszeit freilich muss euch schnell entfliehen, denn ihr ergreift sie nicht noch haltet ihr sie fest, sondern lasst es wie etwas Überflüssiges und Ersetzbares vergehen.“*

Leben muss man ein Leben lang lernen und – darüber wirst du dich vielleicht noch mehr wundern – ein Leben lang muss man sterben lernen. ... Wegen grauer Haare und Runzeln brauchst du daher nicht zu glauben, einer habe lang gelebt. Er hat nicht lang gelebt, sondern er ist lang dagewesen.
Ich finde, das ist eine wunderbare Formulierung. Zwei Seiten weiter stellt Seneca fest: *„Kann es etwas Törichteres geben als das Denken der Menschen, ich meine jener, die sich ihrer Klugheit rühmen? Allzu mühsam sind sie beschäftigt: auf Kosten ihres Lebens richten sie ihr Leben ein, um besser leben zu können. Sie legen ihre Pläne auf lange Sicht an. Aber der größte Verlust an Leben ist das Aufschieben: es entreißt uns einen Tag nach dem anderen, es bringt uns um das Gegenwärtige, indem es Entferntes*

*verspricht. Das größte Hindernis für das Leben ist die Erwartung, die am Morgen hängt und das Heute vertut.“*
Und Seneca zitiert Vergil:

> *„Gerade der beste Tag des Lebens*
> *entflieht den armen Sterblichen zuerst.“*

Ein paar Seiten weiter sagt Seneca das: *„Was Kirchenfürsten noch Jahrhunderte später in Acht und Bann stellten: Sie ...* (gemeint ist die Gegenwart) *... duldet ebenso wenig ein Verweilen wie das Weltall oder die Gestirne, die in ihrer stets rastlosen Bewegung niemals an derselben Stelle bleiben.“*
Seneca spricht über den Punkt der Gegenwart, ihre Kürze – und sagt: *„Ein sorgloser und ruhiger Geist kann alle Phasen seines Lebens durchlaufen; die Vielbeschäftigten sind, wie wenn sie unter einem Joch stünden, unfähig sich umzuwenden und zurückzublicken. Ihr Leben verläuft folglich in einen Abgrund, und wie ein Gefäß nichts nützt – man mag hineinschütten so viel man will – wenn kein Boden vorhanden ist, der das Hineingeschüttete auffängt und bewahrt, so ist es gleichgültig, wie viel Zeit einem gegeben wird, wenn sie nicht irgendwo einen Halt finden kann; durch einen zerrütteten und durchlöcherten Geist rinnt sie hindurch.“*

Dieser Tage sah ich einen amerikanischen Film über Troja und immer wieder fiel in einem direkten Zusammenhang die Formulierung Homer – die Sage von Troja. Nun frage ich mich: Wie kann man einen Film über Troja machen ohne begriffen zu haben, dass Homers Epen Ilias und Odyssee zur Weltliteratur gehören? Warum ich das schreibe? Bei Seneca – vor knapp 2000 Jahren geschrieben – finde ich folgende Formulierung: *„Es war eine griechische Krankheit, zu untersuchen, welche Zahl von Ruderern Odysseus gehabt habe, ob die Ilias oder die Odyssee zuerst geschrieben worden sei, ferner, ob sie von demselben Verfasser stammten, und noch andere Fragen dieser Art, die, wenn man*

*sie bei sich behält, unser Bewusstsein, von dem nichts nach außen dringt, in keiner Weise fördern, und wenn man sie äußert, einen nicht gelehrt, sondern eher lästig erscheinen lassen."*
Nun denn: sollten doch auch die Großprotze ein wenig Bildung „lernen".

Tief überzeugt stellt Seneca fest: *„In Muße sind allein jene, die für die Philosophie Zeit haben: nur sie leben wirklich, denn sie hüten nicht nur die eigene Lebenszeit gut, sondern verstehen jede Zeit der eigenen hinzuzufügen; wie viele Jahre auch vor ihnen dahingegangen sind, sie haben sie zu ihrem Besitz gemacht. ... kein Jahrhundert ist uns versagt, zu allen haben wir Zutritt; und wenn wir durch die Kraft des Geistes die Beschränkungen der menschlichen Schwachheit überschreiten wollen, so haben wir einen weiten Zeitraum, den wir durchwandern können. Wir haben die Möglichkeit mit Sokrates zu diskutieren ..."*

Und Seneca fährt fort: *„Nur die widmen, wie wir glauben, ihre Zeit wirklich Verpflichtungen, wenn man so sagen darf, ... die mit Pythagoras und Demokrit und den übrigen Großen der edlen Wissenschaften, die mit Aristoteles vertrauten Umgang haben wollen. Jeder von diesen wird Zeit haben, jeder wird den, der zu ihm kommt, glücklicher und als seinen noch besseren Freund entlassen ...*

*Weit ausgebreitet ist also das Leben des Weisen; ihn umschließt nicht dieselbe Begrenzung, wie die übrigen Menschen; er allein untersteht nicht den Gesetzen des Menschengeschlechtes; alle Jahrhunderte dienen ihm wie einem Gott ...*
*Eine Zeit ist vergangen – er hält sie in der Erinnerung fest. Eine Zeit ist gegenwärtig – er nutzt sie.*
*Eine Zeit wird kommen – er nimmt sie vorweg.*
*Die Zusammenfassung aller Zeiten in eine einzige verschafft ihm ein langes Leben."*

Ich glaube, damit hat Seneca Gedanken gefunden, die tief in unsere Herzen fallen können.

Im nächsten Abschnitt beschreibt Seneca das Gegenstück und sagt: *„Am kürzesten und unruhigsten ist das Leben derer, die das Vergangene vergessen, das Gegenwärtige nicht beachten und für die Zukunft in Furcht sind: zu spät sehen sie ein, wenn sie ans Ende gekommen sind. ... ihr Unverstand quält sie mit Leidenschaften, die ständig wechseln und gerade dem verfallen, was sie fürchten; den Tod wünschen sie oft deswegen, weil sie Angst vor ihm haben.*

*Auch das darfst du nicht als Beweis für ein langes Leben auffassen, dass ihnen der Tag oft lang erscheint ... sie wissen nicht, wie sie die freie Zeit einteilen sollen, um sie herumzubringen. ... alle dazwischenliegende Zeit ist ihnen unerträglich. ...*
*Kurz und flüchtig ist die Zeit, an der sie Gefallen finden, und sie wird durch ihre eigene Schuld noch viel kürzer; denn sie laufen von einer Sache zur anderen ...*
*Selbst ihre Genüsse sind voller Angst und durch allerlei Schrecken beunruhigt. Bei diesem Gefühl haben Könige über ihre Macht geweint, und die Größe ihres Glücks hat ihnen keine Freude bereitet, sondern das Ende, das einmal kommen würde, hat sie in Schrecken versetzt.*

*Willst du nicht den Erdboden hinter dir lassen und mit dem Geist auf dies alles blicken! Jetzt, solange das Blut warm ist, muss man kraftvoll auf das Bessere zugehen! In dieser Art Leben erwarten dich eine Fülle edler Wissenschaften, Liebe zur sittlichen Vollkommenheit, die im Handeln verwirklicht wird, Vergessen der Begierden, Wissen vom Leben und Sterben, tiefe Seelenruhe.“*

Die Gedanken Senecas möchte ich ausklingen lassen mit einem Zitat, das ich in einem anderen Werk dieses großen und würdigen Menschen gefunden habe: *„Zeit ist die einzige Anleihe, die selbst ein dankbarer Empfänger nicht zurückzahlen kann."*

Ich möchte das nicht vergessen.

Ich werde in diesem Augenblick an ein Gespräch erinnert, das ich irgendwann im Fernsehen zu vorgerückter Stunde hörte. Der tiefgründige Kenner der deutschen Literatur, Marcel Reich-Ranicki wurde nach seinen Ängsten im hohen Alter befragt. Ranicki sagte sinngemäß: Ich habe keine Angst vor dem Tode, nein, aber mir ist unvorstellbar, zutiefst unbegreiflich, geradezu beklemmend, dass mein Denken, mein Verstand und meine Vorstellung des Augenblicks erlöschen, das heißt, mein Wissen um das „Ich" gibt es nicht mehr – unwiderruflich. Und genau das ist es auch, was ich selbst seit langem so empfinde.

Die Bemerkungen von Reich-Ranicki ließen mich erkennen: Der Tod ist der Verlust des Lebens, und der Lebensprozess setzt indessen eine *Persönlichkeit, eine Identität*, voraus. Fehlt die Persönlichkeit, zeitweise durch Bewusstlosigkeit oder permanent, nach dem Tod, erleidet die Person nichts mehr, weder Gut noch Böse.
Es ist eine unumstößliche Eigenart des Menschen, dass er mit seiner Identität – also dass die Persönlichkeit „Mensch" – sich den Tod nicht vorzustellen vermag, sondern dass er das Leben, *sein Leben* für unendlich halten will, und zwar wider allen Wissens.
Wir können nicht immer wieder – und fortlaufend – damit rechnen, neue Erfahrungen zu machen, die uns zu immer gehaltvolleren Persönlichkeiten formen.
Im Gegenteil!!! Die Lebenskurve wird sich ab irgendeinem Punkt abwärts in Richtung Senilität und Verfall neigen. Wer sich bereits in der Demenz befindet, ist sich des eigenen Verfalls nicht bewusst.
Ich denke, dass es gut so ist. Er spürt nicht, dass er seine Persönlichkeit verliert.

Eine intensive Pflege, die moderne ärztliche Wissenschaft halten sein Leben, im Sinne dieses Wortes. Die bewusste Persönlichkeit aber verliert sich in der Obhut der Anonymität.

So also ist es: alt werden, immer älter, – Grenzen setzen die physischen Gebrechen, die erleidet man, die bedrücken und quälen und tun weh. Die Demenz aber bemerken die anderen. Und das ist beklemmend.

Etwas Entscheidendes ist hinzuzufügen. Entgegen der Behauptung, dass die moderne Medizin dem alten Menschen die Schmerzen nehmen kann, bleibt das nur die segensreiche Ausnahme. Für neunzig bis fünfundneunzig Prozent der Patienten kann die Medizin nur eine Schmerzkontrolle gewährleisten. Das kam neulich in einer Fernsehdiskussion so zur Sprache.
Der alternde und verantwortlich denkende Mensch fragt sich natürlich, wie es den verbleibenden fünf bis zehn Prozent geht. Für wen leiden die Menschen, die nicht der Kontrolle ihrer Schmerzen vertrauen können? Kaum um ihrer selbst willen.
Der Gedanke, dass man sich für seinen Tod entscheiden können soll, sagt mir deshalb immer mehr zu. Ich wehre mich gegen den Gedanken, eine Rolle spielen zu müssen, die mir andere, nicht um meinetwegen, sondern aus Gründen des Anstands oder der Konvention aufzwingen. Leben zu dürfen, ist das grundlegendste aller Menschenrechte. In Verfall und Qual zu leben, kann jedoch keine menschliche Verpflichtung sein. Die Entscheidung soll jeder einzelne, so lange er dies kann, selbst fällen. Das nur ist wahrhaft menschlich.

Mein lieber Lesestundenfreund, eine Aussage von Seneca, einem der klügsten und edelsten Menschen, den uns die römischen Geschichte überliefert hat, darf ich dir nicht vorenthalten.
Dieser Gedanke Senecas deutet die Lebenszeit des Menschen so wahrhaftig und tiefgründig, dass er das paradoxe Wort spricht: *„Leben, ich liebe dich um der Wohltat des Todes willen."*

Ich glaube, man muss Geduld haben, diesen Satz verstehen zu lernen: Leben, ich liebe dich um der Wohltat des Todes willen.

Verständliche und weitsichtige Worte zum Problem der Wahrheit findet der Philosoph Xenophanes, 570 bis etwa 475 v. Chr. in seinen wunderschönen poetischen Zeilen:

*„Sichere Wahrheit erkannte kein Mensch*
*und wird keiner erkennen*
*über die Götter und alle die Dinge,*
*von denen ich spreche.*
*Sollte einer auch einst*
*die vollkommenste Wahrheit verkünden,*
*wissen könnt' er das nicht:*
*Es ist alles durchwebt von Vermutung."*

Wem nun Xenophanes zu alt oder zu unmodern sein sollte, dem darf ich jetzt und hier verraten, dass ich neulich aus dem Munde eines Professors der theoretischen Physik das mathematische Axiom hörte: *„Die Wahrheit ist größer als das Beweisbare."*

Da habe ich also gesagt, was ich über das Leben und den Tod anmerken wollte. Und über eine große oder scheinbare „Kleinigkeit"' muss ich mich am Ende auch noch äußern.

Was also, sehr schlicht, sehr einfach, verstehe ich unter der menschlichen Seele?

Es ist die Ganzheit der Persönlichkeit, die Gesamtheit von Eigenschaften, nämlich alle Gefühle, Wahrnehmungen, Erlebnisweisen, Denk- und Handlungsneigungen und Charaktereigenschaften. Dabei hat der Mensch nicht das Vorstellungsvermögen und die Verständnisfähigkeit, dass mit seinem Tode das Bewusstsein der Persönlichkeit erlischt. Eine unsterbliche Wesenheit als Seele, das ist und bleibt nur in der Vorstellung des lebenden Menschen.

Und nun, zum guten Schluss, möchte ich meine Definition des Begriffes „Seele“ mit einigen Zitaten aus der Klassischen Philosophie ergänzen oder auch durchsichtiger machen:

*Der Seele Grenzen kannst du nicht ausfinden,*
*und ob du jeglichen Weg abschreiten würdest: so tiefen Grund hat sie.*

Heraklit

*Wie unser Körper durch Nahrung und Übung groß und stark wird,*
*so wird unsere Seele durch Studium und Disziplin reich und gut.*

Aristippos v. Kyrene

*Unsere Seelenbewegungen aber sind zweifacher Natur,*
*entweder offenbaren sie sich im Denken oder im Begehren.*
*Das Denken ist vorzüglich auf Erforschen der Wahrheit gerichtet,*
*das Begehren treibt uns zum Handeln an.*

Marcus Tullius Cicero

*Unter allen Krankheiten der Seele ist die Dummheit als die größte und gefährlichste anzusehen, da sie dem Menschen sein ganzes Leben anhängt.*

Plutarach

*Unsere Seele beugt und schmiegt sich gar zu gerne auf guten Glauben,*
*nach dem Willen und den Meinungen anderer ...*

Michel Montaigne

*Neid und Eifersucht sind die Schamteile der Seele.*

Friedrich Nietzsche

*Persönlichkeit ist vom Geiste gebundene Seele.*

Ludwig Klages

*Leib und Seele sind nicht zwei Substanzen, sondern eine. Sie sind der Mensch, der sich selbst in verschiedener Weise kennenlernt.*

Carl Friedrich von Weizsäcker

*Denken ist das Selbstgespräch der Seele.*

Platon

*Sagt nicht, dass die Toten tot sind.*
*Etwas von ihrem Wesen lebt weiter in ihren Nachkommen.*

Chuangtse

*Der Tod ist das Ende aller Dinge des menschlichen Lebens,*
*nur des Aberglaubens nicht.*

Plutarch

*Der Tod ist nichts Schreckliches,*
*nur die fürchterliche Vorstellung vom Tode, macht ihn furchtbar.*

Epiktet

*Glücklich ist der, der stirbt, bevor er den Tod gerufen hat.*

Fancis Bacon

*Das Gefühl, gebraucht zu werden, reduziert das Gefühl, verbraucht zu sein.*

Norbert Stoffel

*Das letzte Vergnügen im Leben ist das Bewusstsein,*
*aus der Pflicht entlassen zu sein.*

William Hazlitt

*Wer loslassen kann, behält unendlich viel.*

Norbert Stoffel

*Vom Standpunkt der Jugend aus gesehen,*
*ist das Leben eine unendlich lange Zukunft;*
*vom Standpunkt des Alters aus eine sehr kurze Vergangenheit.*
*Man musst alt geworden sein, also lange gelebt haben,*
*um zu erkennen, wie kurz das Leben ist.*

Arthur Schopenhauer

## AHNUNG UND SUCHE
Gedanken eines Achtzigjährigen

Meine Ahnung ist das Sterben:
Das Wissen um erfüllte Jahre;
Kindheitsglück und der Eltern Tugend,
Kriegsgewühl, verlorene Jugend,
Die Jahre des Mannes mit Sinn verbracht,
Nun hat der Greis noch das Sterben verlacht.

Hier schließe ich die müden Augen,
Ich will mit meiner Seele sehen,
Sinne und Denken still verweben,
Den Hauch der Endlichkeit erleben,
Frei über meinen Zeiten stehen.

Empfindsam Menschenglück ergründen,
Trennende Schranken überschreiten,
Steinige Seelen sanft berühren,
Denken auf helle Wege führen;
Schlüssel für stumme Herzen finden.

Des Menschen Menschlichkeit bewegen,
Kalte Herzen wärmend bereiten,
Dem Wunder der Unendlichkeit entgegen
Durch Dunkel und Nebel sich begleiten –
Kann das des Menschen Lebenssinn belegen?

Bernhard Hecht, 7. Februar 2005

(Mein Beitrag im Gedichtewettbewerb 2005 in München, aufgenommen in Bd. VIII, Ausgewählte Werke der Bibliothek Deutschsprachiger Gedichte)

Damit, meine Freunde der Lesestunde, möchte ich mich aus der Gegenwart von morgen und über-übermorgen in die Gegenwart von heute zurückdenken.
Ich darf mich nicht in der Ferne verlieren, und ich erinnere mich der Worte: „Hebst du dich aufwärts und berührst mit dem Scheitel die Sterne, nirgends haften deine unsicheren Sohlen und mit dir spielen Wolken und Winde ..."

*

Also, dieser Tage war ich in einem Handy-Laden, oder so ähnlich, über der Ladentür stand allerdings eine andere Geschäftsbezeichnung. Eine recht ansehnliche ältere Dame stand mit dem jungen Mann hinter dem Verkaufstisch im Gespräch. Sie wolle ihren beiden Enkelkindern, „ein Junge und ein Mädchen", sagte sie, je ein Handy schenken. „Nur so", sagte sie, „sie gehen aber schon ein paar Jahre zur Schule." „Ach, das ist nicht so schlimm", meinte der junge Mann und hantierte an einer erleuchteten Vitrine.
In diesem Augenblick wandte ich mich der „Oma-Dame" zu und sagte schüchtern: „Sehen Sie, ich habe auch schon eins, seit einigen Monaten schon!", womit ich allerdings die Besitzdauer um einige Monate nach unten abgerundet hatte. Damit zeigte ich ihr meine Errungenschaft, ein „Siemens C 55".
Mir scheint, sie war ziemlich überrascht, so, als wollte sie sagen: „Sie gehen aber nicht mehr zur Schule!" Leider. Sie sagte nichts. Auch ich sagte nichts mehr.
Vielleicht hat sie gedacht: „Der Alte hat ja wohl 'ne Macke." Und ich sage jetzt, was ich gedacht habe: „Geld hat sie, diese spendable Oma, aber ihren Verstand hat sie irgendwo verloren."

Meiner Leserrunde hier möchte ich sagen, wie ich zu meinem Handy gekommen bin.

Ich ging damals stramm auf die Achtzig zu, ein Weilchen ist es also her, da unternahm ich noch ausgedehntere Spaziergänge: zur Mooskammer, zur Moltkewarte, zur Halde, die übrigens von gleicher Höhe ist, wie die Cheopspyramide. Also: Ich ging über die Hasentorbrücke, stieg langsam bergauf am Wasserturm vorbei, hinauf zum Wald. Am Fuße der Halde entlang, in einem langen Bogen, erreichte ich die Stelle, an der ein steiler Weg hinab ins Eschental führt. Auch viele Stufen sind in den Weg eingebaut, schräg, zum Teil unbefestigt. Ja, da stand ich mit meinem Talent. Mal saß ich auch, und nur weniger stand ich noch. Meine Hose war von guter Qualität und hielt die Belastungen durch. Aber ich hatte die Nase voll und musste mir dann zu Hause obendrein erklären lassen, dass ich sehr leichtfertig gehandelt habe. Was sollte ich dagegenhalten? Nichts! Meine Schlussfolgerung war: Ich brauche einen Anker, einen Fallschirm, einen starken Arm, der mir im Notfall Hilfe leiht. So also kam ich zu meinem Handy. Da möchte man meinen, dass ich es damals, in ganz frühen Zeiten, noch günstiger hatte. Da konnte ich mich ja einfach ans Funkgerät setzen und einen Seenotruf absetzen. S O S in die Taste drücken – wenn's nur so einfach gewesen wäre. Wie würde heute, an diesem trüben Tage, mein Funkspruch lauten? „ L O D W K " .
Es wäre der kürzeste Funkspruch meines Lebens.
Und nun wollt ihr wissen, was das heißt? Schade, das möchte ich bei mir tragen, und der einzige Mensch, der sogleich den Sinn erfassen könnte, lebt seit Jahrzehnten nicht mehr. Doch ich darf euch beruhigen: das ist so privat, privater geht es nicht.

Eines sollte ich dennoch tun. Nach meinem Oma-Erlebnis möchte ich meine Gedanken ein wenig im Bereich der Erziehung spazieren führen. Lehrer sein, das war mein Beruf – und ist es noch immer. Einen Job hatte ich nicht. Der Lehrer, der seinen Beruf als Job sieht, ist im Grunde nur ein pädagogischer Tagelöhner. Ich hatte das Glück oder die Ehre, nach meinem Renteneintritt 1989, noch einmal als Schulleiter berufen zu werden, und zwar vom 1. Februar 1994 bis zum 31. Dezember 2005 als Leiter der Fachschule für Altenpflege Sangerhausen. Man hat mich herzlich verabschiedet, und ich habe gedankt für die Ehre, die mir erwiesen wurde. Ich denke schon, dass es nur sehr wenige Lehrer gibt oder gab, die für eine solche Zeit die Fahne ihres Berufes tragen durften.

Manchmal sagt meine Frau zu mir: „Du bist hier nicht der Lehrer, und mich brauchst du nicht mehr erziehen." Was soll ich da antworten? Soll ich sagen, dass die Lehrer von heute sich nicht als Erzieher fühlen? Sie wollen Lehrer sein und verkennen vielleicht, dass es keine Bildung ohne Erziehung geben kann. Immer tiefer verfestigt sich bei mir der Gedanke, dass in der gegenwärtigen Situation unserer gesellschaftlichen Entwicklung die Erziehung eine tragende Rolle zu spielen hat. Die Umstände und Gegebenheiten unseres Lebens sind die erzieherischen Bedingungen. Diese müssen erkannt und genutzt werden, und Politiker und Lehrer haben dabei eine entscheidende Verantwortung zu tragen.
Da gibt es viele Dinge, die mich nicht nur nachdenklich sondern auch traurig machen. Ich möchte keinen Katalog dazu aufstellen und – natürlich – die Welt will ich auch nicht aus den Angeln heben. Immer wieder denke ich eben darüber nach und sage mir dann: Mein Gott, soll es das schon gewesen sein?

Was sagte doch Bertrand Russell?
*„Die Frage ist heute, wie man die Menschheit überreden kann, in ihr eigenes Überleben einzuwilligen."*
Ich glaube, es ist so schön und so wahr, was Schleiermacher über die Pädagogik sagt: *„Die Pädagogik ist die Probe auf die Ethik."*

Der schlimmste Fehler, der heute in Erziehungs- und Bildungsfragen gemacht wird, findet seine Begründung immer wieder in der sogenannten Notwendigkeit zur Sicherung der Demokratie.

Nun denn:
Hat die Demokratie ihre Wurzeln in der griechischen Antike?
Ja!
Ist Plato, der Freund und Gefährte des Sokrates, ein Mitbegründer der Demokratie? Ja!
Und nun lest, was Plato über Ausübung und Entwicklung der Demokratie sagt: *„Aus der Demokratie entwickelt sich, wenn Freiheit im Übermaß bewilligt wird, die Tyrannei."*
Denkt darüber nach, wo man Grenzen oder Markierungen zu setzen hat, wenn die Demokratie nicht zum eigenen Totengräber werden soll.
Ich denke, die Demokratie ist ein Meisterstück der Vernunft und kein Freibrief für Freibeuter, die nur Pseudo-Demokraten sind. Lassen wir den Missbrauch der Demokratie zu, dann führt das zum Sterben der Demokratie.

Einige Gedanken darf ich noch zur Erziehung und Bildung auf den Tisch legen.
Als ich vorhin in meinem Lebenslauf blätterte, der inzwischen auf mehr als sechshundert Seiten angewachsen ist, fand ich auf den Seiten 73 und 74 einen Text, den ich hier wörtlich übernehmen möchte.
„Ich möchte an dieser Stelle schreiben, was ich am 17. März 1988 schriftlich ausarbeitete, um es in einer Direktorenkonferenz in Sangerhausen vorzutragen.
Es geschah so, und niemand sagte daraufhin ein Wort. Man hatte mich wohl verstanden.
Und das ist mein unveränderter Text. Er galt damals und stimmt auch heute, und ich stehe dazu, heute und morgen:

Wer schmälert Glück und Gesundheit der Menschen?
Der Schmarotzer, der schamlos auf Kosten seiner Mitmenschen lebt, sei es durch Ausbeutung, sei es durch Verbrechen, was zumeist das Gleiche ist.

Wer gefährdet oder zerstört Wohlstand und Frieden der Völker?
Der Politiker, der nur an den Bau seiner Pyramide denkt und der sich in der Arroganz der Macht seinesgleichen sonnt, ohne das Gebot der Stunde zu erkennen.

Wer bringt die Natur aus ihrem Gleichgewicht und vernichtet Leben und Existenz der Menschheit?
Der Wissenschaftler, der vom Ehrgeiz getrieben die Schwelle der Gewissensbremse überschreitet und zudem noch den Fortschritt als Aushängeschild für seine verruchten Verbrechen benutzt.

Und was ist das Kennzeichnende und in allen genannten Bereichen gleichsam Typische?
Das ist die Dummheit und ihre gefährlichste Erscheinungsform, die bewusste oder unbewusste Borniertheit, die in der Überforderung der Moral und im Mangel an Ehrlichkeit vor sich selber wurzelt."

Ich klopfe mir auf die Schulter, pardon, und sage: „Ssei froh, dass du es aufgehoben hast."

Sollte ich den Text, den ich „damals in der DDR" auf einer Konferenz von Berufsschuldirektoren vorgetragen habe, und zwar als Direktor der größten Berufsschule des Kreises, heute auch sagen wollen?
Ja! Gott sei Dank, ja!

Da finde ich eine Tagebucheintragung vom 12. September 1999:

Gegen Ende der sechziger Jahre hatte ich einen Lehrling, den ich nicht aus der Erinnerung verloren habe.

Warum?

Er steht für 1000 andere und fiel immer damit besonders auf, dass er sich mit seiner großen Klappe in den Mittelpunkt stellen wollte. Er war böse und faul, und das sagt alles. Das sagt zum Beispiel auch, dass diese Kategorie Mensch nicht geringer oder größer geworden ist, seit ich denken kann.

Seinen Namen habe ich mir nicht gemerkt. Wie gesagt: er hat tausend Namen. Also spreche ich von „X“.

„X“> wollte Dachdecker werden und hatte die 8. Klasse mit miesen Noten abgeschlossen. Nun, unter meinen väterlichen Vorfahren gab es, bis hin zum Großvater, viele Dachdecker. Und vom Vater her besaß ich eine hohe Wertschätzung von diesem Beruf.

„X“ schaffte die Prüfung nicht. Er schwänzte Arbeit und Schule, war krank ohne krank zu sein, hatte Probleme ohne Probleme zu kennen. Er wollte in der Klasse das Wort führen, doch klapperte er nur wie eine leere Konservendose.

Woran erinnert mich das nur? Es erinnert mich daran, dass Fernsehen und Diskothek solche schlimmen Erscheinungen nur potenzieren.

Doch nun zurück zu „X“. Er verschwand aus der Schule, und er geriet aus meinem Blickfeld. Eines Tages, so Mitte der siebziger Jahre, begegnete ich ihm in der Stadt. Er blieb erfreut stehen und sprach mich an.

„Wie geht es Ihnen?“, fragte ich.

„Wie es einem im Osten so geht!“, sagte er.

„Dann haben Sie also eine gute Arbeit?“, meine Frage.

„Natürlich habe ich die. Und ich finde immer die richtige Krankheit, und das mit dem Doktor kriege ich schon hin. Na ja, im Westen könnte ich mehr verdienen.“

„Ja, so ist das eben“, sagte ich, und mir kam die Galle wieder hoch, „dann gehen Sie doch in den Westen, wie Sie schon vor Jahren angekündigt haben.“
„Nein, nein, ich halte es hier gut aus. Ich will ja dabei sein, wenn der Sozialismus kaputt geht“, wandte er sich lächelnd ab.

Er hat es gut ausgehalten, wie ich heute weiß. Damals habe ich ihn wieder aus den Augen verloren, und ich kann nicht sagen, wie er den Niedergang des Sozialismus ausgekostet hat. Wenn ich doch nur wüsste, was ihm da so geschmeckt hat. War es die Erinnerung daran, dass ihn an Faulheit kaum einer übertreffen konnte? War es die Angst davor, neue Chancen erkennen zu müssen?
Wer weiß?

Etwa in einhundert Tagen werden wir das Jahr 2000 begrüßen. Was hat das mit „X“ zu tun? Nicht viel, eigentlich nur, vor ein paar Tagen sah ich „X“. Er stand in der Nähe der Jakobikirche, dort wo der Wochenmarkt stattfindet. Es war ein Dienstag. Diesmal sprach ich ihn an.
„Hallo, Herr ‘X’, wie geht es Ihnen?“
„Gut, natürlich, die Sozialhilfe kommt regelmäßig und als Obdachloser habe ich immer ein Obdach. Sie wissen ja, wie das ist.“ Die Bierdose schob er hinter seinen Rücken.

Ich weiß, wie das ist.
Natürlich, und ich erinnere mich daran, dass neulich im Fernsehen ein recht deutlicher Kritiker sagte: „Das Problem mit der Jugend liegt darin, dass sie sich nicht als Baufirma versteht, sondern als Abbruchunternehmen.“
Nun ja, alle konnte er ja nicht gemeint haben. Gott sei Dank!

Lasst mich noch einige Bonmots zum Lernen und zur Bildung nachlegen:

*Lernen ist wie Rudern gegen den Strom. Sobald man aufhört, treibt man zurück.*

*Aus Kindern, die zu viel dürfen, werden Erwachsene, die zu wenig können.*

*Das größte unerschlossene Gebiet der Erde liegt unter deiner Mütze.*

*In einem Punkt stimme ich mit der Mathematik nicht überein, ich meine, dass die Summe von Nullen eine gefährliche Zahl ist.*

*Der Glaube, genug zu wissen, ist Dummheit.*

*Analphabeten sind Leute, die des Nichtlesens und des Nichtschreibens mächtig sind.*

Und dies ist eine Zugabe von Albert Einstein:
*„Zwei Dinge sind unendlich,*
*das Universum und die menschliche Dummheit, –*
*aber bei dem Universum bin ich mir noch nicht ganz sicher."*

*„Vergesst nicht, Freunde: Die Wurzeln der Bildung sind bitter, die Früchte süß."*
Das sagte Aristoteles, und das liegt unabänderlich in der Natur der Dinge.

Lassen wir nun ein wenig unsere Seele baumeln, und begeben wir uns eine kleine Spanne dorthin, wo wir die Spuren der griechischen Geschichte und ihrer Kultur finden.
In meiner Erinnerung erwachsen kleine Erlebnisse, und ich möchte sie nicht missen.

## ZUM LESBISCHEN MEER

Meine größte Tiefe schuldet mir der Krieg – es waren so um die 160 Meter, die wir tauchen mussten. Meine größte Höhe danke ich dem Frieden, und unsere Flughöhe lag bei 13000 Metern, die wir während unserer Reise von Leipzig nach Heraklion auf Kreta erreichten. Der Pilot drückte es zwar in Fuß aus, aber ich kenne seine Schuhgröße nicht. Was interessieren mich die amerikanischen Füße!

Nun ist das hier kein Urlaubsbericht über unseren Aufenthalt im 4-Sterne-Hotel Marina in dem kleinen Ort Gouves, der 12 km von der Hauptstadt entfernt liegt. Plaudern möchte ich lediglich über die Eindrücke, die wir, Gerda und ich, an einem bestimmten Tage gewannen, und ich darf vorbemerken, dass wir uns gerne erinnern.

Als wir an jenem Dienstagmorgen den vollklimatisierten Doppelstockbus vor dem Hotel bestiegen, unten waren alle Plätze schon belegt, hatten wir für 120 DM eine „Fahrt ohne Titel" gebucht. Kreta, die Wiege der europäischen Kultur, seine herbe Schönheit und seine Menschen, das wollten wir an diesem Tage sehen, und heute weiß ich, dass diese erste Berührung ein Gewinn für uns war.

Über steile Serpentinen und durch eine karge Felsenlandschaft gelangten wir an einen Punkt, der einen weiten Blick auf die kretische Hauptstadt Heraklion zuließ. Ich gestehe, dass es uns schwer fiel, die eigenartige Schönheit dieser Insel mit den ersten Blicken zu erfassen. Die Schroffheit der Küste, die wirren Berge und Hügel und das Fehlen der heimatlichen Wälder in ihrer tausendfältigen Grünpalette, das irritierte uns. Landeinwärts änderte sich das Panorama. Das Landschaftsbild wurde bestimmt durch endlos scheinende Weinanpflan-

zungen, durch sorgfältig bewässerte Olivenhaine und durch kleine Dörfer mit verwinkelten schmalen Gassen und mit Häusern, die sich so sehr von den Dorfanlagen unserer Heimat unterscheiden. Alle Dächer waren flach und die Hauswände in einem einheitlichen Weiß oder Grauweiß. Und immer wieder sahen wir Zypressen und Platanen und vielfältige, zum Teil seltene Blumen und Kräuter am Wegesrand.
In unzähligen Windungen, mit gefährlichen Haarnadelkurven und immer wieder steil bergauf und bergab, so führte uns die Straße in das Innere der Insel, und wir danken es der umsichtigen und aufmerksamen Reisebegleiterin und Dolmetscherin Maria, dass sie uns die Eigentümlichkeiten und Besonderheiten ihrer kretischen Heimat verständlich machte. Es wurde eine wahrhaft anschauliche Reise durch eine europäische Kulturlandschaft, die älteste wohl, die wir erlebten. Doch irgendwie, so glaube ich, ist für den Mitteleuropäer die südlichste Insel Europas etwa das, was er sich unter Wildnis vorstellt. Dieser Gedanke erfasste mich, als ich aus meiner „oberen Busetage" die Schluchten, Haine und wilden Berge vorübergleiten sah. Ich weiß, dass es Gerda ähnlich erging. Es war, als würde sich diese Insel mir über ihre Mythologie nähern. Fremdartig war mir diese Landschaft, doch mit ihrer Sagenwelt war ich vertraut. Noch am Tage zuvor hatte ich Gerda die Geschichte von Theseus und Ariadne erzählt. Ich hatte ihr vom Stolz der Kreter darüber berichtet, dass Zeus hier geboren wurde. Und wer kennt sie nicht, die Götter des Olymp? Wer kennt ihn nicht, den Diskus von Phaistos, dessen Schriftzeichen bis heute nicht entziffert wurden? So erahnte ich nun von meinem Aussichtsplatz das wahre Kreta. Die große Geschichte Kretas ist der Schlüssel zum Verständnis seiner Bedeutung für die europäische Kultur.

Der erste Halt war in Thrapsano. Die minoische Vergangenheit wurde erlebbar, denn noch heute werden dort Gebrauchsgegenstände aus Ton hergestellt. Wir schauten einem Töpfer über die Schulter und waren fasziniert von der künstlerischen Fertigkeit seiner Hände. Ich vermute, dass mein kretischer Töpfermeister sich daran gewöhnt hatte, mit der Ankunft eines Reisebusses ein Blitzlichtgewitter zu erleben. Mein Blitz war auch dabei und ich erstand für 1000 Drachmen – etwa 6 DM – ein kleines Souvenir aus Meisterhand.

Wenig später fuhren wir weiter nach Arkalochari, um dann in Ano Viannos eine längere Rast einzulegen. Meine Erinnerung an diese kleine Gebirgsstadt ist verbunden mit einer knochigen tausendjährigen Platane im Zentrum des Ortes, mit sehr engen Gässchen, die auf die einzige Straße münden, mit winzigen Geschäften und Lokalen und einer Atmosphäre, so schien es mir, die der meiner kleinen Heimatstadt vor vielleicht hundert Jahren gleicht. Niemand hatte es eilig, und an kleinen Tischchen vor dem Kafenion saßen Männer und sprachen über die neugierigen Deutschen, die mit ihrer Kamera über die Straße rannten oder auf der Suche nach einem WC waren, das sie am Ende doch nicht fanden. Auf einem kleinen Erker neben einem unscheinbaren Haus stand ein Esel und blickte gelangweilt auf die dummen Menschen herab. Er ließ sich herab, mit den Ohren zu spielen. Da habe ich ihn fotografiert. Er soll mich daran erinnern, dass in der Ruhe die Kraft liegt.

Am Mittag erreichten wir Ierapetra, die südlichste Stadt Europas, am libyschen Meer gelegen. Es wehte ein stürmischer Südwind, der die Hitze der Sahara brachte, und das Meer tobte. In einem kleinen Restaurant am Rande der Stadt sah ich eine seltsame Speisenkarte. Der Wirt hatte von allen Gerichten seines Angebotes Muster aufgestellt. Zum Bestellen reichte der Zeigefinger. Leider schmeckte der Lammbraten, auf den ich zeigte, wie eingeschlafene Füße. Doch das blieb meine einzige Enttäuschung. Mit seinen 11000 Einwohnern und hunderten Gewächshäusern, die vor den heißen Winden schützen, gewinnt die Stadt wieder Bedeutung. Im Altertum nahm sie einen strategisch wichtigen Platz für den Afrikahandel ein, und die von den Venezianern erbaute Hafenfestung prägt das Bild der Altstadt. Als mich Maria fragte, ob ich es für wahrscheinlich halte, dass Napoleon eine Nacht hier verweilt habe, wie es die Einwohner von Ierapetra behaupten, verneinte ich, denn ich glaube, es war zeitlich unmöglich. Überdies hätte es auch dem Charakter Napoleons widersprochen, ungenannt hier zu nächtigen.

Den tiefsten Eindruck an diesem Tage hinterließ bei mir der kurze Aufenthalt in dem kleinen Bergdorf Anatoli. Es ist ein verlassenes Dorf. Seine Häuser haften an steilen Hängen und sind nur über mächtige Stufen und meterbreite Gassen erreichbar. Zwei kleine Kapellen zieren das winzige Dorf, und manche Häuser zerfallen. Es ist dort wahrhaft still geworden, gespenstisch ruhig. Der Pope Papa Petros, zwei Dutzend Erwachsene und auch eine handvoll Kinder wohnen noch dort. Etwa 800 Einwohner sind nach Ierapetra abgewandert. Dennoch, immer wieder suchen sie ihr Heimatdorf auf. Von dort sehen sie in der Ferne ihre neue Heimat und das Meer.
Ich habe, viele Minuten an eine Hauswand gelehnt, in die Ferne auf das Meer und auf die Stadt – weit, weit unten – geblickt. Und ich habe die Menschen wohl verstanden.

Etwas Besonderes bot uns die Natur bei dem Ort Kalamafka. Wir hielten auf einem Bergsattel an und sahen vor und hinter uns kahle und schroffe Berge. Nach rechts sich wendend, erkannte man weit in der Ferne das Libysche Meer.
Drehte man sich zur Linken, dann weitete sich der Blick auf das Ägäische Meer. An dieser mit zwölf Kilometern schmalsten Stelle der Insel erblickt man, wie sonst nirgendwo, die

nördliche und die südliche Küste gleichzeitig. Das ist verblüffend und verleiht Stille.
Da, mitten hinein, ließ sich eine gut angezogene Dame vernehmen, die ihrem Partner im schönsten hessischen Dialekt sagte: „Ei, gucke mol, do is das Lesbische Meer un do auch!“ Dieses hohe Maß an Bildung hat mir die Sprache verschlagen, und andere haben es wohl nicht gehört. In dem kleinen Ort Limnes fand ich meine Sprache wieder. Ich verdanke das dem wirkungsvollen Raki, dem Schnaps, der dort Zu Hause ist und den ausgleichenden Pellkartoffeln, zu denen man das Salz nicht vergessen darf.

Irgendwo habe ich mir schließlich eine Nachbildung des berühmten Diskus von Phaistos gekauft. Und ich muss dazu sagen: Wer ihn kauft, hat immerhin das Rätsel einer noch nicht entzifferten Bilderschrift am Hals. Am Hals habe ich es nicht, doch es schmückt seit einigen Tagen meinen Schreibtisch.

## ZU ESEL UND AUF SEE

Als Schüler war ich ein junger Hüpfer und Marschierer, dann wurde das Meer mein Element und das Boot mein Zuhause. Der alte Mann, der diese Zeilen schreibt, ist nun zum Reiter geworden, zum Reiter auf einem kräftigen und forschen Esel. Ich hätte das nicht für möglich gehalten, vorher. Doch ich habe ein Foto zum Beweis.
Und nun muss ich berichten.

Die Schönheiten der griechischen Inselwelt sind so vielfältig, dass man mit Phantasie wählen muss, wenn man sie erfassen möchte. Mein Glück ist, dass mir gute Lehrer die griechische Kultur lange vor meiner Reise nahe brachten. Ich habe nicht gezögert, unseren Urlaub auf Kreta zu nutzen, die süd-

lichste der Kykladeninseln im Ägägischen Meer aufzusuchen: Santorin.
Die Vulkaninsel Santorin nennen, das heißt auch darauf verweisen, dass der heute noch aktive Vulkan etwa 1500 Jahre vor unserer Zeitrechnung eine Katastrophe mit fürchterlichen Folgen auslöste. Manche Wissenschaftler behaupten, der Untergang der minoischen Kultur sei darauf zurückzuführen. Ich halte es auch für möglich. Wurde das sagenhafte Atlantis ein Opfer dieses Vulkans?

Der Zufall wollte es, dass der Name des Schiffes, das mich am 22. Mai von Heraklion nach Santorin brachte, die Erinnerung an den Untergang der minoischen Kultur auslöste. Mein Schiff hieß „Minoan Prince".
Die Hin- und Rückfahrt dauerten je vier Stunden, und das Ägäische Meer ist eine Reise wert. Wer könnte das bezweifeln?

Bezweifeln möchte ich hingegen so manches, was der Sicherheit dieses schönen Schiffes dienen sollte. Abgesehen von den herausgerissenen elektrischen Leitungen, den verstopften Toiletten, der unzureichenden Beschilderung seiner Decks und Gänge, der fehlenden Information über Sicherheitsvorkehrungen, hatte ich den Eindruck, dass das Schiff in einer Weise überfüllt war, die außerhalb jeder Verantwortbarkeit lag.
Immerhin konnt ich ein paar ältere Herrschaften aus Österreich beruhigen, die sich fragten, wie sie zu einem Rettungsboot kämen. Eisberge gibt es in der Ägäis nicht und Vulkanausbrüche bewegen das Meer in dieser Gegend höchstens alle zehn bis zwanzig Jahre.

Ich hatte meinen Deckstuhl auf dem Achterschiff an die Steuerbordreling gestellt. Das Meer war so blau wie die Augen von Terence Hill, und der Wind kam schwach vom Norden. Der lauten Musik konnte ich auch hier nicht entweichen. Ich revanchierte mich derart, dass ich drei Stunden an meiner Zitronenlimonade nippelte.

Gegen Mittag näherten wir uns Santorin. Es ist eigentlich eine kleine Inselgruppe mit achtzehn Kilometern Länge und einer Breite von zwei bis sechs Kilometern.
Man konnte die Vulkaninsel riechen, bevor man sie sah. Es wurde diesig und roch nach Schwefel. Dann türmte sich, bis zu 550 Meter hoch, die Hauptinsel vor uns auf. Mit steilen Abhängen erhob sich eine rotschwarze Erdmasse aus dem tiefblauen Meer. Die Natur komponierte eine einmalige Schönheit.
Die wilde Schönheit dieses kleinen Paradieses verzauberte seine vielen Besucher und erinnerte zugleich an die furchtbare Art der Entstehung dieser Insel. Ich kann nicht verhehlen, dass der unvergleichliche Anblick mich tief berührte. Später habe ich dann gelesen, dass mit dem Vulkanausbruch und der Entstehung dieser Insel eine Flutwelle verbunden war, die eine Höhe von 210 Metern hatte und mit 70 Metern Höhe Kreta erreichte.

In Athinios gingen die ersten Santorinbesucher von Bord, und wir fuhren an der Westküste der Hauptinsel weiter bis zum Hafen der kleinen Inselhauptstadt Fira. Ich glaube, man muss es sehen, wie es, gleich einem weißen Adlerhorst, zwischen Himmel und Meer hängt. Man meint, es schwebt am Himmel und eine Straße, die hoch hinaufführt, sucht man vergeblich. Vom Hafen aus ist Fira weder mit dem Auto noch per Bahn oder Fahrrad erreichbar. Eine kleine halsbrecherisch anmutende Seilbahn gibt es. Wer sie scheut, der geht die 650 lang gezogenen Stufen zu Fuß oder ... er besteigt einen stämmigen grauen Freund, einen Esel.

Als ich vom Schiff aus sah, welchen Weg die Esel an den steilen Hängen nach oben bewältigen, da nahm ich mir vor, die Seilbahn zu nehmen.

Kleine Boote holten uns von der Minoan Prince ab und brachten uns in den winzigen Hafen. Ich suchte die Hafenstation der Seilbahn und fragte einen Mann in Arbeitskleidung.
„O yes“ sagte er, „hier, hier, Österreich!“
Ich verstand nicht, was er meinte und folgte ihm. Und plötzlich stand ich vor einem stämmigen gesattelten Esel.
Was sollte ich also tun?
Da half man mir, den Esel zu besteigen, und meine Füße wurden in die Steigbügel gesteckt. Mit den Händen packte ich den Sattelgriff – und es ging los, bevor ich begriff, wie mir geschah.
Neben mir schritt ein kleiner Mann mit einer verwegenen Mütze, der sich offenbar gut mit seinem Esel verstand. Ich machte gute Miene zu dem recht seltsamen Spiel und sagte zu mir: „Hecht, bleibe ruhig, da musst du durch!“
Ich verschwendete keinen Gedanken auf das, was mich erwartete und wollte nur eines, Haltung bewahren und oben gut ankommen.
So also begann meine Attacke auf Santorin.

Ich wagte keinen Blick zur Seite und zurück und suchte einen Verbündeten in meiner Bedrängnis. So klopfte ich dem fleißigen grauen Esel auf den Hals und rief ihm halblaut zu: „Sei brav, mein lieber Esel und bringe mich heil nach oben. Ich mache mich auch ganz leicht!“
Mein Eselchen spielte mit den Ohren, und ich glaubte fast, er verstünde mich.
Das machte mich mutiger, und ich tätschelte ihm immer wieder seinen Hals.
„Nun renne nicht so, mein Grauer, ruhe dich doch nur mal aus!“
Doch das verstand er wohl nicht, und er verringerte sein Tempo keineswegs. Ab und zu, wenn von oben ein Esel kam, drängte er sich etwas zur Seite, und ich mühte mich, die Balance nicht

zu verlieren. Mir rann der Schweiß, und ich hatte nur einen Wunsch: Hoffentlich sind wir bald oben. Dann, nach zwanzig oder dreißg Minuten stand mein getreuer Partner still und stellte den Kopf etwas zur Seite. Ich verstand dieses Signal sofort und kam wieder auf die eigenen Beine.
„Geben kann ich dir nichts, verstehst du? Aber ein Bild werde ich machen."
So geschah es dann auch.

Hier oben in dem kleinen Inselzentrum Fira, zwischen Himmel, Vulkan und Meer pulsierte ein Touristenstrom, den man nicht einordnen kann. In Babel konnte die Sprachenvielfalt nicht aufdringlicher sein. Es gibt keine Straße, die länger als zwanzig Meter gerade verläuft, und man kann sich nur bergauf oder bergab bewegen. Und doch befindet sich hier Geschäft neben Geschäft und vom teuersten Pelzmantel – hier unter der heißen Sonne – bis zur einfachen Ansichtskarte wird alles zum Kauf angeboten.
Das Ebenbild eines kleinen Esels handelte ich von 1700 auf 800 Drachmen herunter. Es wird nunmehr Santorin heißen und hat in Gerdas weißer Küche einen Ehrennplatz gefunden.
Übrigens: bergab gelangte ich mit der Seilbahn – für 800 Drachmen.

*

Nun sitze ich wieder an meinem Schreibtisch; vertieft, nachdenklich, und ich möchte jetzt vollziehen, was ich anfangs angedeutet habe:
Ich bin wieder bei Fernau, und auch ihr sollt es nicht bereuen, wenn ihr harte Brocken schlucken könnt. Sie haben den Vorzug bekömmlich zu sein.
Zu manchen Arbeiten Fernaus habe ich meine Gedanken niedergeschrieben.

Es waren jene Bücher, die mich besonders beeindruckten. Immer habe ich erkennen lassen, wie sehr ich von Fernau eingenommen bin.

Manche seiner Arbeiten nehme ich immer wieder zur Hand. Ich möchte lernen und mich identifizieren. Dennoch habe ich einige seiner Bücher nur schnell gelesen oder „über"gelesen, wie ich es nenne. So auch „Halleluja", seine „Geschichte der USA".
In dieser Woche las ich „Halleluja" mit Bedacht. Es war mehr ein Zufall. Aber nun weiß ich: Es ist der Aufschrei eines Dichters gegen Dummheit und Gewissenlosigkeit.
Es „kritisch" zu nennen, wäre zu flach, zu simpel. Es ist tiefer erschütternder Ernst. Nichts könnte tiefer unter die Haut gehen, wenn man es mit offenem Verstand und offenem Herzen liest.

Ich muss auch sagen, warum ich so lange gezögert habe, mich mit Fernaus „Geschichte der USA" zu beschäftigen. Es lag daran, dass ich glaubte, hinreichend mit den USA und ihrer Geschichte bekannt zu sein. Meine Einschätzung, mein Urteil, lag schon lange, seit Jahren eigentlich, fertig auf dem Tisch. Wer mich kennt, der weiß das.
Nun kenne ich auch Fernaus Gedanken dazu, und ich weiß, dass meine Auffassungen und Schlussfolgerungen gegenüber den „United States" in besonderer Weise bei Fernau veranschaulicht und leidenschaftlich vertreten werden. Nicht widerlegbar! Eine der nächsten Generationen wird das bestätigen. Dann hat die Wirklichkeit sie überholt

Ich habe mir überlegt, in welcher Weise „Halleluja" in meinen Aufzeichnungen nachklingen soll. Es sind immerhin 319 Seiten! Und eine Inhaltsangabe? Nein, wozu auch! Aber ich möchte mich an bestimmte Formulierungen erinnern können und Gedanken skizzieren. Also: suche ich Stellen heraus, die ich markiert habe. Es sind ein paar Lichtpunkte, die mich berührt haben – kleine Wegweiser meiner Gedanken.

Noch etwas möchte ich vorausschicken:
Ich spüre mit zunehmendem Alter eine Traurigkeit, die mich oft erfasst und die ich im Detail nicht erklären kann. Sie ist wohl auch ein Ergebnis der vielseitigen Widersprüche, die mir im Leben begegneten. Damit einher geht auch das Wissen darum, dass man dieser Traurigkeit zwar widerstehen kann, doch dass es keinen Jungbrunnen gibt, der das Vergessen schenkt. Hier ist ein Ansatzpunkt dafür, Erfahrungen weiterzureichen, und es gibt mir Kraft, vielleicht helfende Gedanken weiterzugeben. So also sitze ich manche Stunde am Computer und finde Kraft im Denken – Schreiben – und Denken.

Wer sich mit der Geschichte der USA beschäftigt, der kommt nicht um den Sinn und die Zielstellungen des Beginns der europäischen Besiedelung herum. Es muss wahrheitsgemäß nicht Besiedelung sondern Neubesiedelung oder Eroberung heißen. Jeder Absolvent einer amerikanischen „High-School", die vom Niveau nicht mehr ist als eine kleinstädtische Mittelschule in meinen Kindertagen, erhält die Information, dass es der Forschergeist, der Sinn nach Freiheit und die Zivilisation waren, welche die Menschen beflügelten.
Und das ist wirklich glatter Unsinn.

Wer es „vornehm" ausdrücken will, der sollte mit dem Philosophen Schopenhauer sagen: *„Der Mensch ist vollkommen verstrickt in seinen Willen."*
Also, der spanische König wollte, die Admirale wollten, die Schiffsbauer wollten, die Priester wollten, die Schnapsbrenner wollten, die Matrosen wollten.
Ja, – weiter im Norden sprachen die, die wollten, nicht spanisch. Sie sprachen englisch und französisch. Und natürlich

gingen sie sich am Ende alle gegenseitig in die Haare. Das Rauben, Stechen und Morden der Spanier, Engländer und Franzosen geriet im Jahre 1713 in eine neue vertragliche Bahn, und zwar im „Frieden von Utrecht". Darin gestand Spanien den Engländern das Vorrecht im Sklavenhandel zu. Ich bin mir nicht sicher, ob Goldhagen das weiß. Er muss sich wohl mehr mit den Deutschen beschäftigen.

Ich habe übrigens bei Fernau gelesen, dass der englische Theologe und Dichter James Thomson, auf eine ganz besondere Weise Gott seinen Dank abstattete: Er schenkte Gott und der Welt das berühmte Nationallied der Engländer „Rule, Britania, rule the waves" – Beherrsche die Meere, Britannien!
Den Text beherrsche ich nicht, aber die Melodie könnte ich mitsummen.
Tatsächlich.

Die Angewohnheit, immer wieder im Lexikon nachzuschlagen, wenn ich bestimmte Fakten überdenke, hat mir soeben einen Streich gespielt. Ich wollte nachlesen, was „Bertelsmann" über George Washington sagt. Und ich habe unter „Wos..." gesucht, nichts gefunden, natürlich. Wie kann ich auch unter „Wo..." statt unter „Wa..." suchen! Wo ich das doch schon vor 65 Jahren auf der „High School" gelernt habe! Pardon, mein Lieber.
Jedenfalls habe ich bei „Bertelsmann" gelesen, dass „Washington in den englisch-französischen Kämpfen seit 1753 Oberst der virginischen Milizen" war. Immerhin – mit 21 Jahren Oberst. Die Amerikaner waren schon immer schnell. (Ich war mit 21 Jahren nur Gefreiter, und ich bin dafür auch nicht Präsident geworden.)
„Bertelsmann, Band 10, Seite 214" schreibt:
*„1789 wurde er* (gemeint ist Washington!) *zum ersten Präsidenten der USA gewählt."*

Da irrt mein Lexikon! Washington wurde nicht gewählt, er wurde am 4. März 1789 eingesetzt. Mit anderen Worten: Die Verfassung war noch keine 24 Stunden alt, da wurde sie zum ersten Mal gebrochen.
Das wusste ich noch nicht, aber Fernau hat mich sozusagen aufgeklärt.
Trotzdem: es soll hier keine Rolle spielen, denn ich möchte mich mit zwei Begriffen beschäftigen, die in Fernaus „Halleluja" eine wichtige Rolle spielen, mit STAAT und DEMOKRATIE.

Am 4. Juli 1776 wurde mit den Stimmen von zwölf Kolonien (das noch besetzte New York enthielt sich der Stimme) in Philadelphia die Loslösung von England beschlossen. Die Vereinigten Staaten von Amerika waren geboren. Fünf Männer verfassten die Erklärung. Es waren Thomas Jefferson, John Adams, Livingston, Sherman und Benjamin Franklin. Sie sind die Väter der Unabhängigkeitserklärung, und man darf annehmen, dass sich damals niemand sehr intensiv mit dem Begriff „United States" auseinandergesetzt hat.
Niemand stand als Repräsentant an ihrer Spitze, und die ehemaligen Kolonien waren damit beschäftigt, um ihre Unabhängigkeit gegen England zu kämpfen.
Es war ein wahrhaft schwerer Kampf.
Wenn man sich im Detail mit dem amerikanischen Unabhängigkeitskampf beschäftigt, kann man auf den Gedanken kommen, dass eine Mehrheit der Menschen am liebsten überhaupt keinen Staat gehabt hätten.
Ich möchte Fernau zitieren, der zum Staat sagt: *„Menschen, die sich den Luxus leisten, auch heute noch nachzudenken, sind alle zu der Erkenntnis gekommen, dass 'Staat' keine Form ist, die die Natur verlangt, sondern eine 'Erfindung' etwas Künstliches, was vielleicht einmal 'Bündnisaufgaben' hatte (Recht, Fürsorge, Schutz), aber längst ein selbstherrlicher, allmächtiger Homunkulus geworden ist."*

Er zitiert dann Carl Burckhardt, der den Staat *„ein schönes, aber unheimliches, dem Einzelnen innerlich fremdes Ungeheuer"* genannt hat.

Ich bin mir nicht sicher, dass Fernau jene Theorie vom Staat gekannt hat, die ich zu Zeiten der verblichenen DDR gelernt habe. „Da der Staat das Machtinstrument der jeweils herrschenden Klasse ist, befindet sich der Staat in Händen der Arbeiterklasse." Geherrscht hat jedenfalls eine Parteioligarchie! Dem dürfte heute wohl niemand mehr widersprechen können. Ich habe noch keinen gefunden.

Übrigens habe ich bei Fernau einen Gedanken voll bestätigt gefunden: *„Da es das Wesen einer Ideologie ist, sich nicht am Leben auszurichten, ist der Staat das einzige Instrument, mit Hilfe dessen man das Leben nach der Ideologie ausrichten kann."*
Die Moral kommt später und – von selbst, natürlich.

Auch der Mensch, der heute nur das „Kleine Einmaleins des menschlichen Zusammenlebens" beherrscht, wird bestätigen müssen, dass der Staat als Institution die Welt erobert hat. Niemand kann mehr in KEINEM STAAT leben. Er findet auf der Erde nur noch Staat vor, so ist es!

Vielleicht darf ich an dieser Stelle darauf verweisen, dass ich in meinen Lebenslauf-Notizen den Freund Goethes, Christoph Martin Wieland, zitiert habe, der sagt: *„Gerechtigkeit ist der einzige Grund der Macht und der Dauer des Staates, sowie das einzige Band der menschlichen Gesellschaft."*
Im Weiteren möchte ich meine Worte nicht wiederholen. Sie lassen mich nicht los. Beim Lesen gehen sie mir immer wieder durch den Kopf. Vielleicht bin ich darum manchmal recht vorgeprägt, wenn ich mich mit Tagespolitik zu beschäftigen habe.

Da bin ich schon beim Kernproblem der amerikanischen Geschichte und Gegenwart angelangt: jener Problematik, die Fernau mit so großem Engagement und so tiefem Ernst erörtert. Ich lasse mich von diesen Gedanken bewegen und schreibe auf, was mir bleiben soll.

Es geht um Demokratie und Freiheit, und es wäre wohl ein Fehler davon auszugehen

- dass sie deckungsgleich sind, dass die Demokratie eine Erfindung der Griechen ist, das weiß ziemlich jeder,
- dass die Demokratie in der heutigen Welt von den Amerikanern getragen wird,
- das glaubt heute jeder Amerikaner zu wissen. – Wie macht man Menschen das Übel einer dümmlichen Überheblichkeit bewusst? Ich bringe es nicht.

„Halleluja" beschäftigt sich mit drei landläufigen Antworten zur Verteidigung der Demokratie.
Da ist zuerst die Antwort, die der französische Gelehrte und Philosoph des 17. Jahrhunderts, Descartes, anbietet: *„Der gesunde Menschenverstand ist diejenige Sache in der Welt, die am besten verteilt ist."* Ja, wäre es auch nur annähernd
so, dann wäre es gut! Es ist glatter Unsinn! Der Augenschein widerspricht dem an allen Ecken und Enden.
Die zweite Antwort, die möglich und sehr beliebt ist, vermeidet, die Mehrzahl der Menschen für klug und uneigennützig zu halten und besagt: Jeder ist dort, wo der Wille des Volkes verwirklicht wird, seines eigenen Glückes Schmied.
Diese Antwort hat auf den flüchtigen Hörer noch nie seine Wirkung verfehlt, aber in Wahrheit ist sie jämmerlich. Für mindestens 49% der Menschen ist der Wille, das eigene Glück zu schmieden grundsätzlich unwirksam. Das ist wohl logisch! Die zweite Antwort ist eine flache Redensart.

Die dritte Antwort besagt, dass bei keiner anderen Regierungsform sich die Opposition so furchtlos melden kann und ferner, dass das Volk als Ganzes weniger leichtfertig mit dem Einzelnen umspringt. Ich glaube, den ersten Teil dieser Antwort sollte man vom Tisch fegen, seit uns die Demokratien der letzten 100 Jahre vorgeführt haben, wie mit furchtlosen Opponenten verfahren wird. Und – wie ist es mit der Rolle des Volkes? Da habe ich eigentlich schon lange genug gelebt, mein eigenes Bild abzurunden. Das genügt.

Oder soll ich hier ein klassisches Beispiel nennen? Darum schließe ich mich Fernau an, der den Tod des Sokrates im Athen des Jahres 399 v. Chr. anführt.
So war es: Sokrates wurde von seinen persönlichen Feinden angeklagt, die Jugend zu verderben. Jeder in der „Demokratie“ Athen wusste, dass genau das nicht zutraf. Sokrates musste sich vor der Volksversammlung verteidigen. Er hielt eine flammende und überzeugende Rede, die bis heute überliefert ist. Mit einer Mehrheit von 30 Stimmen wurde er zum Tode verurteilt. So nahm er den Giftbecher.

Den Unsinnigkeiten und Schandtaten von Alleinherrschern steht eine ebenso lange Kette von Unsinnigkeiten und Schandtaten der Volksmassen gegenüber.
Gibt es einen Ausweg? Nein – nein, aber es gibt mögliche Wege.
Religion? Nein, sie hat seit Anbeginn versagt und verstrickt sich in immer tiefere Widersprüche.
Drei von den angedeuteten Wegen, die Lösungen anbieten, möchte ich nennen: es ist die Erziehung des Menschen auf besseren Wegen und die Schaffung von Beispielen und Leitbildern. Es ist zweitens die Überwindung der Dummheit in ihren gewollten und ungewollten Varianten. Es ist drittens die uneingeschränkte Nutzung und damit die alleinige Nut-

zung der staatlichen Möglichkeiten zur Gewährleistung der Gerechtigkeit.

Ich denke nicht an unser Bildungssystem, ich denke nicht an das verkommene und schändliche Rechtssystem der sogenannten Demokratien von heute. Ich denke nicht an die Politiker von vorgestern, gestern und heute!
Ich denke vor allem daran, dass man die Fehler, die der Mensch in seiner Unwissenheit und Selbstsucht begangen hat, öffentlich macht und ihre Wiederholung verhindert. Könnte ich doch dazu beitragen.

Die unendliche Kette schändlicher Vorgänge in der Geschichte der USA, auf die nicht einmal ein Einfaltspinsel stolz sein dürfte, bringt den Leser beständig in eine solche Situation, Probleme direkt erörtern zu wollen. Das Beispiel „Scheindemokratie USA“ belegt das. Ich möchte darum das Thema „Freiheit“ ein wenig zurückstellen, um auf den nüchternen Problemkreis „Bürgerkrieg in den USA“ einzugehen.

Wer nur den Fernsehknüller „Fackeln im Sturm“ gesehen hat, der hat zwar leidenschaftliche Filmszenen erlebt und lüstern das gegenseitige Schlachten der Helden verfolgen dürfen. Die Geschichte des Bürgerkrieges (vornehm „Sezession“ genannt), die Entfesselung der Instinkte im Amerikanismus mit „Kill and destroy“ – bis heute – hat er nicht verstanden.
In diesem Kriege ging es primär um wirtschaftliche Interessen der Nordstaaten und nicht um die Sklaverei und ihre Abschaffung.
In einem Gespräch mit einem englischen Journalisten sagte Abraham Lincoln: *„Mein höchstes Ziel in diesem Kampf ist die Rettung der Union, nicht der Schutz oder die Vernichtung der Sklaverei. Wenn ich die Einheit retten könnte, ohne einen einzigen Sklaven zu befreien, würde ich es tun.“*

Es ist ein erschütterndes Geständnis, an das sich Amerikaner nicht gern erinnern. Doch ich möchte mich noch einiger Tatsachen erinnern, von denen kein Schulbuch in den USA eine Silbe erwähnt.

Da wäre die Rolle Shermans im Kampf gegen die Südstaaten. Sherman erhielt von Lincoln die ganz präzise Order: Kill and destroy! – Die Parole des jungen Washington im Unabhängigkeitskrieg. Sie war wörtlich gemeint, und der „tüchtigste Feldherr der Union“ nahm sie auch wörtlich. Er begann einen mörderischen Verwüstungszug, der später unter dem Namen „Anakonda“ eine erbärmliche Berühmtheit erlangte.
Zitat aus Shermans Memoiren: *„Ehe wir South Carolina verließen, hatten sich meine Soldaten schon derart daran gewöhnt, alles auf der Marschroute zu zerstören, dass das Haus, in dem sich mein Hauptquartier befand, oft schon brannte, ehe ich es verlassen hatte.“*
Moltke (wir haben hier in Sangerhausen die „Moltkewarte“), der das ja von Europa aus mit ansah, hatte recht (obwohl er ein Deutscher ist), wenn er sagte: *„Das sind keine Soldaten mehr, das ist eine Bande von entfesselten Marodeuren.“*

So war es also: Am 9. April 1865 hisste General Lee die weiße Fahne. In dem kleinen Dorf Appomattox unterzeichnete er die bedingungslose Kapitulation.
Ich darf hier Fernau noch einmal zitieren und mich dem anschließen: *„Herr Professor Felix Salomon schließt seine Geschichte des Sezessionskrieges mit den zu Herzen gehenden Worten: 'Das Werk, für das Lincoln sich eingesetzt hatte, war vollbracht, die Reinheit der Union* (Reinheit, kein Druckfehler), *wie er sie sich wünschte, war gesichert.' Ich muss noch lernen.“*

Ja, die amerikanischen Historiker und Philosophen haben es in sich! An ein weiteres „Exemplar“ sollen mich diese Auf-

zeichnungen erinnern. Der amerikanische Dichter und Philosoph Emerson, 1808–1882, (Bertelsmann, Bd. 3, S. 114) – an den Vornamen muss ich mich wohl nicht erinnern – schrieb über die ungezählten Hessen, Pfälzer und Badener, die nach den napoleonischen Kriegen in die USA auswanderten: *„Die Deutschen sind für die Amerikaner nur dazu da, um den Boden zu düngen. Sie kommen herüber, bestellen Land und legen sich dann hin, um selbst ein Stückchen grünen Rasens zu werden. Das ist ihre Kulturaufgabe für Amerika.“*
Ich wundere mich darüber nicht, weil ich weiß, dass z. B. Goethe und Kant in den USA als „Nobody“ gelten. Hitler, immerhin, steht in einer USA-Liste der einhundert bedeutendsten Weltpersönlichkeiten.

Na dann.
Nun habe ich mich zum großen Schwerpunkt der amerikanischen Geschichte und Gegenwart vorgearbeitet, der Freiheit.

Man kann die Geschichte der USA erörtern – von welchem Standpunkt aus auch immer. Um eines kommt man nicht herum: um die Menschen, denen dieses Land gehört, die Indianer. Spricht man von Freiheit, dann sollte man auch sagen, von wessen Freiheit man spricht. Will man das nicht, dann sollte man besser schweigen.
Siebenmal habe ich jetzt „man“> gesagt. Das reicht!
Ich habe es ja nur zu mir gesagt, pardon!

Ich kann verstehen, dass aufrichtige Menschen immer an die Freiheit der Indianer denken, wenn sie von der Freiheit der Amerikaner sprechen. Aber ich bin mir nicht sicher, inwieweit es die „weißen“ Amerikaner auch so sehen. Ich habe starke Bedenken! Es fällt mir schwer, von Freiheit zu sprechen, wenn ich einen Satz von Fernau lese, der mich so aufwühlt.

Und nun übernehme ich wörtlich jenes Satz- bzw. Gedankengebilde, das erkennen lässt, welche Überwindung es den Verfasser gekostet hat: *„Die Indianer wurden von Gehirnen ausgelöscht, die schon einer mutierten Menschenrasse angehörten. Ich weiß, was in Hellas an Furchterregendem geschah, in Rom, im Mittelalter, in der Inquisition, in der Französischen Revolution, in den Lagern der Engländer, der Russen, der Deutschen, in China, in Spanien, in Abessinien – ich weiß, dass die Menschen misslungene Geschöpfe des Universums sind, dass der Geist der Widersacher der Seele ist, dass wir erbärmliche Töter und Vernichter sind, schlimmer als ein Raubtier.*
*Aber endgültig unheimlich wird der Mensch erst dann, wenn er die Taten ohne Wahn, ohne Rausch, ohne Fahne, ohne Glauben, sogar ohne Hass begeht. Nicht einmal Hass haben sie gefühlt, gar nichts. Sie haben mit der stummen Frage Gottes Auge in Auge gelebt, ohne dass ihr Atem auch nur einmal stockte; ohne überhaupt zu verstehen, was Gott meinte. Keine anderen Völker haben sich Millionen geraubte Neger gekauft und versklavt und in zwei Jahrhunderten eine Million Indianer abgeschlachtet. Wenn es doch wenigstens im Wahn gewesen wäre!“*

Soweit das Fernau-Zitat.
Ich möchte ihm hier nicht den Gedankengang abschneiden und darum auch anfügen, was er nach dem obigen Satz sagt: *„Walt Whitman, one of the greatest poets of America, jubelte: ‘Unsere Vereinigten Staaten sind wie das vollkommenste Gedicht’.“*

Danach bleibt in Fernaus „Halleluja“ eine gute halbe Seite frei, denn das Kapitel XII ist beendet.
So habe ich mir erlaubt, auf den freien Platz mit dickem gelben Markierstift nur ein Wort zu schreiben: Schande.
Es gibt meine Gefühle preis!
Da ich mich gefangen habe, möchte ich noch zwei amerikanische Standpunkte zur „Freiheit“ der Indianer anfügen.

Theodore Roosevelt, der 1906 den Friedensnobelpreis erhielt, sprach die grausamen Worte aus: *„Den Indianern ihre Jagdgründe zu lassen, hätte bedeutet, unseren Kontinent zottigen Wilden zur Verfügung zu stellen; es blieb nur die Alternative, sie auszumerzen."*

Der große Kriegsheld der Amerikaner, Sherman, sprach folgende Worte gelassen aus: *„Je mehr ich diese Roten kennen lerne, desto mehr komme ich zu der Überzeugung, dass sie alle umgebracht werden müssen."*
Das Schlimmste am Ende war: Die Mörder hatten keinen Richter zu fürchten. So konnten sie auch noch die widerlichste Seite zeigen, die der menschliche Geist hervorgebracht hat, den Hohn.
Dazu möchte ich schweigen.
Den Opfern soll damit Ruhe gegeben werden.

Drei Amerikaner, unbeteiligt, sind zu Wort gekommen. Sie sind so unbedeutend, dass man sie vergessen kann.
- Da ist Salomon, der die „Reinheit der Union" rühmt.
- Da ist Emerson, der die „deutsche Kulturaufgabe" sucht.
- Da ist Whitman, der das „vollkommenste Gedicht" gefunden hat.

Den Amerikanern erstand auch ein Philosoph, den sie brauchten. Sie brauchten keinen Aristoteles, keinen Spinoza, keinen Goethe, keinen Hegel, keinen Kant und keinen Schopenhauer. Sie brauchten einen Philosophen, der sie als die neuen Menschen bestätigte. Und dieser Philosoph hieß Wiliam James.
Worin bestand die Lebensphilosophie von James? Er begründete den sogenannten Pragmatismus.
Nun habe ich zwar meine eigene Nase recht tief in das Philosophiestudium gesteckt, doch so treffend und kurz kann nur Fernau den Pragmatismus erklären.

Also: *„Der Pragmatismus von James lehrt, dass nicht das Denken oder die Ethik für die Frage nach der Wahrheit oder dem Wahrheitswert entscheidend sind, sondern allein die Tat, die Handlung (Pragma) und ihr Erfolg. Diese Philosophie lehnt alle Maßstäbe der überkommenen Moralbegriffe oder Bezüge auf Seelisches ab und beruft sich auf den Individualismus des Menschen, 'der sich selbst seine Erfahrungen organisiert'."*

Nun konnte jeder Amerikaner – wie gebildet er auch war – wissen, worauf es ankommt. Ein gelernter Professor gab es schwarz auf weiß. Mit der amerikanischen Tüchtigkeit konnte das unbegrenzte Selbstvertrauen wachsen. Seitdem ist „Erfolg" für sie gleich „Glück".

Und ich weiß nun, dass das Glücksgefühl des Abendlandes dem Amerikaner nicht mehr verständlich ist. Ich weiß vor allem, dass die schillernste Blüte des Jamesschen Pragmatismus die „Freiheit" ist.
So wird die Lossage von der alten Ethik, die Lossage von den gesellschaftlichen Idealen, die Lossage von den Kategorien des Denkens und die Lossage von emotionalen Kategorien zur bunten Verpackung für das Wort „frei".
Ja, ich weiß nun, was Freiheit nicht ist.
Und was ist „Freiheit" im pragmatischen Sinn?
„Freiheit", das ist das Freisein von den Dingen, die mir nicht in den Kram passen!
Fernau sagt: *„Die Benutzung des Wortes Freiheit geschieht fast immer in Form einer Parole, einer Fanfare. Sie hat eine gefährliche Faszination. Es sind meistens Verführer, die sie benutzen, und Dummköpfe, die sie inhalieren."*

So ist das Kapital der Wallstreet so frei, die Regierung zu regieren. (Da ist mir eine hübsche Formulierung gelungen!)

Und ich, der unbedeutende ehemalige Schuldirektor habe gelernt, dass meine Rente, mein Geld, nicht mehr Gutschein sondern Schuldschein an den Superreichtum ist.

Der Missbrauch dessen, was die Amerikaner Freiheit nennen, schwappt über Meere und Kontinente hinweg. Die Gehirne von zwei Generationen, die den Beginn des neuen Jahrtausends meistern sollen, werden in die Irre geleitet.
Ich weiß heute, an der Schwelle und in Sichtweite weltweiter Gefahren für die menschliche Existenz, dass sich auch meine Zeitgenossen diesem Wissen nicht entziehen können.
Aber: Freiheit ist Freiheit.

Was sagte der französische Schriftsteller Montherlant, der 1972 in Paris im Alter von 76 Jahren starb: *„Eine einzelnen Nation, der es gelingt, die Moral, die Qualität des Menschen auf fast der gesamten Erdoberfläche in die Tiefe stürzen zu lassen, das hat es noch nicht gegeben, seit der Globus existiert. Ich klage die Vereinigten Staaten an, im ständigen Zustand des Verbrechens gegen die Menschheit zu sein."*

Der französische Politiker Clemenceau, der einer der Väter des Versailler Vertrages war und dem man Amerikafeindlichkeit nicht vorwerfen kann, sagte kurz vor seinem Tode: „Amerika? das ist die Entwicklung von der Barbarei zur Dekadenz ohne den Umweg über die Kultur."

So will ich nunmehr mit dem letzten Satz noch eine Emotion loswerden.
Seit ich gelesen habe – das sind schon drei oder vier Jahre her – wie Marc Twain sich abfällig über die deutsche Sprache äußerte, muss ich mich immer neu zwingen, amerikanische Begriffe zu lernen.
Und dabei fand ich seine Lausbubengeschichten so wunderbar.

*

Es ist so, liebe Lesestundenfreunde, manche große Brocken liegen zuweilen schwer im Magen, dennoch, wir sollten auch den Nährwert nicht vergessen. Ich mache einen Vorschlag: Wir unternehmen einen kleinen Kururlaub. Wir fahren in das schönste Bad – weit und breit. Und es liegt geradezu vor unserer Nase.
Selbst unser Goethe hat viermal, bis ins hohe Alter, dort sein Wasser getrunken und die warmen Bäder in den Kupferwannen genossen. Er durchstreifte die dichten duftenden Wälder und erfreute sich an den zutraulichen Tieren. Und – nicht zuletzt – er hat als alter und berühmter Gast von einer jungen und schönen Liebe geträumt, einer Liebe, deren Erfüllung ihm versagt blieb. Diese Liebe aber beflügelte ihn zu einem Werk, das noch an diesem Tage unsere Herzen bewegen kann.
Wohin also gehen wir?
Ja, – nach Marienbad, einer Perle der böhmischen Bäder.
Das Ganze nenne ich in Kurzfassung:

## ZWEI KUREN

Leser und Lesergemeinde schwingen sich auf ihren Pegasus, und in der Schnelle eines Blitzes erkennen sie: Jeder Fremde ist ein Freund, du bist ihm nur noch nicht begegnet.
Es ist gut, dass der alte Mann von heute schon damals seine Notizen schrieb, damals, das heißt 1981, und in diesem einundachtziger Sommer bewegen sich meine Gedanken.
Sicherlich ist es gut, einige Aufzeichnungen von jenen Tagen hier vorzulegen, ein paar nur, natürlich, aber sie zeichnen Konturen.

23.6.1981,
8 Uhr: Zwei wichtige Dinge habe ich erledigt; 6.15 Uhr Blutprobe und Urinabgabe und 7.15 Uhr das Frühstück. Letzte-

res war viel zu reichlich. Ich aß zwei Hörnchen mit Konfitüre; Wurst und Butter blieben stehen. Der Kaffee hatte den Vorteil, dass er gut heiß war, aber – Muggefug.

10.30 Uhr: Mein Zimmergenosse Heinz, im normalen Leben Direktor der Futtermittelwerke in Aken an der Elbe, lud mich zu einem Rundgang ein. Er kennt sich hier gut aus, und so sind wir im Kurtempo durch den Park geschlendert, haben Postkarten und den obligatorischen Trinkbecher gekauft. Da ich nach Wochen wieder strahlenden Sonnenschein erlebe, kommt so manches Gute zusammen.
Nach dem Rundgang ging ich zu meinem Termin beim Chefarzt. Er war mir sofort sympathisch, und ich habe das Gefühl, in guten Händen zu sein. Fortan erwarten mich diverse Behandlungen: Rudolfsquelle, Waldquelle, Kohlensäurebäder und andere Bäder, Kurzwellenbestrahlung.
Da werde ich vor lauter verordneter Therapie kaum zur eigenen finden: laufen, wandern, träumen und traumlos und tief schlafen. Ein wichtiger Termin steht fest: morgen und an den folgenden Tagen laufe ich im Morgengrauen durch den Wald, so schnell es die Lungen gestatten. Einen Gleichgesinnten habe ich gefunden. Hans-Joachim, vom Zimmer nebenan, ein junger Kinderarzt, schließt sich mir an. Da ich entschlossen bin, alle Kurmaßnahmen voll auszuschöpfen, dürfte so meiner physischen und psychischen Runderneuerung nichts im Wege stehen.

16 Uhr: Ich erhole mich gerade nach meinem ersten Kohlensäurebad, erquickend, daran könnte ich mich gewöhnen. Ja, der erste Kurtag macht rechtschaffen müde, und dabei habe ich nach 24 Stunden Marienbad noch keinen Schluck des guten Bieres getrunken. Das Essen zum Mittag war übrigens sehr schmackhaft: Roulade mit Reis und Vorsuppe; da fällt das Bremsen nicht leicht.

18 Uhr: Gerade komme ich vom Abendessen, Würstchen auf tschechische Art, Kartoffeln mit Salat, warm versteht sich – und dann Tee und Kuchen. Vor dem Abendessen war ich mit Heinz an der Waldquelle, stark natriumhaltig und „steinerweichend"; dort erlebte ich auch erstmals ein Kurkonzert im Freien. Es war eine Atmosphäre, wie man sie nur unter solchen Umständen antrifft, gelöst, ein wenig sonntäglich feierlich, Trinkgefäße, die langsam und schluckweise geleert werden und natürlich das Musikprogramm, volkstümlich oder klassisch-nostalgisch.
Vielleicht kann man nur unter solchen Umständen die Hast vergessen.

Und dann sah ich in der gepflegten Anlage an der Waldquelle eine aus Stein und Bronze geformte Personengruppe. Einen älteren Herrn mit langem hochgeschlossenen Mantel, ein streng und durch die hohe Stirn klug wirkendes Gesicht; daneben ein junges Mädchen, das durch seine Ebenmäßigkeit und zugleich betonte Einfachheit außergewöhnlich anziehend wirkt; Goethe und Ulrike von Levetzow.
Ich frage mich: haben sie wohl vor 160 Jahren auch so auf das kurierende Publikum des Kurkonzerts geblickt?
Was hat dieser kluge alte Mann jenem jungen Mädchen vorgelesen?
Etwa Szenen aus seinem „Faust", vielleicht in der Erinnerung an Gretchen?
Wir sehen nur das Papier in seiner Hand und wissen es nicht, aber die Welt kennt die Marienbader Elegien, die den Verzicht des endlich begreifenden alten Goethe in bewegende Worte kleiden.

24.6.
12 Uhr: Wenn man nicht weiß, ob man Tagebuch oder einfach nur bestimmte Eindrücke schreiben will, soll man bei

der Niederschrift beides im Auge behalten, wobei ich unter dem Begriff „Tagebuch“ eben nur eine chronologische Berichterstattung verstehe, und ich weiß nicht, ob ich dazu Zeit oder Ausdauer finden kann. Also lasse ich mir ein Hintertürchen offen.

26.6.
Diese verflixten Hintertüren!
Kaum hatte ich das Wort zu Papier gebracht, lotste mein Spezi Heinz mich hinaus zum „Rotkäppchen“ . So heißt das idyllische Waldkaffee, das ich wegen seiner einmalig schönen Lage inzwischen schon dreimal aufgesucht habe, nicht des Kaffees wegen, der kostet 4 Kronen und ist türkisch gebrüht, und das mag ich nicht.
Gestern habe ich nichts geschrieben, obwohl gerade dieser Tag für mich voller schöner Eindrücke war. Es war übrigens ein Solotag, und alles unternahm ich allein. Es nieselte. Meinen Waldlauf dehnte ich auf etwa drei Kilometer aus.
Leergepumpt! Dann suchte ich die Spuren Goethes in Marienbad. Zuerst fand ich eine Tafel im Park unterhalb des Kurheims Kavkaz.

Tschechisch, russisch, lateinisch und französisch wird an den Aufenthalt Goethes in Marienbad erinnert. Ein deutscher Text fehlt, leider!
Da ich das Französische noch am besten übersetzen kann, schrieb ich es auf:

> J. W. Goethe
> Poete et écrivain se journait ici pur le cure
> dans les années 1820, 21, 22 et 1823 et
> afferminait les rélation amicales avec les hommes
> de science et écrivains tcheques.
> Son monument fut enlevé par les
> autorites d‘occupation allemandes.

Der Hinweis im obigen Text, dass die deutschen Okkupanten das Goethmonument entführt haben, würde manchen Menschen deutscher Zunge nachdenklich stimmen können. Aber die meisten können es nicht lesen.

In Sichtweite dieser mühsam von mir entzifferten Tafel steht das Goethehaus.
Ein stattliches und schönes Haus in einer sehr günstigen Lage. Goethe hat es zur Kreuzquelle, die er meines Wissens nach aufsuchte, nicht weit gehabt. Da dem flüchtigen Passanten, der des Tschechischen nicht mächtig ist, nur das Wort „Museum" lesbar wird, wird er schwerlich erkennen, dass dieses Haus einst viele Jahre zu bestimmten Zeiten den alternden Goethe aufnahm.
Ich ging langsam durch die fünf Räume, in denen er wohnte, sah sein Bett in einem Zimmer von vielleicht zwei Meter Breite und vier Meter Länge, sah seinen Schreibtisch, an dem er des Morgens arbeitete.
Alles ist sorgfältig gepflegt, und dazu wurden Dokumente und Bilder gesammelt, die helfen, den Eindruck zu vervollkommnen. Hier darf ich nicht versäumen hinzuzufügen, dass mir, dem einzigen deutschen Besucher an diesem Vormittage, ein Band mit deutschem Text vorgespielt wurde. Zu erwähnen ist schließlich, dass die Goethegedenkstätte nur ein Teil des Museums ist, das sich Marienbad im engeren und weiteren Sinne widmet.

Da ich am Nachmittag mich zur obligatorischen Trinkkur wieder an der Waldquelle einfand, konnte ich an den Statuen Ulrikes und Goethes meinen Kreis schließen.

Ich bin überzeugt, vieles würde der sachkundige Goethesucher mehr zutage bringen, aber, was soll's, ich bin hier nur ein Kurgast mit zeitweiligen Goethe-Ambitionen.

Der Tag endete wie er begann. Nach dem Abendessen unterzog ich mich einer physisch harten Belastung, freiwillig und ohne Zeugen, versteht sich. Ich erklomm den gleich hinter dem Hause beginnenden dichtbewaldeten Steilhang. Nach einer guten halben Stunde war ich oben und zog dann in einer weiten Schleife, immer durch den Wald gehend, wieder in Marienbad ein.
Gute anderthalb Stunden. Damit war mein ärztlich verordnetes Laufpensum getreulich übererfüllt.

Den nächsten Tag, zwischen Mittagessen und „Waldquelle" wanderte – oder besser – marschierte ich zu zwei beliebten im Walde liegenden und einige Kilometer über Berg und Tal entfernten Ausflugszielen, dem „Rübezahl" (oder Krakonoz) und dem „Rotkäppchen".
Hier mag Goethe mit Ulrike gesessen haben, wer weiß das schon. Mit Sicherheit aber weiß ich, dass ich für meinen türkischen Kaffee vier Kronen bezahlt habe.
Viel Geld für einen Kurgast mit engem Umtauschlimit. Aber, was soll's, der Wald um und bis Marienbad ist nicht einfach eine Ansammlung von gut durchforsteten Bäumen, er ist ein Paradies für den Wanderer, der die Schönheit der Natur und die Einsamkeit sucht.

30.6.
Ist das ein trüber und kalter Tag heute. Dabei stürmte es heut' Nacht. Man könnte meinen, es sei Oktober. Da verspüren Heinz und ich wenig Lust zum Wandern. Das Gute dabei ist, dass ich doch noch zum Schreiben komme. Es ist aber schwierig rückblickend zu sagen, dieses habe ich gestern, jenes vorgestern getan. Jedenfalls habe ich gestern Großeinkauf gehabt. Schmuck für Gerda, Zirkelbesteck für Andi und andere Kleinigkeiten. Damit habe ich mein Tageslimit von 30 Kronen weit überschritten. Vielleicht kann ich noch etwas Geld umtauschen.

Am Nachmittag gestern waren wir zu viert am Nimrod. Es war kühl und etwas windig. Aber es war eine wahrhaft schöne Wanderung, die nur durch den Wald führte, Mischwald, dann Fichten und Tannen und wieder Misch- und Laubwald.
Wir kamen, immer leicht bergauf gehend, an einem Stausee vorbei, eingezäunt, so dass man nicht ans Ufer treten konnte, vermutlich für Trinkwasser bestimmt.
Wir sind eine lustige, aufgeschlossene kleine Kleeblattgruppe, die mit offenen Augen die Natur genießt.
Einer sagte: „Ich sehe keine Natur, hier gibt es nur Wald!"

Im Nimrod, den ich nicht fotografiert habe, weil er ringsum von einem Baugerüst umgeben ist, gab es vier Sorten Kaffee. Ich entschied mich für Wiener Kaffee, obwohl ich nicht wusste, was man hier darunter versteht. Es waren große Gläser mit sehr heißem Kaffee auf ganz feinem Satz und obenauf ein Berg ungesüßter Sahne. Er schmeckte mir gut. Sicher werde ich nicht nur wegen der herrlichen Natur mit Wald die sechs Kilometer – eine Tour sechs Kilometer – wiederholen.
Am Abend, vor dem Schlafengehen gab es eine Neuerung: Abendwaldlauf mit Hans-Joachim. Nach 20 Minuten waren wir wieder zurück. Dusch – und dann ins Bett. Natürlich: 22 Uhr war bei uns niemand mehr munter. Vor dem Einschlafen trank ich einen Liter (!) Kreuzquelle. Es hat nicht geholfen, ich schleppe weiterhin alles mit mir herum.

Beim Betreten des Behandlungstraktes oder Badebereichs mit den verschiedenen Wasserwirkungsmitteln, oder wie man es auch immer nennen mag, bekommt man von einer Badefrau ein blütenweißes, etwa zwei Meter langes Leinentuch und einen Bügel. Dann zieht man sich aus, bis es nicht mehr weitergeht und übergibt selbiger Badefrau alle Bekleidungsstücke. Es ist hier schnell erkennbar, dass es ratsam ist, Tasche oder Netz für Unterwäsche usw. mitzubringen. Wie ein Römer mit weißer

Toga oder wie ein Beduine mit Fez und Bauchwickel marschiert man dann durch den weiträumigen Badebereich und sucht den zugeordneten Bademeister auf, der die, wie man so schön sagt, Prozeduren vornimmt. Etwa sechs oder acht weißbehoste und mit weißem Turnhemd tätige Bademeister oder Masseure übernehmen dann die Kurkarte und die Marke, die man bei der Abgabe der Bekleidung erhalten hat.

In einer weitläufigen Halle, die ihr Licht von oben erhält, durch große Deckenfenster, befindet sich in der Mitte ein 40 bis 60 Quadratmeter großes und grüngefliestes Bassin, und die Wassertemperatur beträgt so etwa 32 bis 35 Grad Celsius. Dieses Bassin besteigt man dann nach einer heißen Dusche, versteht sich, um hier in die Warteposition zu gehen. Ach, ist das schön. Manchmal halten sich hier drei oder vier aber auch zehn oder fünfzehn dicke, bauchfaltige, schlanke, knochige, junge, alte und zumeist schweigende Herren auf. Und – eine zwei Meter hohe Wand trennt diesen Teil der Halle von der Damenabteilung, in der alles wohl genauso aussieht bzw. vor sich geht, wovon ich mich aber leider oder Gott sei Dank noch nicht überzeugen konnte. Also, wie gesagt, in diesem Becken tummelt man sich in Warteposition. Ich warte hier nie länger als drei bis fünf Minuten, um dann vom Bademeister durch eine Doppeltür in einen Raum geschickt zu werden, dessen Länge und Breite man nicht angeben kann, weil man die Wände nicht sieht. Auch mir, als hartgesottenem Sauna-Dauerbesucher, verschlägt es im ersten Augenblick den Atem. Alles zischt und brodelt und wallt. Der heiße Wasserdampf nimmt jede Sicht. Die Temperatur beträgt etwa 80 bis 95 Grad Celsius. An den Seiten ertastet man durchgehende Holzpritschen, auf die man sich vorsichtig setzt.
Wer hat schon Lederhaut am Hintern? Als ich beim ersten Dampfbad nach etwa fünf Minuten im dichten Nebel die Tür suchte, ertastete ich das Ventil einer Brause. Das herrlich

kalte Wasser wirkte wie hunderttausend Nadelstiche, aber es war köstlich. Jetzt bleibe ich etwa zehn Minuten in der Dampf-Folterkammer oder besser dem Altmänner-Restaurierungs- und Belebungsseparee, um dann, nach entsprechender Dusche, wieder im Bassin auf Warteposition zu gehen. Im Allgemeinen warte ich nun zehn Minuten, dann holt mich mein Bademeister, Herr Jehneh, zur nächsten Behandlung, die den Höhepunkt darstellt. Der Raum ist allseitig gekachelt, nur eine Seite ist offen, dort stehen zwei Geräte, die man treffend als Wasserwerfer bezeichnen muss. Mit 5 atü prasselt der warme Wasserstrahl auf den Körper, von der Hand des Bademeisters gesteuert. Dann mischt er einen anderen hinein, einen kalten Strahl, da fällt es nicht leicht, keine Miene zu verziehen. Von allen Seiten, achtern, vorn, backbord, steuerbord, wird der Körper so behandelt. Nach fünf Minuten ist die Prozedur geschafft, man kann sich noch mal im Wasser tummeln oder ausruhen und anziehen.
Wer anschließend nicht gut schläft, ist selbst schuld.

8.7.
Gestern war ein Kurtag, wie ich ihn mir wünsche. Körper und Geist erhielten ihren Teil. Gegen sechs Uhr war ich schon auf den Beinen. Es ist schön, Toilette zu machen und nicht unter Zeitdruck zu stehen.

Halb sieben war ich an der Waldquelle und trank zwei Becher dieses wichtigen Nass. Seltsam, wenn man nicht durstig ist und trinken soll, dann möchte man meinen, es quillt aus den Ohren heraus. Nach dem Frühstück, das mir hier die liebste Mahlzeit ist, ging ich ins „Neue Bad“.

Dann, neun Uhr, meine Wasserprozedur. Jesdesmal für mich ein hoher Genuss, ja, ich genieße diese Prozedur. Sauna, auf türkische Art, warmes Bassin, Spritzbehandlung heiß und kalt und – Ruhe. Eine Stunde ist da immer das Mindeste. Dann der Gang durch den Park „nach Hause“ ins Svoboda.

Nach 10 Uhr saß ich mit Heinz auf einer Parkbank unweit des Hauses, Heinz las seinen Brief von zu Hause, und ich sann nach und schrieb.
Ja, ich schrieb mein erstes Gedicht, und ich konnte mich von diesem Gedanken nicht trennen.
Hier ist es:

## ABSCHIED VON MARIENBAD

Ein letztes Mal zog mich in Bann
Der Park, wo Goethe und Ulrike stehn.
Steil stieg ich dann den Berg hinan,
Die Stadt im Abenddämmerschein zu sehn.

Zum Abschiednehmen, diese Stund',
Dem Pfad, verschlungen, folgt' ich ganz allein.
Da gab der dunkle Buchengrund
Den Blick mir frei ins weite Tal hinein.

Sah tausend Lichter vor mir glühn,
Die Nacht, die weich sich hingab, dunkler Hauch.
Ich schloss die Augen, um zu fliehen,
Die Schatten, die mich drängten, finstrer Rauch.

Da sah ich Freunde, überall.
Der Abend schenkte mir ein langes Glück.
Ich dank' euch Lieben, ohne Zahl,
Mein Herz lass ich in diesem Tal zurück.

geschrieben im Juli 1981 in Marienbad

Nach dem Essen waren Heinz und ich wieder an der Waldquelle. Eigentlich sollten wir zu dieser Zeit aus der Rudolfsquelle trinken, aber uns zog es zum Kurkonzert an die Waldquelle. Ich habe versucht, das farbenprächtige Bild auf Dias zu bannen und hoffe, dass es mir gelungen ist.

Direkt nach dem Mittagessen, gegen 12.15 Uhr, brachen wir, neun wanderfeste und wanderwillige Kurgäste aus der DDR, auf, um zum „Goetheblick" zu gelangen. Für eine Tour rechnet man gut acht Kilometer, und, da wir auf dem Rückweg einen etwas weiteren Weg wählten, mögen es mehr als 18 Kilometer gewesen sein. Das Wetter war richtig zum Wandern, Sonnenschein, nur hin und wieder ein paar Wolken und ein leichter Wind. Wir stiegen fast immer bergan. In weniger als zwei Stunden, ohne Rast, waren wir am Ziel.

Die Spitze des 846 Meter hohen Berges bilden einige imposante Felsen, zwischen denen Gebüsch und ein paar Bäume niedrigen Wuchses wuchern. Schmale Stufen, mit einem niedrigen Geländer flankiert, führen nach oben auf ein unebenes Plateau, das zwei bis fünf Meter breit ist und sich über zwei Dutzend Meter erstreckt. Der Ausblick wirkte auf mich überwältigend. Der Blick reicht bis zum Bayrischen Wald im Westen, und Wälder, kleine Seen und Dörfer erscheinen wie im Spielzeugland. Ich machte eine Reihe Aufnahmen, doch fürchte ich, dass die Fernsichtaufnahmen nicht klar genug kommen werden, da es doch ein wenig diesig war. Lange genoss ich den Zauber dieses Ortes, die Sicht.
Ich weiß nicht sicher, ob Goethe hier oben gesessen hat, aber ich kann es mir vorstellen.

Dann traten wir den Heimweg an. Wir waren doch tüchtig geschafft und durstig.

In einem Dorf, unweit des Golfplatzes, den wir tangierten, machten wir Rast. Die meisten tranken Bier. Ich trank eine Tasse Kaffee, der Kalorien wegen. Pünktlich zur abendlichen Quelle und zum Abendessen waren wir wieder im Svoboda.

Übrigens, einige Tage zuvor entdeckte ich durch Zufall mitten im Wald, hoch über der Stadt an einem schmalen Wanderweg gelegen, einen übermannshohen Gedenkstein, dessen Inschrift mitteilt, dass Goethe hier gesessen habe, um die idyllische Stadt zu betrachten. Man könnte hier einen weiten Ausblick haben, aber die derzeit dicht und hoch aufgewachsenen Buchen versperren den Blick. Trotz des Dämmerlichtes habe ich einige Aufnahmen versucht.

Soweit die Aufzeichnungen!
Ich weiß heute nicht mehr genau, wann die Kur beendet war. Aber ich kann mich erinnern, dass ich an meinem Geburtstag noch in Marienbad war. Meine Familie fehlte mir besonders. Wenn jemand, der an die Nestwärme gewöhnt ist, an einem solchen Tag alleine ist, dann bedrückt das. Aber, eine gute Erinnerung an diesen Tag habe ich behalten.
Als ich zum Frühstück meinen Platz aufsuchte, fand ich auf dem Tisch einen so großen und wunderschönen Feldblumenstrauß vor, wie ich ihn zuvor noch nie zu Gesicht bekommen habe.

Ich war nicht allein. –

Einen halben Satz meiner Aufzeichnungen habe ich bis hierher nicht erwähnt.
„Heute bei Goethe gewesen – in guter Gesellschaft."
– und ein Datum dazu fehlt.

Gegenwärtig, der März 2007 geht dem Ende entgegen, darf ich die obige kleine Notiz ein wenig kommentieren. Ja, ich tue es meiner Erinnerung und meinen Gedanken zuliebe. Mein Denken erhellt jene Minuten, die gemeint sind mit der Notiz: „Heute bei Goethe gewesen – in guter Gesellschaft", und wie ein Famulus möchte ich auf Goethe bezogen konstatieren: „Mit Euch, Herr Doktor, zu spazieren, ist ehrenvoll und ist Gewinn."

Wir, das unbekannte Kleeblatt von DDR-Patienten im Kurhotel Svoboda schlenderten in der Nähe der Waldquelle durch den Park und blieben bei Goethe und Ulrike stehen. Wie es eigentlich kam, ich kann es nicht mehr berichten. Neben den überlebensgroßen Gestalten stehend, rief ich den anderen etwas zu; vielleicht etwa so: „Nun möchte ich mal sagen, was Goethe hier aus seinem Buche vorlesen könnte." Heute aber bin ich sicher, ich weiß, was ich zitiert habe. Ich glaube, es war wie ein Rausch, ein Fieber. Es war eine Ergriffenheit in mir. Mir war, als stünde ich vor meinem kleinen Schülerkreis an meiner Schule. Nein, ich sah keine Gesichter, ich sah nur das dunkle Grün der Bäume. Ich fühlte etwas, was ich so nicht kannte, was ich vorher, aber auch später so nicht erleben durfte. Es war eine glückliche Stunde, und die Erinnerung erwärmt mich. Lasst euch verraten, was mich erfüllte und für ein paar Minuten in den Olymp eines Dichterfürsten versetzte.
Es waren diese Verse der „Zueignung", die Goethe seinem „Faust" voranstellt.

> Ihr naht euch wieder, schwankende Gestalten,
> die früh sich einst dem trüben Blick gezeigt.
> Versuch' ich wohl, euch diesmal festzuhalten?
> Fühl' ich mein Herz noch jenem Wahn geneigt?
> Ihr drängt euch zu! Nun gut, so mögt ihr walten,
> wie ihr aus Dunst und Nebel um mich steigt;
> mein Busen fühlt sich jugendlich erschüttert
> vom Zauberhauch, der euren Zug umwittert.

Ihr bringt mit euch die Bilder froher Tage,
und manche liebe Schatten steigen auf;
gleich einer alten halbverklungnen Sage
kommt erste Lieb' und Freundschaft mit herauf;
der Schmerz wird neu, es wiederholt die Klage
des Lebens labyrinthisch irren Lauf
und nennt die Guten, die, um schöne Stunden
vom Glück getäuscht, vor mir hinweggeschwunden.

Sie hören nicht die folgenden Gesänge,
die Seelen, denen ich die ersten sang;
zerstoben ist das freundliche Gedränge,
verklungen, ach! der erste Widerklang.
Mein Leid ertönt der unbekannten Menge,
ihr Beifall selbst macht meinem Herzen bang,
und was sich sonst an meinem Lied erfreue,
wenn es noch lebt, irrt in der Welt zerstreuet.

Und mich ergreift ein längst entwöhntes Sehnen
Nach jenem stillen, ernsten Geisterreich,
es schwebe nun in unbestimmten Tönen
mein lispelnd Lied, der Äolsharfe gleich,
ein Schauer fasst mich, Träne folgt den Tränen,
das strenge Herz, es fühlt sich mild und weich;
was ich besitze, seh' ich wie im Weiten,
und was verschwand, wird mir zu Wirklichkeiten.

Diese Szene im Park an der Waldquelle in Marienbad erscheint mir heute wie ein Märchentraum. Als ich mich zurückfand, standen nicht meine drei Freunde um mich. Es müssen einige Dutzend Menschen gewesen sein, die dem unbekannten kleinen Freund des großen Goethe ihren Beifall bekundeten. Und doch: diese Minuten wurden eine Sternstunde für mich.

*

Die zweite Kur, um die meine Gedanken kreisen, erlebte ich ein viertel Jahrhundert später, und sie war so still und schön, dass sie mir allein darum unvergesslich bleibt. In den Gedanken nenne sie einfach nur „meine Graugans“.

Mein Reiseziel war das reizvolle Bad Meinberg, und nur vom Namen her konnte ich dazu etwas sagen.
Hier, irgendwo in den dichten und hohen Wäldern dieses schönen Landes haben sich einst die Römer und Germanen gegenseitig auf die Köpfe und Schilde geschlagen. Nur Denkmale und Geschichtsbücher künden davon, und an den Ufern der kleinen Werre zogen einst die Truppen Napoleons nach Osten. Viele Franzosen und Deutsche tränkten hier ihre Pferde. Nur wenige sind auf dem Rückweg über den kleinen Fluss gezogen. Sie hatten nur ein Ziel: Sie wollten nach Hause. Hier, unweit der Werre stand vor drei oder vier Generationen ein großer weiträumiger Bauernhof. Seine Bewohner nahmen ihr Bad im Fluss, sie waren fleißig und sparsam, und es gibt Menschen und Bilder, die davon Zeugnis geben. Hier, an dieser Stelle steht heute ein großes gastfreundliches Haus, und ich sitze auf einem seiner Balkone und blicke in den hellen Herbstmorgen.

Die Werre, die hier vorüberfließt, wird zu einem kleinen See angestaut. Er liegt in einem Park, der den Menschen Gelassenheit und Ruhe schenken soll, und ich habe den Wunsch, hier mit meinen Gedanken zur Ruhe zu gelangen.

Es gibt Geschichten, die sind so unbedeutend, weil niemand darin umgebracht wird, weil kein Blut fließt und auch keine Autobremsen kreischen. Es sind Geschichten, die man liest, ohne Albträume fürchten zu müssen. Es sind leise Gedanken, die vielleicht geeignet sind, eine zärtliche Saite in uns schwingen zu lassen. Und – siehst du, eine solche Geschichte soll das hier sein. Ich wünsche mir, dass ich dich bewegen kann, mich ein Viertelstündchen zu begleiten.

Die Bäume und Büsche geben mir den Blick frei auf einen kleinen Abschnitt des Sees. Ich bin großzügig, wenn ich den Begriff See verwende, denn eigentlich ist es ein großer Teich, und zwar ein solcher, der lieblicher und beredsamer sein kann als die gierigen und sturmbewegten Seen und Meere. Mein Teich, so darf ich ihn traulich nennen, ist keine dreihundert Meter lang und kaum achtzig Meter breit. Dennoch, ich kann nur einen schmalen Streifen einblicken, denn die vom Herbst gefärbten Büsche und Bäume verwöhnen mit Farben die Augen. Jenseits meines kleinen Teiches, der für ein paar Wochen mein Weltmeer ist, erkenne ich die Fenster, Dächer und Kamine fremder Häuser. Den goldenen Herbst gibt es nicht nur auf Farbpostkarten und in Gedichten. Ich erlebe ihn jetzt, und ich gehe durch den Garten mit seinem gepflegten Rasen. Ein kleiner Springbrunnen, der in drei Etagen das Wasser herabrieseln lässt, erweckt meine Aufmerksamkeit.
Eine Amselpärchen fliegt ein und nimmt ein Familienbad. Er, im tiefschwarzen Federkleid, spreizt sich und schlägt mit den Flügeln. Mit dem Schnäbelchen hilft er nach. Das Wasser spritzt nach allen Seiten, und er scheint kein Ende zu finden. Sie, das Amselweibchen, ordnet ihr unscheinbar graues Gefieder und pickt zwischendurch nach Nahrung, als wollte sie sagen: „Sei doch nicht so eitel und komm nun endlich aus dem Wasser, jetzt bin ich an der Reihe."

Wenige Meter weiter sehe ich einen Baum mit einer für mich ungewöhnlichen Blätterpracht. Es ist eine Wildkirsche, und die großen Blätter haben eine so unterschiedliche Rotfärbung, dass man denken könnte, dass rot die Grundfarbe der Blätter sei. Den Hinterausgang nehme ich durch eine breite Eisengattertür zum Kiesweg, der den See umrundet. Auf den vie-

len Bänken, strahlendweiß, liegen bunte Blätter, die der Herbstwind sorgfältig abgelegt hat, als sollte man sie willkürlich nicht bewegen. So manche langsame Runde habe ich dem See gegönnt – und mir, natürlich. Es beglückt mich, nicht ein einziges Mal auf die Uhr geschaut zu haben und die Schritte nicht zu zählen. Ja, es ist schön, Zeit zu haben – um Zeit zu haben.
Was sind das alles für Bäume und Sträucher? frage ich mich und weiß im Augenblick, dass ich über eine Lücke springen muss, eine Bildungslücke. Warum aber sollte ich mich genieren, da und dort zu fragen?
Die Ufer meines lieben Teiches sind ein Universum. Da fallen mir die Birken ins Auge, die direkt am Wasser stehen. Sie müssen wohl siebzig Jahre alt sein – oder mehr? Einige Weiden wuchten sich weit in den Himmel und laden ihre Zweige breit aus. Die Buchen und der Ahorn schämen sich ihrer Nachbarschaft nicht. Das hier ist eine Eiche, wie ein Urbild, und mir fällt eine kleine Begebenheit dazu ein. Als Ulli in der Schule gefragt wurde, welche Eichenarten er kenne, gab er zur Antwort, dass ihm nur eine „deutsche Eiche" bekannt sei. Damit hatte er wohl die Lacher auf seiner Seite.

So gehe ich weiter, und oft ist es mir nach wenigen Metern als öffne sich ein neuer schöner Ausblick, den die Seele saugen könne, wie die Lippen und der Gaumen das Quellwasser im Kurhaus. Nun bin ich beruhigt, da ist eine Linde. Sie erinnert mich nicht nur an ein schönes Volkslied sondern auch daran, dass ich als Kind unter drei mächtigen Linden meine ersten Schritte getan habe. Und hier: Auch die Tanne, die Fichte und die Kiefer sind würdig, im Rund meines Sees ihre Nadeln zu zeigen.
Nun aber gestatte ich mir, im langsamen Gehen eine Pause einzulegen, so, als müsste ich mich vom Ausruhen ausruhen. Diese Bank, die von zwei Eiben eingerahmt wird, steht einla-

dend leer. Es müssen mehr als vier Meter sein, die diese vollen Büsche emporgestiegen sind. Wie viele herrliche rote Beeren mögen sie im Frühling den Vögeln als köstliche Nahrung geboten haben? Da kommt mir ein Gedanke, und ich muss unwillkürlich lächeln. Wie wäre es, stünde ich auf, um das zu tun, was ich gestern zur Entspannung gelernt habe, die chinesischen Übungen des Tai Tschi. Ganz sicher, es gäbe einen totalen Reinfall und ein paar mitleidvoll lächelnde Zuschauer dazu. Ich nehme mir vor, die Übungen zu lernen und an deren Ausführung immer wieder zu feilen. Mir ist, als stünde die junge Therapeutin hier am See und bewegte ihre Arme und Hände, ihre Beine und Füße anmutig und elegant, langsam, förmlich schwebend im Tai Tschi. Dieser Ästhetik kann man sich nicht entziehen. Da kommt man im Denken zum Schwärmen.
Ich blicke über den See – niemand bewegt sich im Tai Tschi. An mir vorüber zieht eine lebendige Flotte von Wildenten. Sie sind im Schwarm und Einzelgänger zugleich. Ich glaube, dass es weit über fünfzig Enten sind, im vollen Winterfederkleid, die auf dem Wasser quirlen, ihre Runden ziehen und sich immer wieder auf die Brotbrocken stürzen, die ihnen zugeworfen werden. Die Menschen beachten die Warnhinweise nicht, und warum sollten es die Enten tun? Immer wieder möchte ich ihnen mit den Blicken folgen. Der Enterich oder das Erpelchen, wie ich immer sage, trägt ein scheinbar eitles Federkleid. Der Hals und das Köpfchen schimmern dunkelgrün und eine schmale weiße Halskette leitet den Übergang zum Rückengefieder ein. Längs des Rückens zieht sich ein dunkler Streifen, gerade wie eine Hosennaht, und die Flügel sind hellgrau bis dunkelgrau gezeichnet. Besonders auffallend scheinen die weißen Schwanzspitzen, die schwarz abgesetzt sind. Und das Entchen? Sein Kleidchen ist in einem unterschiedlichen Grau gehalten. Es ist angenehm und schlicht, schön zu betrachten, und bitte, meine lieben Mit-

menschen, kommt nicht auf den Gedanken, Vergleiche zum Menschengeschlecht anstellen zu wollen. Ich glaube, das geht gründlich schief. Oder vielleicht nicht?

Auf den Wegen um den See ist es ruhig geworden. Der Tag kommt in die allgemeine Fütterungsstunde, und der Hunger ist ein guter Koch. Das sagte schon meine Mutter, und sie hatte sechs Söhne. Mein Blick löst sich nicht vom Wasser, denn ich beobachte das zärtliche Liebesspiel der Enten. Etwa zwanzig Meter vom Ufer entfernt sehe ich das Entenpaar. Ruhig schwimmen sie, einander zugewandt. Sie nicken mit den Köpfchen und mir ist, als geschähe das im Takt.
Warum wohl sollte ich hier banal die Minuten zählen? Dann, bevor ich es eigentlich richtig wahrnehmen kann, sehe ich für Sekunden nur noch ein Entchen. Jetzt endlich taucht die andere auf, reckt den Hals mit dem Schnabel nach oben und schlägt wiederholt mit beiden Flügeln. Das Erpelchen indessen zieht einen Kreis um seinen Liebling, vollendet exakt, vielleicht in zwei Meter Entfernung von seiner Partnerin.

Ich gestehe, mir war, als wollte mir die Natur ihre kleinen Wunder zeigen. Derweil aber schwamm das kleine Paar in Kiellinie davon.

Habe ich denn von den Schwänen noch nichts gesagt? Pardon, meine Lieben.
Es gibt nur ein Paar auf diesem kleinen Weltmeer im Kurpark. Ich gebrauche ein großes Wort für diesen lieblichen Teich. Die beiden Schwäne verdienen meinen bescheidenen Lobgesang. Es geht mir nicht um das schöne majestätische Bild, das sie abgeben. Es gibt etwas, das die Schwäne liebenswert von uns Menschen unterscheidet. Ein Schwanenpaar hält sich ein Leben lang die Treue. Vielleicht sind sie auch darum so schön anzusehen. Ich kann sie nur am geringen Größenun-

terschied erkennen. Mir scheint, es ist mir gelungen, mich mit ihnen anzufreunden. Gefüttert habe ich sie nicht, nein, immer wieder habe ich mit ihnen gesprochen. Vielleicht haben sie meine Stimmlage gemocht. Wie soll ich es mir erklären? Ich habe sie gerufen, und sie kamen.

Nun spreche ich von meiner Prinzessin. Es ist eine Graugans, die einzige Graugans, die am und auf dem See wohnt. Niemand weiß genau, wann sie kam und woher. Sie war da, und ich gewann ihr Vertrauen. Sie hatte ein großes Herz. Hin und wieder bot ich ihr saftiges Grün auf der Hand. Sie nahm es gern. Außerdem hätte sie gern noch meinen Zeigefinger und meinen Daumen genommen. Oder war es nur ein Spiel? Nun, da ich nicht mehr dort bin, sorge ich mich um sie. Muss sie am Ende für ihr Vertrauen, das sie den Menschen geschenkt hat, mit ihrem Leben bezahlen?
Bitte, liebe Menschen, seid auch lieb zu meiner Prinzessin.

Ich muss meinen Mittagsbericht noch zum guten Ende bringen. Ich mache es gern, zumal ich nicht weiß, wer, außer den Tieren, noch mein Zeuge ist.

Auf dem Rückweg, hinauf auf meinen Balkon, stand ich am Hintereingang und blickte auf den See. Da kam sie auf mich zu, meine Prinzessin, ich weiß nicht, ob gelaufen oder geflogen. Sie stand vor mir. Ich habe ihr das schönste Grünzeug geboten, das ich in der Eile finden konnte. Wer drängte sich in diesem Augenblick nach vorn? Natürlich, Familie Schwan. Er voran. Die leisen Töne, die er von sich gab, es klang wie ein vertrauliches Grunzen, waren unmissverständlich: „... tritt zur Seite, Gans!“ So geschah es.
Was sollte ich tun? Darf ein Mensch seine Zuwendung teilen? Ich habe es nicht getan, und als ich mich am Tage vor meiner Abreise von meinen Freunden verabschiedete, war mir,

als sagten meine Schwäne: „Mach's gut, alter Mann!“ und meine Gans flüsterte: „Vergiss deine Prinzessin nicht!“
Ja, so war es wohl. Doch leider kenne ich die Sprache der Tiere noch zu wenig. Sie können auch etwas anderes gesagt haben. Wer weiß es denn?

Meine Lesestunde hat wieder ebene Bahnen und weite Sicht gewonnen.
Es ist der richtige Augenblick gekommen, ein paar neue Positionen zu bestimmen.
Etwas darf in einer Lesestunde nicht fehlen.
Nun werden sie fragen: Was denn, was darf nicht fehlen?
Und das genau ist mein Problem.

Die Gedanken eines alten Mannes gehen oft seltsame Wege, sie wandern durch gefährliche Sümpfe und drohen im Sand unbekannter Gedankenwüsten zu verdursten. Und in welcher Wildnis versinken seine Gedanken? Wo, vielleicht, verfällt er einer Traumspiegelung auf dem Wasser?
Ich suche nach der treffenden Bezeichnung, dem richtigen Namen, der passenden Umschreibung, der unverwechselbaren Deutung, der gefälligen Einordnung, dem klaren Wort, dem leisen Fragezeichen, dem unmissverständlichen Empörungsschrei.

So einfach also ist das alles, und ich will sagen, was für diese Stunde fehlt.
Es ist die Kompostecke, in der Gedanken abgelegt werden dürfen, damit sie gären und reifen können. Sie sollen neuen fruchtbaren Boden bilden und für eine neue Saat zur Verfügung stehen.

Ihr Leute, lasst mich damit beginnen, auf dumme Fragen kluge Antworten zu geben – oder sollte ich besser sagen, einige Versuche auf kluge Fragen dumme Antworten zu geben? Ich sage es so:

## EINIGE VERSUCHE,

in den Köpfen der Menschen etwas zu bewegen.
Also, wer sich schon die Mühe macht, das Folgende zu lesen, der soll getrost selbst entscheiden, was ich angerichtet habe, wenn er nur findet, dass die Wahrheit des Einen nicht auch die Wahrheit für den Anderen zu sein hat.

Nun denn!

Wie komme ich dazu, dieses Frage-und-Antwort-Spiel zu versuchen?
Einfach darum, weil ich erlebe, dass der Informations- und Berieselungsinhalt für jeden einzelnen Menschen um mich her, jung oder alt, immer mehr anwächst, während andererseits das Bildungsniveau ständig tiefer sinkt. Das heißt in meiner lieben Muttersprache: die Menschen werden dümmer, und es hängt damit zusammen, dass die Kulturlosigkeit des Einflusses auf die Menschen immer gravierender wird. Und natürlich fühlen sich diejenigen, die das zu verantworten haben, in keiner Weise verantwortlich. Das ist eben die angewandte Kultur. Das Tragische an dieser Geschichte ist, dass die „Freiheit zur Verdummung“ keine Grenzen kennt, um einen Begriff von Schorlemmer zu verwenden.

Die Demokratie ist käuflich und steht allen zur Verfügung, auch denen, die sie nur missbrauchen wollen. Das hat schon Sokrates vor 2400 Jahren erfahren, und der hatte keine amerikanische Umerziehung hinter sich. Recht kann man kaufen und verkaufen. Man muss nicht Anwalt sein, um das zu wissen. Das hat man zu wissen, weil das Leben es gelehrt hat. Wer hat je erlebt, dass ein Rechtsanwalt auch ein Anwalt der Gerechtigkeit ist? Immerhin: Richter sind auch Anwälte, die Besten, wie man weiß. Schließlich gibt es für den Zweifel auch Gutachter.

Aber leider:
Auch ein Gutachter wird nicht selten zum „guten Schlechtachter“, wie uns die Praxis lehrt. Das Gesetz muss erfüllt werden. Letztendlich schützt das Gesetz auch den Richter.

Schlusssatz: Dummheit wird verkauft, ein hoher Gewinn springt heraus, und die Mafia der Verdummer ist mächtig.

Und noch eine Schlussfolgerung: Es kann nicht schaden, darüber nachzudenken, wie man sich der von mir beklagten Berieselung entgegenstellt.

Nächste Frage:
Wie steht es um den Segen der Zvilisation?

Ich kam auf diese Fragestellung über den schwedischen Schriftsteller August Strindberg, der gesagt hat: *„Jeder Segen der Zivilisation ist entweder ein Fluch oder überflüssig.“* Mir scheint, er war auch Philosoph und hatte feste Vorstellungen.

Meine Überzeugung ist: Der denkende Mensch nutzt seine Fähigkeiten, entwickelt sich und verändertert seine Umwelt. Wäre das nicht ein Segen? Leider darf man es so nicht folgern! Der Mensch besitzt Eigenschaften, die gegen seine Umwelt und gegen sich selbst gerichtet sind. Der Mensch drängt nach Selbstbestätigung und Anerkennung, nach Reichtum und er giert nach Macht, und für mich steht fest, dass der Mensch zumindest eine dieser Eigenschaften immer besitzt. Das Wunderbare an der ganzen Geschichte aber ist, der denkende Mensch ist lernfähig. Er ist lernfähig unter den drei soeben genannten Prämissen. Mit anderen Worten heißt das: Da der Mensch ein gesellschaftlich lebendes Wesen ist, ist diese Gesellschaft auch gezwungen, in ihrem Interesse den Menschen zu erziehen. Bei Strafe ihres Unterganges: sie muss es tun. Sie

muss es tun, wenn sie sich vom einzelnen Menschen nicht erpressen oder vergewaltigen lassen will.
Ich weiß, das meine Fragestellung nach dem sogenannten Segen der Zivilisation wahrscheinlich zu allgemein und indirekt ist. Doch ich möchte diese Frage so belassen, denn das Nachdenken darüber bedeutet immer ein Abwägen, die Gegenüberstellung der Faktoren, die mir persönlich bekannt sind. Wie halte ich es mit „Dem" und „Jenem"?

Ich möchte mir in gebotener Zurücknahme einige Körnchen der Zivilisation herauspicken, und meine Antworten dazu entspringen meiner persönlichen Lebenserfahrung. Es ist die Lebenserfahrung eines Mannes, der mehr als acht Jahrzehnte Zeit hatte, sich in der Welt zurechtzufinden. Meine Lehrer waren das Elternhaus, der Krieg, das Studium, die Schulstube, die Familie und nicht zuletzt die mit tausend Dingen angereicherten Jahre eines begnadeten Rentnerdaseins.
Ich sehe, dass es sich manche Menschen zu leicht machen, einen Standpunkt zu finden. Sie finden sich selbst modern und sind am Ende nur halbgebildete Zeitgenossen, denen zur Reife vor allem auch die Zeit gefehlt hat. Es ist ganz einfach logisch, dass sie glauben, den Ton angeben zu müssen. Und dieser Ton muss laut sein, sehr laut, und es ist doch so wunderschön, sich im Beifall und Gelächter der Masse zu sonnen. Könnte es da nicht sein, dass diese Sonne auch verbrennend wirkt? Ich fürchte es.
Wir nähern uns beständig einem Zustand, der gekennzeichnet wird vom Überwuchern unserer Sprache mit Amerikanismen. Am Ende kann niemand mehr seine Gedanken formulieren, ohne auf amerikanische Redewendungen, Begriffe und Füllwörter zurückzugreifen. Die große Gruppe der Halbgebildeten nimmt die Gruppe der Nahezu-Analphabeten auf. Wir sind auf dem Wege in ein Land, in dem das Deutsche nicht amerikanisch genug und das Amerikanische noch zu

deutsch ist. Es gibt auch Menschen, die das modern nennen. O.K.?

Mein erstes Körnchen ist eigentlich ein überdimensionales Korn. Es ist das heiße Eisen der Gegenwart, wenn ich an den „Segen der Zivilisation" denke.
Weil ich weiß, dass ich mit meiner Auffassung recht einsam bleibe – das stört mich am Ende nicht. Und noch etwas: Natürlich könnte ich den Mund halten. Ich habe in Verbindung mit dieser Problemstellung keine Vorteile oder Nachteile. Und es geht mir nicht unter die Haut, wenn irgendein Chatter mich als „verkalkten Opa" benennt. Es ist meine Auffassung, und ich würde in 100 Jahren gern meinen Irrtum eingestehen.
– Also, was soll's? –

Es geht um das Internet. Ja, das Internet. Der Rummel um seine Verbreitung dauert Monate, Jahre und es gibt keine Werbung in den Medien ohne Internet-Werbung. Der Stein der Weisen könnte nicht prächtiger gepriesen werden als das Internet. Mehrfach habe ich in letzter Zeit den Begriff „Internetzeitalter" gehört. Dennoch, es würde keinem Menschen einfallen, der wenigstens mit einem Fuß noch auf der Erde steht, dass es Menschenfreundlichkeit ist, die hinter der ganzen Internetkampagne steht. Ich möchte an dieser Stelle bewusst machen, dass allerhöchste militärische Prioritäten zur Schaffung des Internets in den USA geführt haben. Nunmehr geht es um handfeste ökonomische Elemente. Aber – da alles, was heutzutage produziert und verkauft wird unter dem Gesichtspunkt des Gewinns sich vollzieht, möchte ich hier nichts einwerfen. Meine Bedenken und Einwände haben eine philosophische Basis.
Wenn ich sage, dass die umfassende Nutzung des Internets in der Schule ein Hemmschuh für die Hebung des Bildungsniveaus ist, dann ist das kein Paradoxon, leider, und ich glaube, dass meine Gedanken leicht nachvollziehbar sind.

- Bestenfalls Wissen an der Oberfläche wird in der Praxis erworben, und die didaktischen Prinzipien werden unwirksam. Mir sage keiner „die Übung zum Beispiel muss im Internet nicht zu kurz kommen". – Arme Einfalt, sage ich.

- „Der Wissensumfang und der Informationsgehalt sind im Internet unerschöpflich", heißt es. Für wen?, frage ich. Mir scheint, dass man die beiden Seiten einer Medaille, die da heißen „Unterricht am Computer" und „Nutzung des Internets" einfach verwechselt. Arme Schulpolitiker! Da lese ich: „An allen Schulen werden E-Mails versandt und empfangen. Die Schüler nutzen das Computerkabinett, um mit anderen Schülern zu chatten." (Man hat ihnen hoffentlich gesagt, dass ein Chatter ein Schwätzer ist!)

- Jeder weiß, dass man spielend lernen kann. Ich denke, eine richtige Erkenntnis. Aber zum Spielen und Schwatzen darf mit der Schule kein Missbrauch getrieben werden. Eine Schule ohne die Mühen des Lernens hat den Namen „Schule" nicht mehr verdient. Ich finde es anmaßend, sich über die Erfahrungen der Pädagogik derart hinwegzusetzen. Und nicht am Rande füge ich hier ein, dass zur Schule entscheidend die Disziplin gehört. Dabei spielt es keine Rolle, was sich die für die Schule verantwortlichen Minister heute unter Disziplin vorstellen. Was sagte dazu Pestalozzi? *„Eine Schule ohne Disziplin ist wie eine Mühle ohne Wasser."*
  Ja, ja. Es gibt eben zuwenig gute Müller.

- Ich las heute „Durch das Internet in der Schule wird die Anwendung der Englischkenntnisse unterstützt." Das ist bestimmt gut. Aber es wäre besser, käme das Internet in der Schule mehr den Deutschkenntnissen zugute. Doch, wem muss ich sagen, dass das Computerdeutsch das Englische ist. Wir haben es nicht besser verdient. Wir könnten es besser verdienen.

So ist es nun mal: die Welt braucht das Internet.
Wozu? Um Zeit zu gewinnen! Wozu denn?
Ja, wer kann es mir sagen, wozu wir Zeit gewinnen müssen?
Ich bin der Auffassung:

Zeitgewinn ist Verlust an Lebensqualität.
Die Beschleunigungslogik ist tödlich.

Es gibt sicher viele kluge Leute, die mir das nicht abkaufen werden. Ich weiß das, aber es wird ihnen nicht möglich sein, mir das Gegenteil zu beweisen.

Ich fürchte fast, sie brauchen die Zeit um schwachsinnige Zukunftsromane zu lesen. Dazu möchte ich ein Wort von Malraux sinngemäß abwandeln und sagen: Kultur erwirbt man nicht, indem man viel blättert, sondern indem man klug liest. Wer nun von mir noch ein Goethe-Zitat haben will, dem kann ich helfen: *„An Zerstreuung lässt es uns die Welt nicht fehlen, wenn ich lese, will ich mich sammeln."* Mein Dank an Goethe, der keinen Computer kennen konnte. Vielleicht hätte er mit John Osborn gesagt: *„Der Computer ist die logische Weiterentwicklung des Menschen: Intelligenz ohne Moral."*

Ich will und kann nicht auf das Schreibprogramm meines Computers verzichten, natürlich nicht. Aber ich begreife sehr wohl die Sorgen des im Jahre 1970 verstorbenen Physikers und Nobelpreisträgers Max Born, dessen grundsätzliche Haltung mich an Einstein erinnert. Born, der im Alter von 88 Jahren verstarb, sagte: *„Ich gehöre zu der Generation, die noch zwischen Verstand und Vernunft unterscheidet. Von diesem Standpunkt aus ist die Raumfahrt ein Triumph des Verstandes, aber ein tragisches Versagen der Vernunft."*
Ich unterstelle, Born wusste, was und wovon er sprach!

Im Jahre 1936 erzählte uns mein Physiklehrer in der Schule, er hieß Wensch, und ich habe ihn in guter Erinnerung behalten, dass es eine phantastische deutsche Erfindung gäbe, die unvorstellbare Möglichkeiten eröffne. In dieser Stunde wurde in meinem Bewusstsein das Fernsehen geboren.

Und damit bin ich nun beim nächsten Körnchen der Zvilisation, dem Fernsehen.

Als ich mein Schulerlebnis zu Hause berichtete, sagte meine Mutter: „Glaube mir, Junge, der liebe Gott lässt sich nicht in seine Karten gucken!"

Und mein Vater nickte zustimmend.

Ja, das war mein erstes Fernseherlebnis.

Etwa zur Zeit der Olympische Sommerspiele in Berlin, die Hitler eröffnete, kauften sich meine Eltern ihr erstes Radio, und ich könnte es heute noch genau beschreiben. Da ich in Physik die Note „gut" hatte, durfte ich es auch bedienen. Das Fernsehen blieb in jenen Jahren in den Versuchen stecken, und meinen Eltern war es nicht beschieden, die ersten Fernsehbilder flimmern zu sehen. Sie konnten nicht erkennen, dass das Fernsehen sich nicht gegen ihre religiösen Überzeugungen stellte. Ich glaube, Mutter hätte gerühmt, dass das Fernsehen der Menschheit hohe Werte gebracht hat. Sie hätte gewiss von einem Segen der Zivilisation gesprochen. Meine Mutter starb 1952.

Was würde sie heute sagen? Ich weiß es!

Sie würde sagen: „Junge, du sprichst wahr, wenn du meinst, dass das mit dem 'Segen der Zivilisation' so nicht mehr stimmt."

Ich komme zum Strindberg-Zitat zurück und beklage nicht das Positive dieses Mediums sondern verdamme den Fluch, den verbrecherische Autoren und Macher in das Fernsehen hineintragen. Ich mag mit niemandem darüber streiten, wer der größere Verbrecher ist; derjenige, der den Weizen vergiftet oder derjenige, der den Weizen seinem Opfer vorsetzt. Natürlich muss man auch fragen, warum setzt ein Vater seinem Sohne diesen Fraß vor? Oder hat sich der Vater auch schon vergiftet?

Um bei dem Bild mit dem vergifteten Weizen zu bleiben, muss ich auch feststellen, dass ein solches Maß an „leerer Spreu“ unter das Futter gemischt wird, dass es notwendig ist den Strindberg-Begriff „überflüssig“ zu verwenden.

„Es gibt gar viele Arten von Reinigung und Bereicherung, die eigentlich alle zusammengreifen müssen, wenn die Sprache lebendig wachsen soll. Poesie und leidenschaftliche Rede sind die einzigen Quellen, aus denen dieses Leben hervordringt, und sollten sie in ihrer Heftigkeit auch etwas Bergschutt mitführen – er setzt sich zu Boden und die reine Welle fließt darüber her.“
So habe ich es mit wachem Sinne aufgefasst.
Habe ich gelogen?
Habe ich übertrieben?

Folgendes bedauere ich:
Die Demokratie ist so korrumpiert, das sie unfähig ist, das Übel, das für alle Menschen sichtbar liegt, zu überwinden. Diese Erkenntnis verliert kein Pünktchen, wenn man in die Überlegungen einbezieht, dass nationale Grenzen für die Globalisierung kein unüberwindbares Hindernis bilden.

Meine letzte Bemerkung dazu:
Ich sehe jetzt schon diesen oder jenen sich überlegen dünkenden und modern fühlenden Pseudo-Intellektuellen, wie er mit erhobenem Finger sagt: „Willst du also das Internet und vielleicht auch das Fernsehen abschaffen?“

Meine Antwort:
Natürlich, warum nicht? Aber nur für bedauernswerte Esel. Für die Menschen, die vielen und ungezählten, will ich nur bewusst machen, dass es nicht um den Gebrauch sondern den Missbrauch geht. Denn der ist immerhin ein Indikator, der den Weg zurück in die Steinzeit einleiten kann.

Wann ich zu Asche werde, um in der Erinnerung zu verschwinden, leider und Gott sei Dank, das weiß ich nicht. Dennoch, glückvoll habe ich dreiviertel des letzten Jahrhunderts erleben können, und ein paar Jahre des neuen Jahrtausends, und ich folgere daraus das Recht, mit einer letzten Frage meine „Versuche ...“ abzuschließen:

Gibt es einen philosophischen Satz, den ich weitergeben möchte? Es gibt ihn. Natürlich gibt es ihn.

Doch Geduld!

Mein Gewissen gebietet mir, darauf hinzuweisen, dass der Bernhard Hecht, der achtzehn Jahre alt war, eine andere Antwort gegeben hätte als der, der fünfundvierzig Jahre und die Mitte des Lebens überschritten hatte. Und dann, als ich fünfundvierzig war, konnte meine Gedankenwelt nicht meinem Denken von heute gerecht werden. Es waren nicht das Wissen, die Bildung und die Erziehung allein. Es war der natürliche Reifeprozess des Lebens, der das Denken geformt hat. Doch sagen muss ich auch, dass ich heute mein erstes und auch mein zweites „Ich“ begreife und mich dazu bekenne. Ich war es, und kein Jahr dieses Lebens war verloren. Rückblickend auf die mittleren Jahre meines Lebens weiß ich heute, dass die Vollendung der Fähigkeit, seine Welt denkend zu begreifen, ein hohes Maß innerer Bereitschaft und Toleranz zur Voraussetzung hat. Was bleibt am Ende offen? Heute ist mir bewusst, dass nicht das

Alter und das Weiß der Haare auf die Weisheit des Menschen schließen lassen. Und hüten sollte man sich, Klugheit und Erfahrung im Leben mit Weisheit zu verwechseln.

Soweit meine Vorrede, die ich meiner Antwort schuldig bin. Und – sie wäre unvollständig, würde ich nicht auf einige philosophische Grundgedanken verweisen, deren Inhalte meiner Auffassung vom Leben und Denken entgegenstehen.

Mein Leben liegt in meiner Verantwortung. Ich will es nicht vergessen, wenn auch andere die Einflüsse mischen. Niemand auf der Welt will mir wahrhaft ein Paradies schaffen. An seiner individuellen Aufrichtigkeit will ich nicht einmal zweifeln. Doch die Zweifel an seinem Vermögen entsprechen der Wahrheit. Er ist und bleibt ein Händchen voll Leben, dessen Vorstellungswelt keine Grenzen hat. Welche Religion der Welt kann sich darüber erheben?
Ich habe gesehen und gehört, wie der Papst auf dem Petersplatz vor vielen Menschen seine Gebete gelesen hat. Er hat andächtig gelesen. Er war prächtig gekleidet und zeigte Würde, und er ist das Oberhaupt der katholischen Christenheit. Bischöfe haben ihn gewählt. Er ist der Vertreter seines Gottes auf der Erde. Welche Wirklichkeit bleibt bestehen?

Ich habe meinen Vater und meine Mutter beten sehen, und ich weiß, dass ihnen nichts ernster war als dieses Gebet. Sie empfanden eine Kraft in ihrem Gebet. Wie auch immer ich es heute empfinden mag, meine Achtung und Liebe bleiben unbeschadet.
Ich gestehe, der Ernst meiner Eltern beeindruckte mich tief. Sie haben sich ihre Religion nicht geschaffen. Sie schlossen ihre Augen zum Gebet. Der Papst hat gut gelesen. Verkehrt er schriftlich mit seinem Gott? Wer hat ihm bestätigt, dass er der Vertreter Gottes ist? Andere Menschen?

Natürlich muss man anderen Religionen andere Fragen stellen, doch es sind Fragen auf der gleichen Ebene. Alle diese Fragen schließen den ethischen Wert der Religion nicht aus. Sie haben durch die Jahrhunderte die Menschen erzogen, und sie haben aus dem Menschen das gemacht, was er heute ist . Es bedrückt mich, erleben zu müssen, was zwischen Arabern und Juden sich ereignet, ständig, ohne Ende. Auf wen und welchen Beweis will man sich berufen? Ich weiß es sehr wohl, dass ich darauf keine Antwort erhalten kann.
Hat Lessing diese Antwort nicht schon gegeben? Wo ist der echte Ring zu finden? Ein Ring ist ein Stück Schmuck. Das sollte man nie vergessen! Dennoch wollen Millionen Menschen „den" einen echten Ring tragen. Muss das zum Problem werden? Meine Frau und ich, wir wissen, dass unsere Ringe übereinstimmen, dass sie echt sind, „für uns" sind sie es. Warum wollen die Juden als Volk den echten und wahren Ring tragen, wenn sie an der Klagemauer stehen? Sind sie die wahrhaft Erwählten?

Zum Kommunismus, der das letzte Jahrhundert so stark beeinflusste, muss ich etwas sagen. Ich hatte hinreichend Zeit, seine Philosophie zu studieren und seine Theorien zu ergründen. Das, was er bewirkte und veränderte, liegt offen zutage. Die Formulierung „Der Marxismus-Leninismus wird zur revolutionären Gewalt, wenn er die Massen ergreift!" erinnerte mich an Joachim Fernau, der in seinem Buch „Halleluja" den Kommunismus mit einem religiösen Bekenntnis verglich. Das Neue an diesem Bekenntnis ist die Verlegung der Paradies-Verheißung ins Diesseits.
Das Paradies der Weltreligionen ist ein Paradies nach dem Tode, und das Paradies des Weltkommunismus ist ein Paradies nach dem Sieg auf der Erde. Überall aber haben die Religionen das „Wenn" eingebaut. An dieser Reißleine hängt die Gewissheit. Doch die Reißleine ist dünner als der Faden der Seidenraupe. Sie lässt den Menschen fallen.

Was ist das Neue, das Beherrschende der philosophischen Bekenntnisse unserer sogenannten modernen Gesellschaft? Die Amerikaner ließen den Pragmatismus als Lebensphilosophie über alle Meere, die ihren Kontinent begrenzen, schwappen. Der amerikanische Pragmatismus lehrt, dass nicht das Denken oder die Ethik für die Frage nach der Wahrheit oder dem Wahrheitswert entscheidend sind, wie Fernau schreibt, sondern allein die Tat und ihr Erfolg. Diese Philosophie lehnt alle Maßstäbe der überkommenen Moralbegriffe oder Bezüge auf Seelisches ab und beruft sich auf den Individualismus des Menschen, der sich selbst seine Erfahrungen organisiert.

Ich erlaube mir an dieser Stelle die Bemerkung, dass die Amerikaner auf diese Weise die Freiheit für den Menschen zu einer Hure gemacht haben. Dies sind meine Worte, und ich möchte sie erhärten mit einem Wort des Franzosen Clemenceau, der wahrhaftig nicht als deutschfreundlich bekannt wurde. Clemenceau sagte: *„Amerika? das ist die Entwicklung von der Barbarei zur Dekadenz ohne den Umweg über die Kultur."*
Ich zitiere dieses Wort mit einer tiefen Traurigkeit und weil ich überzeugt bin, dass es wahr ist. Ich kann nur Traurigkeit empfinden, denn der überlaufende Amerikanismus ist im Begriff, unsere Seelen zu zerstören.
Die Zeit ist ein Tyrann. Könnte das jemand bezweifeln?

*„Ich hasse alle Pfuscherei wie die Sünde, besonders aber die Pfuscherei in Staatsangelegenheiten, woraus für Tausende und Millionen nichts als Unheil hervorgeht. ... Doch kein Wort mehr über diesen Gegenstand, damit ich nicht unvernünftig werde, indem ich das Unvernünftige bekämpfe."*

Ich kenne einen Mann, den ich sehr verehre. Er lebt nicht mehr, leider, und von ihm stammt der obige Satz, den ich in Anführung gesetzt habe.

Was zählt hier die Sorge eines alten Mannes?
Nichts, meine Freunde.

Im Herbst 1948 wurde ich in Leipzig in der Kongresshalle am Zoo mit anderen interessierten Studenten zum stillen Teilhaber an einem wissenschaftlichen Streitgespräch. Die Partner waren deutsche und sowjetische Philosophie-Professoren. Das Gespräch dauerte über Stunden, die ich nicht gezählt habe.
Idealisten und Materialisten zogen alle wissenschaftlichen Register, und ich war tief beeindruckt. Ich übertreibe nicht, wenn ich es so sage.
Einige der Philosophen nahmen Heraklit, Demokrit, Platon und Aristoteles zu Hilfe. Andere zitierten Descartes, Spinoza, Leibnitz und Kant. Besonders Feuerbach, Hegel und Marx wurden zum Zeugnis des philosophischen Höhenfluges herangezogen.
Ich war überfüttert.
Vielleicht haben sich auch andere Zuhörer den Magen verdorben.
Die bis heute verbleibenden fünfzig Jahre hatte ich dringend nötig, um Ordnung in das eigene Denken zu bringen.

So mancher Name mit Klang und Ansehen musste die Galerie meiner Beachtung noch vervollkommnen, und manche Besonderheit habe ich dabei gefunden. So kam ich beim Studium des Lebenswerkes von Nietzsche, dem Attentäter auf zweitausend Jahre Philosophie darauf, dass Nietzsche Gedichte geschrieben hat, deren Schönheit nach meinem Empfinden nicht hinter Goethe und Hölderlin zurückstehen. Ich erlebte auch, dass ich einen Philosophen zu den Akten legen musste, weil seine Ergüsse mir ungenießbar erschienen, ich spreche von Heidegger.

Was aber fand ich bei allen unter dem Strich?

Sie suchten den „Stein des Weisen“ und fanden nur Körnchen, Winzlinge also. Sie wurden immer dann zu Weisen, wenn sie ihre Grenzen eingestanden und ihre Arbeit sich zum Segen für die Menschheit auswirkte.

Bei einem Philosophen fand ich Zusammenhänge und Erkenntnisse, die ich aufgenommen und gefestigt habe, dass ich sie nicht mehr verlieren kann.
Es ist jener Philosoph, der, wie kein anderer in der Geschichte, mit dem Attribut „genial“ bezeichnet werden muss.
Es ist Immanuel Kant.
Es würde den Rahmen dieser kleinen Schrift sprengen, wollte ich hier sein Lebenswerk würdigen. Ich glaube, dass mir auch die Kraft dazu fehlen könnte.

Also bleibe ich bei meinem Vorhaben, der Wiedergabe jenes Satzes, den ich an der Schwelle des neuen Jahrtausends als „philosophischen Satz“ weitergeben möchte.
Ich finde es beglückend, in einer stillen Stunde zu versuchen, dem geistigen Höhenflug dieses Genies zu folgen, der erkannte, dass der Mensch nur dann seine Freiheit menschenwürdig gebraucht, wenn er sie allein im gesetzmäßigen Tun verwirklicht.

So also lautet das unbedingte Gebot, der „kategorische Imperativ“ von Kant formuliert: *„Handle so, dass die Grundsätze deines Willens jederzeit zugleich als Prinzip einer allgemeinen Gesetzgebung gelten können.“*

Am 12. Februar 1804 spricht Kant seine letzten Worte: *„Es ist gut.“*

Sein Herz hört auf zu schlagen.

*

Die Gedanken, die ich auf den vorangegangenen Seiten aufgeschrieben habe, lasse ich nachwirken. Hätte ich besser Abstriche machen sollen? Wäre das klüger gewesen? Nein! Es wäre dümmer gewesen, denn ich hätte Unwahrheiten geschönt. Irgendwie spüre ich: Wenn der Mensch seine Wahrheiten nicht eingesteht und akzeptiert, ist er zum Untergang verurteilt. Um mein Zipfelchen Leben dreht sich's wohl nicht. Na, ja, ihr wisst schon.

Und in diesem Augenblick fallen mir einige meiner Notizen wieder ein.
Genau an diesem Platz muss ich sie meinen fixierten Gedanken beifügen.
Ich habe sie am 4. April 2001 angefertigt, und keine Silbe möchte ich weglassen oder zufügen.
Ich nenne sie

## WAS WISST IHR VON UNS?

Diese Frage stellte der Schriftsteller und Dramatiker Rolf Hochhuth auf der Kulturseite des „Tagesspiegel".
Mich hat dieser Zweispalten-Beitrag sehr bewegt, und ich bin meinem Sohn dankbar dafür, dass er ihn kurzerhand in einen Umschlag steckte und mir zusandte.
Hochhuths „Notizen zu Geschichtsschreibung", wie er seine gewissenhaft recherchierten und überzeugend dargelegten Erkenntnisse nennt, sind mehr als bescheidene Notizen. Ich sehe in ihnen eine Grundlage für den Umgang mit der Geschichte. Und das sind einige Gedanken, die Hochhuth aufgreift, um sie allen ins Stammbuch zu schreiben, denen die Geschichte mehr ist als ein Buch mit sieben Siegeln.

Cato, der Römer, der unnachgiebig immer wieder die Zerstörung Karthagos forderte, der um nichts, wie ein Jüngerer sag-

te, mit achtzig Jahren vor Gericht erscheinen musste, war darüber tief bedrückt. Seine Begründung: *„Es ist immer sehr schwer, sich vor einer Generation zu verteidigen, die nicht mit uns gelebt hat."*
Goethe, der Humanist und Klassiker, formuliert den gleichen Gedanken so: *„Der Alte verliert eines der größten Menschenrechte: er wird nicht mehr von seinesgleichen beurteilt."*
Hochhuth, der Autor, muss erleben, dass im Fernsehen junge Historiker auftreten und mit ihren Standpunkten den Beweis liefern, dass Catos und Goethes Bedenken der Wirklichkeit entsprechen. Den Historikern fehlte die Fähigkeit, Tatsachen zu erkennen und einzuordnen, die innerhalb eines halben Jahrhunderts zu verzeichnen waren.

Sie waren nicht imstande, gesellschaftliche Vorgänge zu begreifen und zu deuten und mussten so auch zur Fehleinschätzung menschlichen Verhaltens kommen. Im konkreten Falle handelte es sich um die Wertung bestimmter Personen in der Zeit vor und nach dem Zweiten Weltkrieg in Deutschland.
Die Einzelheiten, die Hochhuth anführt, sind nicht anfechtbar, schlicht: sie sind wahr. So verzichte ich hier auf ihre Wiederholung.

Wir müssen mit Fontane folgern: *„Die Geschichtsschreibung kann allenfalls einen bescheidenen Bruchteil der historischen Wahrheit überliefern; und ebenso wenig selbst große Dichter, wenn sie Romane und Dramen in stromab gegangenen Zeiten ansiedeln!"*

Was also muss man im Auge haben, wenn man die Geschichte gerecht einschätzen will?
Die Unwägbarkeiten, die Gefühls- und Stimmungswerte einer Generation, das Atmosphärische einer Epoche und ihre Banalitäten, das alles, das ist entscheidend für alle Lebenden in dieser Zeit.

Hochhuth sagt: „*Das alles ist nie tradierbar!*"
Und es bedeutet, dass es nicht weitergegeben werden kann. Gerade weil es unvermeidbar mit einer wahrheitswidrigen Ungerechtigkeit verbunden ist, quält es die Menschen, die es wissen, die Überlebenden. Zeitlebens war es mein Beruf, die Geschichte zu studieren und zu vermitteln. So muss und darf ich mich auch als Betroffener empfinden. Vielleicht könnte das, was mir hier in den Sinn kommt, heute, an dieser Stelle, ein wenig dazu beitragen, das Licht weiterzureichen.

Irgendwer fragte mich: Wie konntest du dich freiwillig zur Kriegsmarine melden?
Ich weiß meine Antwort nicht mehr. Habe ich gesagt: Weil ich das Meer und das Abenteuer liebte? Habe ich gesagt: Weil ich vermeiden wollte, zur Waffen-SS eingezogen zu werden? Es ist so: Beide Antworten sind richtig. Es ist meine Antwort, und es war mein Leben. Schande über den, der mir diese Wahrheit abstreitig machen will. Ja, mein Schulfreund Herbert Schröder wollte noch länger zu Hause bleiben. Er wurde zur SS-Division Hitlerjungend gezogen. Vor Beginn der Invasion der Alliierten in Frankreich kam das letzte Lebenszeichen von ihm. Das ist alles. Alles, was bis heute geblieben ist.

Von mir forderte der Krieg keinen Blutzoll und die Wasserbomben zerbarsten. Mir blieben die Erinnerungen an das Grauen des Krieges, und das Heimweh trieb mich, aus englischer Kriegsgefangenschaft kommend, in das Vaterhaus zurück. Ich wollte Lehrer werden. Neulehrer wurde ich zuerst, dann folgte das Studium an der Humboldt-Universität. Ich war Lehrer und Schuldirektor in der DDR. Vierzig Jahre. Mein Beruf war kein Job. Lehrer sein, das empfand ich als eine Berufung. Zum Lehrer muss ein Mensch sich berufen fühlen, wenn er am rechten Platze stehen will.

Konntest du in der DDR Lehrer und Schuldirektor sein?
Ja, ich konnte und wollte.

Hat dein Gewissen dich nicht gemahnt, gegen diese Diktatur zu stehen?
Nein, das Erlebnis des Krieges und meine humanistische Erziehung im Elternhaus zeichneten mir den Weg in eine friedliche Welt mit einer sozialistischen Zukunft.

Ging das denn ohne Konflikte?
Nein, es gab Konflikte. Es gab Konflikte, und zwar mit Besserwissern und nicht mit Besserkönnern. Es gab Konflikte mit Menschen, denen Toleranz weniger bedeutete als Anstand.

Was ist dir geblieben?
Mir bleiben Ausgeglichenheit und Traurigkeit des Alters und das Wissen darum, dass es Menschen gibt, denen ich mein Vertrauen und meine Liebe schenke.

An diesem späten Märzsonntag des Jahres 2007 habe ich trotz vielfältiger Sorgen, die von allen Seiten das physische Wohlbefinden meiner kleinen Familie belasten, habe ich neben der „Traurigkeit des Alters“, von der ich gerade sprach, ein tiefes Glücksgefühl, das mich aufwärts treibt. Es macht mich glücklich, dass ich den Trieb zum Denken und Schreiben empfinde, dass ich einfach schreiben muss.

Nun denn, heute ist heute – und nun bleiben wir dabei.

## EIN SPÄTER TAG

Das Erwachen ist zunehmend ein ungewöhnlicher Vorgang. Inmitten wirrer und zumeist unangenehmer Träume spüre ich den Zwang, zur Wirklichkeit zu kommen. Es drängt mich in den Tag. Ich brauche keinen Wecker. So nach sechs Uhr werde ich munter, manchmal auch später, und ich nehme mir vor: noch ein kleines Stündchen.

Meine innere Uhr duldet diese Schlummerstunde. Ich erhole mich von der Last dummer Träume und stehe zwischen sieben und halb acht Uhr etwas wackelig auf meinen Beinen. Die nächste halbe Stunde ist ungewollt programmiert.
Das sind die Blicke auf Uhr und Thermometer, das Öffnen der Fenster im Wohn- und Arbeitszimmer, der Gang ins Bad und das Hantieren in der Küche, die darin münden, dass der Duft von Toastbrot und frischem Kaffee die ganze Wohnung durchweht. Das Kapitel eins meiner Hausarbeit ist vollzogen. Ich öffne die Wohnungstür und strebe über fünf Treppenstufen zum Briefkasten mit der Zeitung. Ja, so ist es: Streben heißt aufmerksam sein, und ich bin aufmerksam, denn ich lasse mich nicht gerne dabei ertappen, wenn ich im Schlafanzug meine Zeitung hole.

Dann trete ich in die Tür zum Schlafzimmer und sage ein wenig forsch: „Das Frühstück ist fertig!"
Das ist die Normalformel. Manchmal, das hängt von einigen Kleinigkeiten ab, lautet die Weckformel anders, etwa so: „Die Sonne lacht, die Brötchen duften, alle großen und kleinen Vögelchen müssen aufstehen!"
So ist das also: der Tag hat uns, und wir haben das Frühstück. Jetzt ist es acht Uhr, mein Wort darauf, dass nunmehr die schönste Stunde des Tages folgt. Die Vorbereitungen dazu sind kurz aber höchst seltsam: Ich ziehe die Schlafanzugjacke aus und streife ein ausgedientes weißes Unterhemd über. Von der Wäschetruhe aus dem Schlafzimmer hole ich den mit einem gelben Tuch abgedeckten Käfig unseres kleinen Wellensittichs. In meinem Zimmer, auf dem kleinen Tisch, setze ich den Käfig ab, und das Tuch ist abgenommen. Jacki sitzt still auf seinem Schlaf-

platz in der obersten Etage seines Häuschens. Ich öffne das kleine Türchen. Mit einem Finger streichelt Gerda das grüne Beffchen unseres kleinen Freundes. Nach einer kleinen Weile wendet sich das Tierchen und springt auf die Stange eine Etage niedriger. Nun darf ich zur Handlung kommen. Vorsichtig umfasse ich das kleine Kerlchen mit der Hand und setze es auf meine linke Schulter. Mein Daumen streichelt sein warmes Gefieder, und nehme ich die Hand zurück, dann trippelt es auf die andere Schulter. Seltsam jedenfalls, immer so, als gäbe es ein strenges Protokoll. Jacki kuschelt sich wohlig auf meine Schulter, ... wer wärmt nun wen? Mir will scheinen, dass wir beide diese wunderschönen stillen Minuten atmen, die ein Teil unseres Lebens geworden sind. Wahrlich unentbehrlich!
Dürfte ich diese Minuten mit einem Blick auf die Uhr entweihen?
Nein!
Aber ich möchte von den Wahrnehmungen sprechen, die mir mein gestresster Gehörsinn vermittelt, wenn ich mein Tierchen auf den Schultern trage. Es gurrt leise, und ich vermeine, dass Beethoven mich um diese wunderschönen Töne beneiden müsste. Mein Kerlchen scheint zu spüren, dass ich es darob lobe.
Hin und wieder gibt es einen kleinen Schrei, eine Art Krähschrei, der so klingt, als wollte es sagen: „Höre, so geht es auch." Der Gesang meines Vögelchens wirkt dann am stärksten, wenn er sich anhört wie der Klang der drei Glöckchen, die in seinem Häuschen hängen. Es sind die Überbleibsel von Knabberherzen.
Immer wieder möchte ich mich fragen: „Singt mein Vogel oder klingen die Glöckchen, oder ist es die Symphonie aller dieser Laute?"

Das Bild eines späten Tages in Worten zu zeichnen, das fällt mir schwer, und doch möchte ich es versuchen, wissend, dass

die Sprache die Kleidung der Gedanken ist. So kann das, was ich hier sage, kein Protokoll sein.
Was soll es sein?
Es ist eine Geschichte.

Es ist meine Geschichte eines bewusst erlebten Tages. Schreiben ist erinnern, ist immer wieder die Möglichkeit des Verweilens. Ich glaube, das Verweilen schafft mir die Möglichkeit zum Leben. Die Hast ist Vergeudung der Zeit.
Zeit ist nicht zu überwinden, sie will genutzt und geschöpft sein. Die Fragen des Lebens unter dem Gesichtspunkt „Wie lässt sich alles am schnellsten bewerkstelligen?“ stellen zu wollen, und das Leben und Arbeiten nur darauf abzustellen, hat tödliche Folgen. Dessen bin ich gewiss.

Ich möchte mir immer zwei Worte vor Augen halten:
Erstens: Bedenke das Ende! Das ist schon eine Erkenntnis aus dem Alten Rom. Sollte sie an den Grenzen der Natur und *für* die Natur weniger Weisheit tragen?
Das Ende bedenken, das heißt zuerst alles zu tun, das Haus zu bestellen.
Ich verstehe manche Menschen, die das immer wieder vergeblich versucht haben. Es immer und weiter zu versuchen, niemand kann und darf mir das abnehmen. Ja, und dazu noch etwas:
Das ist nicht nur eine organisatorische Aufgabe. Es ist auch eine Frage des Denkens und des Gewissens. Auch im Denken möchte ich mein Haus bestellen. Ich glaube, es ist schwer und schön zugleich.
Zweitens: Nutze den Tag! Auch diese Formel steht in jedem lateinischen Wörterbuch. Sie gehört zum kleinen Einmaleins der Weisheit und ist für uns so selbstverständlich, dass man sie schon nicht mehr erkennt, – manchmal.

Niemand ist mir bisher im Leben begegnet, der zugestanden hat, dass er den Tag nicht nutzt. Das hier ist also eine Frage des Selbstbetruges, nicht mehr und nicht weniger. Jeder Mensch weiß das. Warum sollte ich Eulen nach Athen tragen? Ich spreche von meinem Tage.

Meinen Tag zu nutzen, das heißt, zu wissen, wo meine Grenzen liegen. Mit Sicherheit auch ist es für jeden älter werdenden Menschen die Voraussetzung dafür, die Möglichkeiten seiner alten Tage zu erkennen.
Ich reiße keine Bäume mehr aus, und ich pflanze auch keine. Die schönsten Wälder und Berge meiner Harzheimat erwandere ich nicht mehr, denn ein winziges Klümpchen Blut erzwang einen Schlaganfall. Das Glück meines Tages aber erblühte mir darin, dass ich im Denken und Schreiben die Erfüllung jeden Tages finden kann.

Und wie steht es mit den Konflikten?
O weh, nochmals o weh. Das muss ich wohl sagen. Und ich belüge mich nicht.
Vielfältig sind sie, und sie belästigen mich. Das Rauschen, zum Beispiel, das mein Wohlbefinden so mindert, nehme ich dann am stärksten wahr, wenn ich daran denke und darüber spreche. Ich nehme es nicht wahr, wenn mich Morpheus Arm sicher umschlingt und ich in Fernen weile.
Dennoch: Konflikte bleiben. Womit sollte ich sonst hadern?

Denke ich an meinen fünfundsiebzigsten Geburtstag zurück, dann empfinde ich das Glücksgefühl, das ich hatte, als ich im Kreise meiner Familie bei den „Dicken Tannen“ im Wolfsbachtal bei Hohegeiß stand. Die Erschwernisse meines Weges verloren sich im Weiten, und zwar im wörtlichen und im übertragenen Sinne.

Solange ich mir sagen kann, dass ich im Rückblick irgendwann meine Tage als ein erfülltes Ganzes betrachten darf, solange ist jeder Tag für mich ein „später Tag". Tage aber, die mir als „erlebte späte Tage" nicht mehr in der Erinnerung sein könnten, die soll und darf es nicht geben. Ich glaube, man kann und wird diesen Gedanken nicht missverstehen.

Ja nun, ich rechne mit Nachsicht und Verständnis, dass ich auf den vorigen Abschnitt nicht verzichtet habe. Ich finde, dass er in diese kleine Geschichte gehört. Sollte nicht alles, was wir sagen, die Gegebenheiten abrunden und unmissverständlich machen?
„Willst du denn bis zum Abendessen schlafen? Der Kaffeetisch ist lange gedeckt!" Gerda steht in der Tür zu meinem Arbeitszimmer, und meine Nase bestätigt ihre Worte.
„Donnerwetter, es ist gleich vier!" Ich habe Schwierigkeiten mich zu besinnen.
„Dass du auf deiner Couch schlafen kannst, mit der Westminsteruhr über dem Kopf! Da kann ich nicht schlafen, dauernd das Gebimmele!"
„Das ist doch Musik." – Ich raffe mich auf und sitze Sekunden später am Küchentisch. Gerda gibt einen Spritzer Milch in meinen Kaffee.
„Hunger habe ich wirklich nicht, ich esse nur ein halbes Brötchen", sage ich.
„Du hast soviel Holz gesägt, dass du eigentlich Appetit haben müsstest."
„Willst du damit sagen, dass ich schnarche?" Ich verziehe keine Miene.
„Dein Vogel wäre fast von seiner Stange gefallen, solcher Lärm war das!"
Natürlich weiß ich, dass ich schnarche. Und Gerda weiß auch, dass ich es weiß. Manchmal gehört es eben zum Umgangston, dass man etwas nicht weiß. So kommt das Gespräch in Bewegung.
Die Tassen und Teller klappern.

Aus meinem Zimmer hören wir Glöckchenklang. Jacki bringt sich in Erinnerung.
„Hast du es eigentlich gelesen? In der Mitteldeutschen Zeitung stand es, dass von deiner Schule einige Klassen nach Eisleben verlegt werden sollen?“
„Meine Schule? Ich habe mit dieser Schule nichts zu schaffen. Die wissen ja nicht einmal, dass es mich gibt.“
„Ich weiß, und du brauchst sie ja auch nicht!“
„Wenn ich es bedenke, dann muss ich schlucken. Zuletzt war ich da, es sind Monate her. Ja, da haben sie eben vergessen, mir einen Stuhl anzubieten. Also, was soll ich da?“
„Du musst dich nicht ärgern, es gibt Schlimmeres!“
„Haben wir kein besseres Thema?“, frage ich dagegen.
„O ja“, sagt Gerda, „heute Abend kommt der Alte.“
„Der ist schon da“, sage ich, „der andere Alte kommt mir zu spät.“
Sie lächelt und sagt: „Du kannst diese eine Stunde ruhig mal fernsehen. Du kommst immer noch zu deinem Schönheitsschlaf. Immer am Schreibtisch und am Computer hocken, das bringt es auch nicht.“
„Wem sagst du das!“
„Dir!“, kommt es zurück.
„Eigentlich war das keine Frage“, sage ich, und ziehe einen gedanklichen Strich.
Nach einem kleinen Weilchen fragt Gerda: „Hast du den Einkaufszettel auf deinem Schreibtisch gesehen?“
„Ich werd'n schon finden“, sage ich und wende mich zur Garderobe.
„Soll ich dir wieder entgegenkommen?“
„Nein, ich schaffe es schon noch alleine!“
„Hast du das Geld?“ „Ja ...“
„Hast du den Einkaufszettel?“ „Ja ...“
„Hast du den Schlüssel?“ „Ja ...“
„Hast du den Stock?“ „Ja ...“
„Fehlt denn noch etwas?“ „Ja ...“

„Was denn?“
„Meine Verdienstmedaille, liebe Gerda!“
„Ach du, mit deinen Scherzen!“

Und nun

## KLEINE GEDANKEN ZUR GROSSEN POESIE

Wenn ich meine neunzig Gedichte zur Hand nehme, die ich bisher geschrieben habe, vielleicht waren es noch ein paar mehr, seit mir die Abendsonne meines Rentnerdaseins scheint, dann werde ich ein seltsames Gefühl nicht los.
Mal ist mir, als würden die Menschen um mich nur ein müdes Lächeln aufbringen können, um mein Tun zu quittieren. Dann wiederum fühle ich mich bestätigt, wenn Abiturienten, die mich zum Gespräch eingeladen haben, mit Beifall ein paar Proben belohnen oder wenn die Fachschüler einer Altenpflegeklasse Applaus geben, weil ihnen eines meiner kleinen Vogel-Gedichte zu Herzen ging. Wie also ist das mit der müden Anteilnahme?

Ich glaube, die Menschen werden unempfänglich für diesen Versuch der Kommunikation, denn die „Action“ im Fernsehen ist bar des Mitdenkens. Es tröstet mich, dass Lyriker mit Namen, die eine beeindruckende Sprachkraft besitzen, unter der Interessenlosigkeit des Publikums leiden.
Ich suche kein Publikum für meine Gedichte. Ich schreibe, wenn es mir ein Bedürfnis ist und Freude weckt. Jedes Jahr übermittle ich ein Gedicht der Nationalbibliothek des Deutschsprachigen Gedichtes in München, um ein wenig stolz zu sein, wenn ich meine Arbeit in den Veröffentlichungen wiederfinden kann. Es ist die Freude am einfachen und manchmal auch schönen Wort. Es ist die Freude daran, ein kleines Wortwunder zu schaffen, – manchmal oder vielleicht.

Wie erleichternd ist es, dass man das Herz sprechen lassen kann. Denn das ist meine Gewissheit: ich kann nur das schreiben, was mir das Herz bewegt.
Es ist etwas Wunderbares, seine eigenen Gedanken auf dem Papier wiederzuerkennen, und ich wundere mich darum auch nicht, dass es eine kleine Reihe von Gedichten gibt, die ich immer wieder lese. Ich spüre dabei, dass ich mir nicht untreu werde, und ich prüfe mich und mein Gewissen.

Noch etwas kommt in mir auf. Ich empfinde eine uneingeschränkte und hohe Achtung, die ich vor denen habe, die meine Muttersprache so meisterhaft und spielerisch leicht gebrauchen. Ich denke dabei nicht an die ungezählten Romanschreiber und Fachbuchautoren. Fleiß und Routine sind eine Sache des Wollens und der Erziehung, und es wäre ein Segen für viele Menschen, wenn manche Schmierautoren weniger fleißig wären.
Unsere Zeit hat wenig Raum für Goethe und Hölderlin, und wie wenige junge Menschen gibt es noch, die heute deren Werke mit Freude und Hingabe lesen können.
Ich habe gern und dennoch zu wenig gelesen, um eine individuelle Rangliste der Meister des deutschen Wortes für mein Jahrhundert in Gedanken aufzustellen.
Dennoch meine Meinung und meine Vorlieben habe ich.
Sie entstanden im Zusammenhang mit meinen beruflichen und persönlichen Interessen. Ich bin Historiker und liebe meine Muttersprache, und ich liebe mein Vaterland. Was bedarf es mehr? frage ich.
So steht für mich in meinem Jahrhundert JOACHIM FERNAU in einer ehrenvollen Position.

Wiederholt bin ich in meinen „Erinnerungen“ auf Fernaus Bücher eingegangen. Heute nehme ich seine Lyrik zur Hand. Ich finde sie unter dem Titel „Mein dummes Herz“. Über ein gutes Gedicht sagt er, *„dass es erleuchtend sein muss wie ein*

*Blitz*". Und er sagt weiter *„... es erlöste einst die Stummen, es wurde im Munde geführt, es war die Trompete der Fröhlichen und die Viola da gamba der Beladenen.*"

Wenn ich Fernaus Lyrik aufnehme, dann finde ich darin bestätigt, was er an Anforderungen stellt. Mit Bedacht wähle ich dafür meine Beispiele aus. Es sind kleine Kunstwerke, die mir unter die Haut gehen, mitten ins Herz, und ich möchte sie immer wieder lesen können.

Wo begräbt die Erde ihre bunten Vögel?
Bei den Soldaten unter den Wacholderbüschen.
Niemand weiß, wo sie vom Sommer träumen.

Ich glaube,
ich bin geringer als ein Vogel.
Ich sehe nicht die Sonne kommen,
weiß nicht, wie weich die Wolken sind,
und bang mich in der Dämmerung.

Die toten Soldaten
schlafen im Grase.
Doch ihre Träume
fliegen heim
und irren des Nachts
um Giebel und Erker
und ruhen nicht eher,
bis der Knabe erwacht
und auffährt vom Schlaf.

Wie schön das Spinnennetz
im Mondlicht leuchtet!
Leg dich ganz sanft zu mir,
zerreiß dem Mond
die Harfe nicht.

Schweig still!
Vorüber ist der Rausch.
Die sanfte Liebe
zieht ins Herz, ins
zuckende. Es will
zur Ruhe kommen.
Und jage die Gedanken fort,
sie hängen zentnerschwer
an deinen Flügeln.
Wir sind allein,
vergiss die Welt.
Wir sind nicht hier,
wir sind nicht dort.
Wir kreisten um die Sonne
und kehren langsam zurück.
Wir sind noch auf der Reise.
Setz deinen Fuß
behutsam auf die Erde.
Sie ist sehr kalt und hart.

Schlag die Flügel ein,
Engelein!
Bleib hier,
eine Zeit lang bei mir.
Der Liebe Engel?
Des Todes Engel?
Des Lebens?
Ich mich fürchten, Engel?
Vergebens.

Im Dickicht
zwischen Draht
und Unrat
liegt der Helm,
bis an den Rand

voll Regenwasser.
Wenn ihr das wüsstet,
würdet ihr nicht länger warten,
Mädchen.
Ich bin nicht hier,
ich lebe in vergangenen Tagen.
Nur die Erinnerung
weiß, dass ich zärtlich sein
und dass ich lieben kann.
Ich heiße Bitternis,
die Bitternis ist stumm.
Ihr braucht mich nichts zu fragen.

Mein müdes Herz,
mein armes Herz,
zu wenig Freude,
zu viel Schmerz.
Böse Welt, böse Welt,
kann dich doch nicht hassen.
Schöne Welt, schöne Welt,
muss dich bald verlassen!

Unwillkürlich werde ich des Augenblicks gewärtig, als ich vor vielen Jahren mit einem Oberstleutnant der Nationalen Volksarmee die Schlachtfelder des Zweiten Weltkrieges an der Oder aufsuchte. Wir streiften durch einen ungepflegten niedrigen Mischwald, und vor uns lag, unter einem Busch verborgen, der Helm eines Soldaten. Der Helm hielt kein Wasser, er war leer. An seiner Stirnseite erkannten wir das Einschussloch einer Kugel. In dieser Stunde begegneten wir dem Grauen des Krieges. Es steht uns gut an, es nicht zu vergessen. Ich habe es meinem Sohn gesagt. Er *war* dieser Oberstleutnant, von dem ich hier spreche.
Ja, ernst ist es mir, sehr ernst!

## MEINE GEDANKEN

Meine Gedanken,
dass ich es nicht verhehle,
sind der Atem meiner Seele,
formen Kräfte des Lebens und Triebe
und spenden die Gaben der Liebe.

Meine Gedanken
verleihen den Träumen Schwingen,
lassen unsere Seelen singen.
Wir leben und fühlen Seite an Seit',
einer ist für den andern bereit.

Meine Gedanken,
wann immer ich sie riefe,
schützen den Blick vor grausiger Tiefe,
lichten den Schleier der Dunkelheit,
vollenden sich in Raum und Zeit.

Meine Gedanken
wandern voran in die Stille.
Sie bremsen Wünsche und Wille.
Für das menschliche Wollen unerreicht
entschwinden sie unbefangen und leicht.

Bernhard Hecht, 27. März 2007

Meine Verse über die Gedanken als „Atem meiner Seele" sind mir gelungen.
Ich lese sie immer mal wieder und freue mich über meine Arbeit. Hätte ich es vielleicht anders sagen können? Doch dann denke ich, dass diese zwanzig Zeilen das ausdrücken,

was ich empfinde. Ich brauche dieses Glücksgefühl, denn ich sehe keinen falschen Stolz, ich erlebe ein Stück Gewissheit. Und gerade darum möchte ich wissen, wie die Großen, die bedeutenden Persönlichkeiten der Literatur, ihre eigenen Perlen gesehen haben. Es befremdet mich, wenn ich heute erlebe, dass Schriftsteller von sich sagen, dass sie ihre Werke nicht mehr zur Hand nehmen, wenn ein Verleger diese übernommen hat. Kann man so seine geistigen Kinder verlassen? Ein Schriftsteller, der sich im Grunde als „Fließbandarbeiter“ versteht, ist mir nicht geheuer.

Unvorstellbar ist mir, dass Friedrich Hölderlin sieben oder siebzig Tage nach seiner Arbeit am Gedicht „An die Parzen“ nicht das Bedürfnis verspürt haben sollte, sein Meisterwerk noch einmal auf sich wirken zu lassen.
Unmöglich bei Hölderlin!

Konnte Heinrich Heine sich je von folgenden Zeile trennen:

*„Du bist wie eine Blume,*
*So hold und schön und rein;*
*Ich schau' dich an, und Wehmut*
*Schleicht mir ins Herz hinein.“*

Nein, Heine hätte das nie gekonnt.

Friedrich Wilhelm Nietzsche ist dir wohl recht bekannt, mein Leser, Nietzsche, der rebellische Philosoph aus Naumburg. Kennst du auch sein Gedicht „Vereinsamt“?
Als ich das Gedicht zum ersten Male gelesen habe, war mein Gedanke: Diese Tiefe und Schönheit ist überwältigend, welche dichterische Gewalt geht von jenem Manne aus! Nietzsche, der Meister seiner Muttersprache.

Es gibt noch etwas, was mich bewegt.

Es liegt soviel Größe und Hochachtung vor dem Lebenswerk Shakespeares in den Worten Goethes, mit denen er Shakespeare als großes Vorbild immer wieder würdigt. Und nun, ihr Thomas-Mann-Freunde, seht es mir nach, wenn ich sage: Es liegt soviel Kleinheit und Arroganz in den Schriften von Thomas Mann, wenn er versucht, sich an Goethe vorbei vorn an die Spitze zu stellen. Wer so etwas angeht, ist eines Goethe, eines Heine oder eines Nietzsche nicht ebenbürtig.

Es gab und gibt Menschen mit Namen und Rang, die wollten und wollen amerikanischer sein als die Amerikaner, die US-Amerikaner.

Goethe schrieb an Schiller: *„Sein Jahrhundert kann man nicht verändern, aber man kann sich dagegen stellen und glückliche Wirkungen vorbereiten.“*

Mir scheint, Thomas Mann hatte ein falsches Goethe-Bild. Kann mich einer des Besseren belehren?

*

Noch einmal wollen wir eine kleine Pause zum tiefen Durchatmen einlegen.
Außerdem muss ich auch Gelegenheit finden, meine Gedanken in neue oder andere Bahnen zu lenken. Da es üblich ist, eine Mahlzeit mit einem Dessert abzurunden, möchte ich es auch so halten und nenne das Ganze

## GEDANKEN – NACHSPEISE

Irgendwann im März 2007 habe ich die ersten Zeilen meiner Lesestunde geschrieben. Mein Glück ist es – wenn ich es so nennen darf – dass ich mich seit vielen Jahren daran gewöhnt habe, immer wieder sporadische Aufzeichnungen anzulegen, so eine Arte erweiterten Lebenslauf. Wenn nun der alten Mann – ich spreche also von mir – hin und wieder in seinen eigenen Spiegel schauen kann, dann muss er sich nicht erfinden. Und darüber bin ich froh. Eines nur soll mir nicht passieren: ich möchte nichts hinzu mogeln. Um meine Gedanken geht es, und nur darum. Aber etwas recht Wichtiges muss ich anmerken. Ich spüre, sozusagen im Selbstversuch oder in der Selbstbetrachtung, dass die nahezu zwei Jahre seit meinem achtzigsten Geburtstag, eine merklich höhere Verschleißsumme als die vorangegangenen zwei Jahre aufweisen. Irgendwie bin ich froh, dass ich hier vom physischen Bereich zu sprechen habe. Aber sagt, darf ich darüber wirklich froh sein? Einen Jungbrunnen wird und kann es nun mal nicht geben. Und wenn ihr mich fragt, dann denke ich, dass für meine Generation die Zollschranke so um die Achtzig liegt, und irgendwo dahinter liegt das, was man nicht mehr mit Würde tragen kann. Wer von den Politikern, die heute im Bundestag über die Rechte des alten Menschen beraten und damit über die Grenzen der Selbstbestimmung im Alter, wer von diesen Politiker ist moralisch befähigt, mir zu sagen, wo bei mir heute oder übermorgen die Grenzen meiner Würde liegen. Heute, da ich es noch kann, benenne ich selbst das, was ich als meine Würde sehe. Und übermorgen, wenn ich es vielleicht nicht mehr selbst entscheiden kann, dann hat das den Vorrang, was ich heute oder gestern selbst entschieden habe. Da gibt es kein Wenn und kein Aber. – Ich wiederhole: Kein Wenn, kein Aber! Eines weiß ich: Dieser Aussage habe ich mich unter *keinen* Umständen zu schämen. Keine Tante, die im Bundestag debattiert, kein Onkel, der von der Kanzel predigt und kein Neffe, der als Arzt ordiniert, ist fähig oder würdig, Entscheidungen gegen meinen erklärten Willen zu treffen. Wann werden Menschen, die für sich Klugheit in Anspruch nehmen wollen, das notwendige Quäntchen Weisheit entwickeln?

Die Reißleine, das große Argument derjenigen, die gegen das persönliche Recht der Entscheidungsfreiheit alter Menschen antreten, ist die Ethik der menschlichen Gesellschaft. Die Ethik als Theorie zur Beurteilung des menschlichen Handelns bedient sich der Kategorien Richtig und Falsch oder Gut und Böse.
Die Hauptfrage zur Beantwortung lautet immer: Läuft das zu bewertende Handeln den Interessen des Betroffenen zuwider oder nicht zuwider? Diese Frage sollte jeder Student im ersten Studienjahr kennengelernt haben. Damit muss eigentlich alles gesagt sein.

Denen aber, die sich an ihrer unrealistischen Ethik-Argumentation nach wie vor festklammern, möchte ich sagen – und zwar in der deutlichsten Form, die möglich ist – sie sind wahrhaft ignorante Klugscheißer – egal ob sie zu den Gruppen der oben benannten Tanten, Onkel oder Neffen gehören. Ich wünschte mir schon, dass diese meine Argumentation auf das Ohr der Öffentlichkeit trifft.

Lasst mich einige zeitgenössische Beispiele bringen, die immer nur für eine bestimmte Zeit in einem konkreten Raum anzusiedeln sind.

Im Jahre 1985 starb in einer bundesdeutschen Großstadt ein gutsituierter Beamter.
Er ging auf die Achtzig zu und hatte zu Lebzeiten immer gefordert, niemals zuzulassen, dass er zur Lebensverlängerung an irgendwelche Schläuche oder Sonden angeschlossen wer-

de. Im Krieg hatte er schwerste Verwundungen überstehen müssen und galt als tatkräftig und willensstark. Dann aber traf es ihn hart. Geübte und sehr seelenweiße Ärzte bewiesen ihre Fähigkeiten und ihre Macht, insbesondere die Letztgenannte. Der scheinbar entmündigte – sprich entwürdigte – „Alte Mann" erkannte eine erste mögliche Situation und entledigte sich aller ihn fesselnden Verbindungen in eine ungewollte, ihn demütigende Zukunft. Er starb einfach und sehr schnell. Das alles weiß ich, denn dieser „Alte Mann" war mein ältester Bruder. Hatten sich Ärzte etwas vorzuwerfen? Nein, nein, nur die Aufsicht des Personals hatte versagt.

Und wie war es zu Zeiten meiner Großeltern?
Immer wieder habe ich in meinen kleinen Geschichten über meine Oma Lüderitz geschrieben. Für mich war sie im Leben die beste, liebenswerteste und klügste alte Dame. Alle ihre Kinder sahen es als höchste Ehre an, Oma im Hause der neuen Familie bis zur letzten Lebensminute zu betreuen. Omas Wünsche waren für ihre Kinder bis zum jüngsten Enkel – und das war ich – ein ehernes Gesetz. Das war die Ethik meiner Eltern und Großeltern.

Nun kann ich meine Vorfahren bis zum Ende des Dreißgjährigen Krieges zurück verfolgen, weiß auch viele interessante Einzelheiten, doch über Umstände ihres Todes fand ich nichts. Urkunden, Bücher und andere Überlieferungen vermitteln uns Bilder der Sittengeschichte unserer mitteleuropäischen Vorfahren und nachschlagen genügt.

Als ich vor geraumer Zeit in Schweden Informationen zur Vorgeschichte sammeln konnte, war ich förmlich erschrocken, zu erfahren, dass die sozialen Umstände eine Pflege und Umsorge alter Menschen in bestimmten Regionen unmöglich machten.

Und die Generationen jener Menschen fanden das auch natürlich und suchten ihren Felsen zum Sprung ins Meer.
Im Japan jener Generationen nahmen die Großväter von den Kindern einen schlichten Abschied und ließen sich von den Söhnen in die Berge tragen, um dort bei den Vorfahren einzukehren. Vorher segneten sie die Söhne, die dann die Sorge um die neuen Familien trugen.

Wie könnten wir das alles mit heutigen Maßstäben bewerten? Wie unsinnig muss es da sein, wenn ein Mediziner sich das Recht anmaßt, zu sagen: „Ich handele so, weil die Medizin es so möglich macht." Habe ich gegen die Sitten verstoßen, ein solches Schmalspurdenken mit einem Kraftwort aus dem Lagerraum unserer lieben Muttersprache zu bedenken? Denkfurchen muss man ziehen, um Ergebnisse zu sehen.

Also:
den Menschen sehen und seine Würde –
und nicht: die Medizin und ihre Bürde.

Mit diesem Satz schicke ich meine Gedanken auf neue Wege. Irgendwo im Hinterkopf weiß ich, wohin mich meine Wanderung führen soll. Aber – schön der Reihe nach.

Irgendwann nach meiner Eheschließung, es ist schon eine dreiviertel Ewigkeit her, fragte ich meinen Vater, er war damals gerade siebzig Jahre alt: „Sag' mal, Vater, in welchen Parteien oder Vereinen bist du eigentlich in deinem Leben gewesen?"
Und meine Mutter, die eigentlich immer recht zurückhaltend war, mischte sich sehr schnell ein und sagte: „Dein Vater, mein Junge, ist in seinem Leben niemals in einer Partei gewesen. Dafür hatte er keine Zeit!"
Ich konnte mein Lachen nicht zurückhalten und sah Vater an. Auch Vater konnte ein Lächeln nicht verbergen und sagte

dann, wieder ernst werdend: „... na ja, da hat Mutter schon Recht. Doch eine für mich recht große Kleinigkeit hat sie vergessen. Ich war über sehr viele Jahre, ich weiß nicht, wie viele, also ich war Mitglied im Verein Deutscher Rosenfreunde, und zwar war ich ‘förderndes Mitglied’.“
„... und was heißt ‘förderndes Mitglied’?“
„Das heißt, dass ich keine Versammlungen aufsuchte, den Verein aber finanziell unterstützte und jährlich für meine Familie eine Rosarium-Freikarte erhielt.“

Ja, meine Verehrten, so etwa verlief dieses kleine Gespräch, und wer sich mit der Entwicklung der DDR etwas auskennt, der wird meine Frage verstehen. Am 1. Oktober 1949 habe ich geheiratet – und am 7. Oktober, sechs Tage später, wurde die Deutsche Demokratische Republik gegründet. Wir, meine Frau und ich, haben dieses historische Ereignis einfach nicht registriert, der Umstände wegen, und wer es nicht glauben will, der versteht von der Liebe nicht mal das kleine Einmaleins.
Heute, mit dem Abstand eines vollen und bewegten Lehrerlebens möchte ich keine Mühe, keine Sorge, keinen Erfolg und keine Freude dieses erfüllten Lebens missen.

Es kann auch nicht unter den Tisch fallen, dass es kaum einen Lebensbereich der Menschen gab, der nicht in konkreter Form in die politische Konstellation des Staates einbezogen war. Standest du als Lehrer vor einer Klasse, wo oder wann, dann hattest du ein offenes politisches Visier:
Freier Deutscher Gewerkschaftsbund?
Kulturbund?
Gesellschaft für deutsch-sowjetische Freundschaft?
Deutscher Turn- und Sportbund?
Gesellschaft für Sport und Technik?
... und welche Partei? – die politische Gretchenfrage –

Bestimmt habe ich einige Begriffe vergessen, aber nicht unterschlagen!

Wissen müsst ihr:
Die Menschen, die im Nahfeld meiner Generation in jener Zeit in der DDR lebten und arbeiteten, haben diese sechs Fragezeichen weniger als Alternative gesehen, sie sind in eine Form der Selbstverständlichkeit hineingewachsen. Unwillkürlich muss ich an meine Gedanken erinnern, die ich vorhin zum Begriff „radierbar" schrieb, und Eulen möchte ich nicht nach Athen tragen.
Also: Sozialismus? Wer kann den nicht wollen?

Irgendwann vor dem letzten Zapfenstreich der DDR habe ich ausführlich und schriftlich meinen Austritt aus der SED erklärt. Bevor ich diese Gedanken hier der Lesestunde vorlegte, wollte ich mein Denken und Handeln in jener bewegten Zeit noch einmal unter die Augen nehmen. Meine Lebensentscheidungen könnten heute nicht anders ausfallen. Wenn ich noch die Kraft hätte, wie gerne möchte ich heute die Wege der Bildung ändernd verbessern. Bei allen kritikwürdigen Schul- und Ausbildungselementen meiner schulischen Arbeit in vier Jahrzehnten, ich weiß es: An meiner Schule, der größten Berufsschule des Kreises, war die Arbeit für Lehrlinge und Lehrer effektiver und angenehmer.
Ich möchte jenen Tag nicht aus meiner Erinnerung streichen, an dem ich einer Einladung nach Berlin folgte, um für die Arbeit meiner Schule die Verdienstmedaille der DDR zu empfangen. Das war das erste und einzige Mal, dass ich am Abend in einer Fernsehsendung mich selbst für einige Sekunden sehen konnte. Warum sollte sich jemand noch daran erinnern? Aber ich frage mich auch: Warum sollte ich mich nicht daran erinnern dürfen?

Damit komme ich auf die Worte meiner Mutter zurück, die ich vorhin zitierte.
Auch meine Frau würde heute sagen: „Er ist seit dem Tage, an dem er den Schulschlüssel an den Nagel hängte – und das war im August 1989 –, in keine Partei und in keinen Verein eingetreten."
Und ich muss dann sagen: „Du hast vergessen zu erwähnen, meine Liebe, dass ich an dem Tage, im Februar 1991, an dem in Sangerhausen eine Kameradschaft im Deutschen Marinebund e.V. entstanden ist, derselben auch beitrat."
Hinzu füge ich: „So, wie mein Vater den wallenden Duft seiner Rosen im Garten liebte und die frischen Brötchen, die er in seiner Backstube herstellte, so liebe ich das Meer und suche ich die Nähe der Menschen, die, wie ich, wissen:

Der blanke Hans gibt niemand her:
er hatte Sehnsucht nach dem Meer.

(Das sind zwei Zeilen meines Gedichtes „Ballade", das in München einen Preis erhielt.)

Es gibt nun mal seltsame Sachkombinationen.
Zum Beispiel diese:
Vor fünfundsechzig Jahren diente ich bei der deutschen Kriegsmarine und erlebte die Schrecken des Krieges. Nach der deutschen Wiedervereinigung kam ich in der Marinekameradschaft Sangerhausen mit Menschen zusammen, die Ähnliches erlebten. Dreißig von ihnen sind inzwischen verstorben. Einer unserer findigen Vorstandsmitglieder, Klaus, schaffte es, von der Bundestagsabgeordneten, Sylvia Schmidt, für die Marinekameradschaft Sangerhausen eine Einladung nach Berlin zu erhalten. Also, meine Gratulation, Klaus!
Und was soll das hier sein? Ein umfassender Bericht?
Nein!

Ich schreibe über meine Eindrücke und Gedanken dazu. Es ist ein Teil meines Lebenslaufes, das ist alles.

In Berlin am 12. und 13. Februar 2003, ein Mittwoch und ein Donnerstag.
Die Organisation der Reise hatte keine Lücken. Angenehm für alte Leute.
Drei Stunden Bahnfahrt, 10 Uhr in Berlin, Bahnhof Zoo, Bus am Bahnhof.

Erstens:
Direkt zum *Bundesministerium der Verteidigung* im Bendler-Block in der Stauffenbergstraße, Sicherheitsmaßnahmen, nach meiner Meinung äußerst intensiv, Vortrag (Hauptmann Dr. Buch) zur Person, zum Gebäude, über Aufgaben ... intelligent, nicht schlecht, dennoch: zu wenig zeitgerecht, weil aktueller Bezug nicht deutlich genug, Kaffee serviert und Fragen möglich, eigentlich wollte ich Zurückhaltung üben, dennoch habe ich folgende Problematik aufgeworfen: Problem Sicherheit in der Form von heute weltweit nicht nötig; Voraussetzung dazu: Gerechtigkeit, Wahrhaftigkeit, keine Demütigung, insbesondere Naher Osten, – meine Generation hat Krieg erlebt, wir alle, die hier im blauen Rock sitzen, haben viel Schlimmes erlebt, es war danach möglich, die Welt gerechter aufzubauen, meine Absicht hier: Denkanstöße zu vermitteln; Reaktion von Dr. Buch: nicht einfühlsam und angemessen, auf vorgefertigter Spur, mehr Routine – weniger Problem, etwa so „... das ist nicht unsere Aufgabe ...“ etc. (mich störten die Kameras im Raum nicht, den Hauptmann vielleicht?) Kaffeepause, Minister kam vorbei, lockere Situation, ging in einen Nachbarraum, erschien mir sehr blaß und krank, Gespräch mit ihm nicht möglich, Mittagessen in der Kantine des Ministeriums, positiver Eindruck, Dreisternegeneral am Nachbartisch, ich wählte Boulette, Gemüse, Soße,

Kartoffeln, Saft: – Bus wartete vor Bendler-Block und Fahrt ins Hotel.

Zweitens:
Zimmer 203 im Hotel „City Consul Frankfurter Allee, Berlin“, kurze Frischmache-Pause, Bus vor dem Eingang zur „Dreistunden Stadtrundfahrt“.
Planung der Rundfahrt hervorragend, sehr interessant, mein Fehler: Schreibutensilien im Hotel, markante Stellen der Rundfahrt nicht zu merken, war beeindruckt und fand die Route der Fahrt gut gewählt, auch der Vortrag war angenehm.

„Unter den Linden“ zwanzig Minuten Pause, Fotos vor *meiner Universität* gemacht. Seltsames Gefühl zehn Meter vor dem Raum zu stehen, in dem ich damals als Vertreter meiner Studiengruppe zum Studienbeginn an der Humboldt Universität den Handschlag empfing. Es ist etwas Wunderbares, sich erinnern zu dürfen und zu können. Noch unter dem Eindruck dieser Situation Rückfahrt ins Hotel, durstig wie ein Wanderer in der Wüste.
Zum Abendessen ein umfangreiches kaltes und warmes Büffett. Ich beschränkte mich auf ein köstliches Zanderfilet mit Kartoffeln und Gemüse.
Ja, auf das gut gekühlte Berliner Pils. Ich habe so an die fünf oder sechs Gläser getrunken. Ich weiß nicht mehr genau.
Ein warmes Wannenbad war ein Gewinn. Da hat man das Recht auf einen tiefen langen Schlaf. Doch es gab Schwierigkeiten, denn Klaus reagierte allergisch auf meine in Jahrzehnten geübten Fähigkeiten, des melodiösen Schnarchens. Ich fürchte, wir sind beide nicht gut weggekommen, denn er hat immer wieder gepfiffen, geklatscht oder geschnalzt. Der Arme, ich Armer.
Um sieben am Morgen weckte das Telefon.

Drittens:
Nach dem Frühstück per Bus zum *Bundesministerium des Innern.* Ein Neubau, der die erwarteten Funktionen erfüllen kann. Wohltuend die Wasserspiele in einem Innenhof, die zur Erholung einladen. Informations- und Gesprächsrunde mit einem Regierungsdirektor (habe genauen Titel und Namen leider nicht gemerkt).
Schemata des Vortrages auch hier zu sehr „Null-acht-fuffzehn". Darum habe ich wiederum der Aufforderung nach Fragen Folge geleistet.
Ich wollte wissen, was man unter Terror zu verstehen habe und ob es Grenzen gäbe zwischen Terror, roher Gewalt und einem legitimen Kampf um die Befreiung. Ich hatte wohl den Nagel auf den Kopf getroffen, denn der Referent sprach nur noch in Blickrichtung zu mir. Er hatte keine Antwort – ich habe eine, doch darüber haben wir nicht mehr diskutiert.

Viertens:
Nach wenigen Minuten Fahrt stiegen wir direkt vor dem *Reichstagsgebäude*, dem Bundestag der Bundesrepublik Deutschland, aus. Eine strahlende Sonne stand über dem winterkalten Berlin. An einer langen Menschenschlange vorbei wurden wir in das Gebäude geleitet. Und wiederum: eine routinierte aber sehr gewissenhafte Personenkontrolle. Diesmal „piepte" nichts bei mir. Ich hatte kein Taschenmesser in der Hosentasche.
Aber – als ich da stand und wartete, kam mir die Erinnerung an ein kleines Lied: „Preisend und mit schönem Reden", das ist wohl sein Titel, und es beschreibt den Wettgesang deutscher Fürsten und Könige. Sieger ist jener Herrscher, der sich rühmen kann, sein Haupt an jedem Ort und jederzeit unbesorgt zur Ruhe betten zu dürfen, auch im Schoße seiner Untertanen. – Ist das nun eine Traummelodie?

Die Architektur des ehemaligen Reichstagsgsgebäudes und die Integration des Bundestages erscheinen mir sehr gelungen. Hier ist etwas geschehen, was der Würde der Tradition, dem Bild der deutschen Geschichte und den Aufgaben der Gegenwart gerecht wird.
Durch eine hohe Glaswand blicke ich auf die Zuschauertribüne und den großen Sitzungssaal des Bundestages. Der Mantel und der Fotoapparat sind im großen Rundgang sicher abgegeben.
Dann werden wir belehrt: Bitte nicht klatschen, keine Zwischenrufe, nichts!
Augen und Ohren offen halten. Das ist es! Und das wollte ich, solange es geht. Es waren so 45 bis 50 Minuten. Und welche Abgeordneten hörte und sah ich sprechen?

Michael Gloß, CSU; Wolfgang Gerhart, FDP; Peter Struck, Minister der Verteidigung, SPD; Ludger Vollmer, Grüne, – bei ihm fehlten mir die letzten Gedanken seines Beitrages, wir wurden „abberufen" ... Ja, welche Summe möchte ich ziehen?

- Gloß: Eine Rede, die mir nicht gefallen hat. Er sprach von „Grünen Helmen" – und meinte eine „Teilnahme am Krieg".

- Gerhard: Routinierte Rede, große Worte – kleine Gedanken, wollte er sich seine Optionen offen halten?

- Struck: Ich hatte ihn schon am Vortage im Verteidigungsministerium sehr blaß gesehen, und nach den ersten zehn Sätzen vor dem Plenum wurde deutlich, dass es ihm nicht gut ging. Schäuble stellte eine Zwischenfrage, auch ein FDP-Vertreter unterbrach mit einer Frage. Ich glaube aber, dass die schwache Rede dieses kranken Ministers voller guter und wichtiger Gedanken war. Er hätte sich wohl eher aus dem Saal tragen lassen, als vorzeitig das Rednerpult zu verlassen.

- Vollmar: Eine Rede, die ich hervorragend fand, weil sie die Kernprobleme nannte und Hintergründe und Aspekte traf. Er sagte das, was ich auch jetzt, im Nachhinein, als wahr empfinde.

Ich möchte nicht das Gleichgewicht meines Gewissen ins Schwanken bringen und darum sage ich: Meine Einschätzung trifft den Inhalt der Reden und nicht die Parteien und ihre Personen. Hätte man die Buchstaben, die für die Parteien stehen, beliebig verändert, meine Wertungen blieben gleich.

Gab es etwas, was irgendwie auffällig war?
Ja – das Klatschen der Abgeordneten. Egal, was gesagt wurde – Beifall gab es immer nur von der Partei des Sprechers! Mir scheint: das ist ein etwas komisch anmutendes Verhalten, denn ich behaupte, dass mein Gewissen nicht an eine bestimmte Partei gebunden ist.

Trotz der Wichtigkeit dieses Tages im Parlament, einer Erklärung des Bundeskanzlers zur Frage „Krieg oder Frieden", gab es zahlreiche freie Abgeordnetenplätze.
So ist es!

Wenn ich schon aus Höflichkeit hier nicht sage, dass Politik ein „schmutziges Geschäft" ist, dann möchte ich schon sagen dürfen, dass Politik eine wichtige Angelegenheit ist und über Wohl und Wehe der Bürger entscheidet.
Irgendwann war der Bundeskanzler von seinem Sessel in der vorderen Reihe der Regierungsplätze verschwunden, und saß plötzlich mit dem Innenminister – nur von leeren Abgeordnetenplätzen umgeben – in einer der letzten Reihen. Wer mag das wohl bemerkt haben, und was mochte das bedeuten?
Ich muss das ja nicht wissen!
Übrigens: Auf der Zuschauertribüne bemerkte ich auch eine Reihe von USA-Militärangehörigen in Uniform. Nun ja, so-

lange sie sich aufs Zuhören und Zuschauen beschränken, sind sie mir willkommen. Jeder Mensch ist lernfähig.
Im Anschluss an unsere Teilnahme an der Plenarsitzung wurden wir in einem der Beratungszimmer von unserer Gastgeberin Sylvia Schmidt begrüßt. Das Gespräch war kurz. Sie fragte nach unseren Eindrücken. Ich sagte spontan, dass ich dem ersten Redner mit seinen „grünen Helmen" am liebsten widersprochen hätte. Dazu muss man nichts sagen.
Wir bedankten uns für die Einladung, und nach zwanzig Minuten musste Frau Schmidt in die Plenarsitzung zurück.

Vor uns lag ein letzter eindrucksvoller Höhepunkt: der Aufstieg in die Kuppel des Reichstages. Man muss es erlebt haben, um zu begreifen, dass diese Lösung der Überdachung geradezu genial ist. Es ist anspruchsvoll, schlicht, vollkommen und wunderschön. Und das Wetter spielte mit. Dort hatten wir auch einen Fototermin und versammelten uns an der Innenseite der Umrandung.
Die Fotografin wollte gerade ihre Bilder schießen, da huschten einige uniformierte Amerikaner noch vorbei, – wir hatten sie schon auf dem Zuschauerrang gesehen, – und irgendein Witzbold rief leise: „Amerikaner raus ... aus dem Bild." Vielleicht werde ich ein Foto irgendwann zu sehen bekommen – mit den lächelnden Gesichtern.

Der offizielle Abschluss der Berlin-Exkursion war ein erlesenes Essen im Hotel Schweizer Hof, in der Nähe des Kurfüstendamms. Über Geschmack kann man natürlich nicht streiten. Jedenfalls hätte ich meine Frau als Köchin vorgezogen, aber, wer schon außer mir, schätzt die Kochkünste meiner Frau höher als die eines „Fünfsternekochs"?

Erwartungsvoll waren wir am Vortag nach Berlin aufgebrochen, und nachdenklich fuhren wir nach Hause.

Mir gehen die Worte des Dichters Paul Valéry nicht aus dem Sinn, die in der Lobby unseres Hotels City Consul die Blicke anzogen:

*„Der Krieg ist ein*
*Massaker von Leuten,*
*die sich nicht kennen,*
*zum Nutzen von Leuten,*
*die sich kennen,*
*aber nicht massakrieren."*

Ein kleines Wort des Gedenkens möchte ich meinem Gedankenspiegel beifügen.
Einige der Freunde, die noch in Berlin unter uns waren, hat der „blanke Hans" abberufen. Darunter auch Hermann Seidel. Er trug, wie ich, die Uniform des Deutschen Marinebundes und war einer der Ältesten in unserer Mitte. Er war U-Boot-Offizier und trug auch während der Berlinfahrt eine der höchsten Auszeichnungen, das Deutsche Kreuz in Gold, an seiner Uniform. Ich hatte keine Orden angelegt, denn ich habe keine, und eine Gelegenheit hat sich mir nie in den Weg gestellt.

Meine gedankliche Reise nach Berlin ist beendet.
Wenige Wochen später, im April 2003 schrieb ich das folgende Gedicht:

## STURM

Sturm peitscht das Meer, türmt die Wellen hoch auf,
doch Möwen müssen es wagen;
nehmen den Sturz und das Sterben in Kauf,
kreischen und lassen sich tragen.

Der Sturm hat dich an den Abgrund gebracht,
das Glück hast du nicht gefunden;
gebeutelt und kraftlos müde gemacht,
so quälen dich schwere Stunden.

Denk an die Möwen und wage es noch,
die Trägheit darf dich nicht strafen.
Wache und kämpfe, zerschlage das Joch,
findest dennoch deinen Hafen.

Des Lebens Sturm hat dich weise gemacht,
du hast deinen Kurs gefunden.
Erinnerung hat Lächeln dir gebracht
in deinen Abendstunden.

*

Am Beginn meiner Lesestunde habe ich mich gefragt: Wie lange wird sie wohl dauern? Sind es 60 Minuten oder muss ich mich auf 660 Minuten einrichten?
Gedanken gehen seltsame Wege, oft finden sie keine Grenzen. Wann muss ein Mensch, der mit seinen Gedanken auf die Wanderschaft geht, seine Grenzen ziehen?
Hier, vor meinem Schreibtisch sitzend, fällt mir gerade im Augenblick die Verszeile ein: „Hebst du dich aufwärts und berührst mit dem Scheitel die Sterne, nirgends haften deine unsicheren Sohlen, und mit dir spielen Wolken und Winde.“ Und im gleichen Augenblick sehe ich, links neben meiner Bücherwand, die kleine Reproduktion eines bekannten Gemäldes „Der arme Poet“. Da sitzt er, der arme Poet, in seinem Bette, eine weiße Zipfelmütze auf dem Kopf und über allem den aufgespannten Regenschirm.

Liebe Mitdenker meiner Lesestunde, versucht in dieser Minute meine Gedankenverbindungen nachzuvollziehen. Ich

muss unwillkürlich an die Gespräche denken, die ich mit meinem Sohn führte.
Wir sprachen über Optimismus und Pessimismus. Es beruhigt mich, dass ich in euren Vorstellungen sehr unterschiedliche Auffassungen vermuten darf.
Meine Frage geht ein Stückchen weiter. An welcher Säule unseres Denkens müssen Vater und Sohn ihren Halt finden? Ich möchte mich nicht in Oberflächlichkeiten wiederfinden. Optimismus hat mit einer schädlichen Selbstzufriedenheit nichts zu tun, und der Pessimismus vieler alter Menschen ist wiederum keine Selbstaufgabe.

Ich stehe dafür, negative Erscheinungen beim Namen zu nennen und negative Phänomene immer prüfend zu bewerten. Die Hinwendung zur Zukunft lässt sich dauerhaft nur auf dem Wege der Besonnenheit, einer zurückhaltenden und wägenden Besonnenheit, vollziehen.
Die Antike gebrauchte dafür das Wort „Sophrosyne".
Der Weg wurde erkannt und dennoch verfehlt.
Werden wir ihn auch verfehlen? Wie stehen die Zeitzeichen?

Ich wünschte mir so sehr, dass die Menschen – die Väter und Söhne – das Wort Sophrosyne – Besonnenheit – als festen Bestandteil ihrer eigenen Optimismus-Strategie gleich einem Riesenanker im Bewusstsein festhalten.

Und ich denke nun: Sollte ich noch einmal die Ehre haben, Gast im Bundestag zu sein, und an der Stirnwand stünde in Großbuchstaben geschrieben:

> „Die Klugheit versorgt uns mit allem,
> die Besonnenheit rüstet uns gegen alles!"

die Zeitzeichen stünden auf Frieden.

*

Wie hat sich das Bild der Natur verändert!
Die Kälte der Nächte ist gewichen und die rauen Tage haben sich verschämt in die Berge verdrückt. Die sprießenden Bäume und Sträucher gleichen einem Jubelschrei und die Felder sättigen den Hunger der Sinne nach einer Vielfalt an Grünfarben.

Der kleine Garten vor und unterhalb des Balkons zeigt sich in einer Gefälligkeit, dass die Augen keine Festpunkte finden können. Man möchte die Augen schließen, um neben den gefiederten Gästen des Frühlings auch das Rauschen der Farben auf sich wirken zu lassen. So meint man. Das Konzert des Frühlings ist voller Harmonie, und so wird es darum auch nur von Solisten vorgetragen. Und über allem steht und waltet die Sonne, die strahlende Dirigentin. Sie leitet die Symphonie des Tages mit dem Titel „Das liebliche Wunder".
Nur der sanfte Wind bewegt die Zweige leicht im Takt.

Ein weicher Lehnstuhl und ein kleiner Tisch stehen auf dem Balkon. Und nur drei Gäste beleben die Szene. Auf einem der Blumenkästen am Balkon hockt eine buschige stramme Amsel und bewegt ihr schwarzes Köpfchen immer in Richtung des weißen Vogelhäuschens, auf dessen oberster Sprosse ein grüngelb-bunter Wellensittich das gelbe Häubchen seines Kopfes zur Seite neigt.

Es ist offensichtlich:
Der alte Mann und sein Vögelchen auf dem Balkon haben einen Gast. Der alte Mann schreibt nicht, er liest nicht, seine Augenlider senken sich unmerklich sacht; es scheint, er schaut nach innen. Er vernimmt die Stimmen der Vögel und hört sein Tierchen immer vernehmlicher im Chor der anderen Vögel. „Schrei nicht so laut, du tollpatschige Amsel. Siehst du nicht, mein Herrchen sucht seine Ruhe!"

„Soll er doch des Nachts schlafen, jetzt bestimmen wir im Revier ...“, immer verständlicher werden die Laute des schwarzgefiederten Besuchers.
„Du störst dennoch ...“, und leiser und doch eindringlicher werdend, setzt der kleine Vogel nur kaum noch vernehmlich fort: „Heute ist mein Glückstag. Weißt du denn nicht, es ist der einzige Tag im Leben, an dem ein Mensch und ein Tier, die unzertrennliche Freunde sind, miteinander die gleiche Sprache sprechen können, aber – er weiß es nicht, verstehst du? Er weiß es nicht! Möchtest du mir helfen? ... Ja, und du bist natürlich auch kein Tolpatsch! ... und du sollst mein hörender Zeuge sein.“
„Schon gut, mein Kleiner, du darfst dich deines Glückes freuen“, nickt die Amsel, ganz leise werdend und scharrt sich eine kleine Mulde in die dunkle Erde mitten im Blumenkasten. „Niemand darf oder wird euch stören.“ Und damit schauten nur noch zwei schwarze lange Federn aus der Mulde. –
„Nanu, wie kommst du hierher? Du bist doch in deinem Häuschen. Habe ich vergessen dein Türchen zu schließen?“ Der alte Mann sagte es und schaute erschreckt auf seine linke Hand. Dort auf dem kleinen Finger saß sein Jacki. „Das verstehe ich nicht!“
„Musst du denn immer alles verstehen? Sei glücklich, Herrchen“, wisperte sein Vogel. „Heute ist unsere Stunde, und sie ist nur heute, sie ist unser Geschenk allein.“
Der alte Mann hatte nicht verstanden, oder vielleicht doch? Wollte er vielleicht nur den Augenblick? Scheute er den Blick auf das Morgen?
Sein Vögelchen lenkte seine Aufmerksamkeit auf einen großen weißen Fliederbaum.
Der Flieder stand vor einer einfachen und offenen Gartenlaube. Spaten, Harke und andere Geräte waren sichtbar, und weiter im Hintergrund, hinter der Laube, war ein hoher Bahndamm zu erkennen. Am Zaun des kleinen Gartens entlang

standen Himbeersträucher, und alles war gepflegt und vom Unkraut gesäubert.

„Jacki, das ist der Flieder aus meines Vaters Garten, wie soll ich das verstehen?"

„Warum solltest du das mit den Augen sehen und mit der Nase riechen wollen, du neugieriges Menschlein, du musst es in deinem Herzen tragen. Und du trägst es dort, das ist gewiss. Höre auf mich, deinen kleinen Freund. Der Flieder deines Vaters steht auch vor meinem Fenster, und ich danke euch dafür. Ich habe viele Zeugen dafür, da ist zum Beispiel der Amsel-Mann, dem du jenes gefühlvolle Zwiegespräch gewidmet hast, das deiner Erna so gefällt."

Jacki schwieg.

Langsam und leise kam es dann: „Es ist schön, das aus deinem Schnäbelchen zu hören, denn ich weiß, Tiere können nicht lügen, nur Menschen sind dazu imstande. Du hast nur ein kleines Seelchen, aber dein Herz hat Platz für einen großen Menschen!"

Für einen kleinen Augenblick trat Stille ein, und auch die Natur wollte mit einer gedämpften Begleitung etwas Feierliches zaubern.

Und dann, als wäre ihm etwas Besonderes eingefallen, fragte der alte Mann, kaum hörbar: „Weißt du denn, warum ich immer mal wieder zu dir am Tage auch 'mein Eulchen' sage?" Ganz sacht und behutsam streichelte er dabei seinem Jacki das kleine Köpfchen.

„Ich weiß es, Herrchen, es ist die Erinnerung."

„Du weißt es wirklich?"

„Es ist die Erinnerung an einen Tag. Und du warst an diesem Tage jünger, als ich es heute bin. Du trugst kurze Hosen und hattest schmutzige Finger. Es war schon spät, und du gingst durch den Zerbster Schlossgarten zu deinen Ferieneltern Tante Marta und Onkel Willy nach Hause. Am Boden flatterte ein kleiner Vogel, ein ganz junger Wellensittich, er hätte die Nacht nicht überlebt. Du nanntest ihn 'Eule', und Tante Marta hat ihn für dich gepflegt – viele Jahre."

Und nun wirkte die Ruhe, die eintrat, wie eine Ruhe zur Besinnung.

Tatsächlich: Der alte Mann und sein Vögelchen schliefen einen tiefen Schlaf.

Gönnt den beiden ihren Schlaf.

*

## ... AUF EIN PAAR WORTE NOCH

Mit diesen Sätzen wird meine Lesestunde enden.
Erinnert euch bitte immer daran, dass derjenige Mensch der glücklichste Mensch ist, der das Ende seines Lebens mit dem Anfang in Verbindung setzen kann. Sollte es mir gelungen sein, in eurem Innern eine Saite zum Klingen zu bringen, dann bedanke ich mich bei euch,

Bernhard Hecht

Bernhard Hecht

**SANGERHAUSEN**
Dornen und Rosen
Eine Liebeserklärung

Die Ebenen, die Hügel und Wälder am Südharz und Kyffhäuser, dem Stammgebiet Heinrichs und Ottos, bilden mit ihren quirligen Dörfern und kleinen Städten, den Schätzen in tiefen Bergwerken und der fruchtbaren „Goldenen Aue" das lebendige Herz Deutschlands. Dieser Heimat gehört mein Leben und Lieben.
Meine kleinen Geschichten und Gedichte drücken diese Zuwendung aus. Sie lassen die Wärme und Geborgenheit spüren, die in der Bindung zur Heimat liegen. Man möchte lachen, nachdenklich und auch traurig sein, betrachtet man das Erleben im Spiegel der Generationen.

*Bernhard Hecht*

---

**Hardcover**
ISBN 3-86634-051-6
232 Seiten, 20,2 cm x 14,5 cm
**14,95 Euro**

**Paperback**
ISBN 3-86634-054-0
232 Seiten, 19,6 cm x 13,8 cm
**11,95 Euro**